KB272717

향적사를 찾아가다

過香積寺

향적사 어딘지 알지 못하여
구름 봉우리 속으로 몇 리나 들어간다
고목 우거져 사람 다니는 길 없건만
깊은 산 속 어딘가의 종소리
샘물 소리 가파른 바위에거 흐느끼고
햇살은 푸른 소나무를 차갑게 비치고 있네
해질녘 고요한 연못 굽이에 앉아
편안히 참선하며 잡념을 걸어 낸다네

不知香積寺　數里入雲峰
古木無人徑　深山何處鍾
泉聲咽危石　日色冷青松
薄暮空潭曲　安禪制毒龍

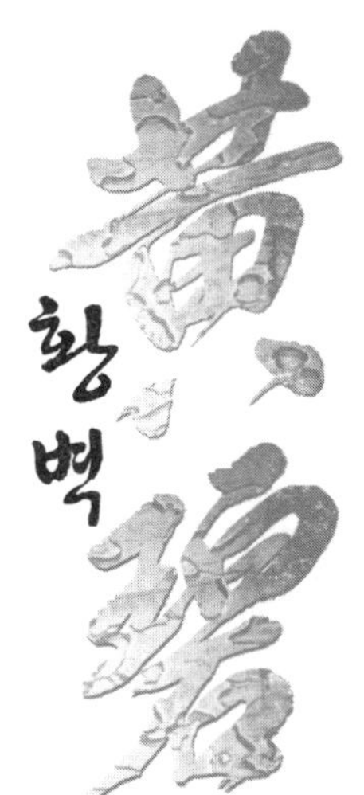

黃
白
황
백

황벽 3
허담자 新무협 판타지 소설

초판 1쇄 찍은 날 § 2005년 4월 8일
초판 1쇄 펴낸 날 § 2005년 4월 18일

지은이 § 허담자
펴낸이 § 서경석

편집장 § 문혜영
편집책임 § 김율
편집 § 장상수 · 유경화 · 서지현

펴낸곳 § 도서출판 청어람
등록번호 § 제1081-1-89호
등록일자 § 1999. 5. 31
어람번호 § 제2-0572호

주소 § 경기도 부천시 원미구 심곡1동 350-1 남성B/D 3F (우) 420-011
전화 § 032-656-4452 팩스 § 032-656-4453
http://www.chungeoram.com
E-mail § eoram99@chollian.net

ⓒ 허담자, 2005

ISBN 89-5831-457-5 04810
ISBN 89-5831-454-0 (세트)

허담자 新무협 판타지소설

Fantastic Oriental Heroes

黃碧

황벽

3

재회(再會)

도서출판
청어람

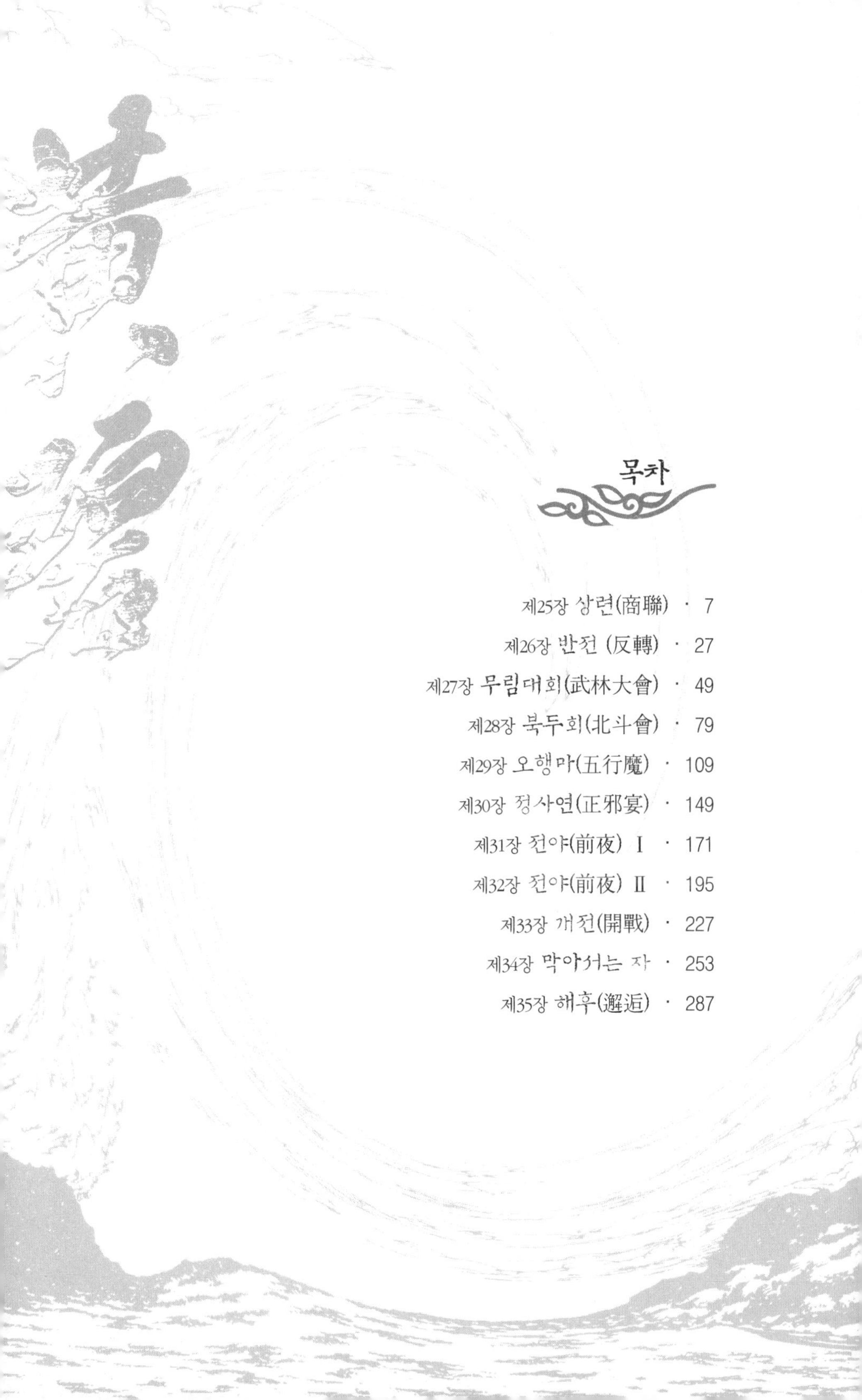

목차

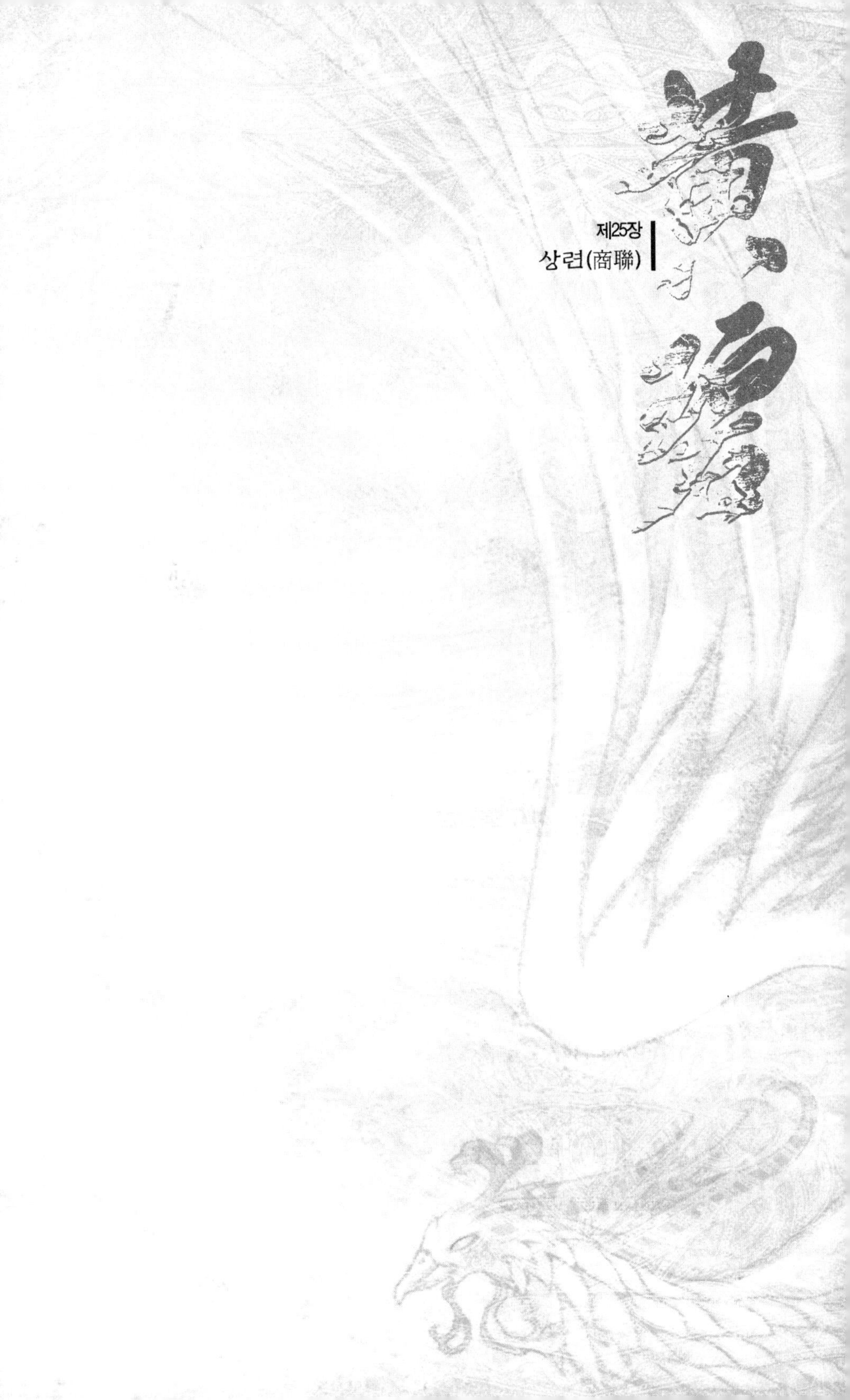

제25장
상련(商聯)

허승 일행이 상련에 도착한 것은 낙양교를 떠난 지 하루가 지난 다음날 정오 무렵이었다. 황궁보다도 거대할 것 같은 상련의 규모에 황벽과 엽강이 놀라고 있을 때 오삼이 황벽의 옆구리를 툭 쳤다.

"뭘 그리 보슈? 촌놈처럼."

"놀랍지 않나? 이곳이 사람 사는 곳인가?"

"참나, 그럼 귀신이 살겠소?"

오삼은 과거 남궁세가에 속해 있을 때 남궁세가는 물론 정의맹도 들러본 경험이 있기에 상련의 규모에 그다지 놀라지 않았다.

하지만 황벽과 엽강은 달랐다. 비록 상해에 큰 건물이 많기는 하지만 상련처럼 방대한 규모를 자랑하는 건물은 처음이었던 것이다.

"자, 어서 가지."

허승이 일행을 이끌었다. 상련이 보이기 시작하면서부터 허승은 다시 이 상단의 우두머리가 되어 있었다.

허승 일행이 상련 총단의 정문을 지나갈 때 도열해 있던 총단 정문 경비 무사들이 허리를 굽혀 인사를 했다.

"총순찰의 귀환을 감축드립니다."

그중 우두머리인 듯한 사십대 장년인이 나와 허승을 맞이했다.

"장 무사님, 그래, 그동안 평안하셨습니까?"

"네, 총순찰. 고생이 많으셨지요?"

"하하, 고생은요. 좋은 경험이었죠."

"어서 안으로 드십시오. 여러 어른들이 기다리고 계십니다."

"알았습니다, 장 무사님. 그럼 나중에 뵙겠습니다."

장 무사와 인사를 마친 허승이 일행을 이끌고 상련 안으로 들어갔다.

"참, 나이도 어린 사람이 대단하단 말이야? 예의도 밝고 우리 같은 하급무사와도 잘 어울리니. 그래서 총순찰이 되었겠지만."

장 무사가 멀어지는 허승을 보며 중얼거렸다.

허승이 여러 건물을 지나는 동안 많은 사람들이 허승을 보며 인사를 해왔다. 허승은 일일이 웃는 낯으로 답하며 상련의 중심을 향해 나아갔다.

수많은 건물의 중앙. 상련 중심에 높이 솟은 오층짜리 거대한 목조 건물이 서 있었다. 바로 련주가 일을 보는 련주의 집무전이었다.

일층은 회의실로 사용하고 이층은 각 지역에서 온 성회 회주들의 방이 있었다. 삼층에는 연회를 할 수 있는 연회장이 있었고, 사층은 련주의 직속 수하들이 일을 보는 곳이었다. 금적산의 집무실은 집무전의 가장 높은 곳 오층에 자리하고 있었다.

하지만 오늘은 련주를 포함한 상련의 주요 인사와 각 성회의 회주 중 상련을 방문한 사람들이 모두 집무전의 앞마당에 나와 서 있었다.

"먼 길에 수고했네."

"모두 이렇게 나와 계시다니요."

허승이 상련의 여러 인사들에게 허리를 숙여 예를 취했다.

"자자, 모두 안으로 듭시다."

금적산의 권유로 사람들이 련주의 집무전 일층에 있는 회의실로 자리를 옮겼다. 이곳은 과거 허승이 금적산에게 이번 상행에 대한 명과 서찰을 받은 곳이었다.

금적산이 자리에 앉자 좌우에 사공저와 기리계가 자리를 잡았다. 그리고 그 앞에 허승이 공손히 두 손을 모으고 섰고, 그 뒤에 열을 맞추어 나열된 의자에 이곳 상련에 머물고 있는 성회 회주들이 앉았다.

황벽 등은 회의실 한 켠에 마련된 의자에 모여 앉았는데 그들의 앞에는 둥근 탁자가 놓여 있었고 그 위에는 간단한 다과가 마련되어 있었다.

"자네의 그간 일은 전서를 통해 잘 알고 있네. 무사해서 다행이야."

"모두가 련주님과 여러 어르신들이 걱정해 주신 덕분입니다."

"자, 그럼 일단 이번 거래에 관한 이야기를 들어볼까?"

금적산의 말에 허승이 그간 그들의 행에 대해 자세히 설명하였다. 사람들은 그들이 거쳐 온 혈로를 들을 때마다 고개를 끄덕이거나 또는 안타까움을 내비치고는 하였다.

허승의 이야기가 전부 끝나자 이번에는 사공저가 입을 열었다.

"그래, 허 순찰, 수고 많았네. 고생이 아주 많았구먼 그래. 그나저나 화물은?"

순간 회의실 안이 조용해졌다.

사람들은 이미 허승이 몰고 온 마차에는 그들이 원하는 화물이 없다는 것을 알고 있었다. 그러나 아무도 그 문제에 관하여 말을 꺼내지 않고 있었던 것이다.

그 뜨거운 불씨를 사공저가 꺼낸 것이다. 금적산의 이마가 찌푸려졌다. 지금 막 사지에서 돌아온 사람에게 화물에 대해 묻는 것은 예의가 아니었다. 더군다나 그 결과를 알고 있는 일을.

"제가 여러 원로님들과 어르신들께 외람되게 드리고 싶은 말이 있습니다."

허승이 금적산과 두 부련주, 그리고 각 성회의 회주들을 둘러보며 입을 열었다.

"말해 보게."

금적산이 말을 받았다.

"먼저 이번 일에 저를 도와주신 분들을 소개해 드리고 싶습니다만……."

"오, 그렇군. 내 정신이 없어서 무림 대협 분들을 잠시 잊고 있었네."

금적산이 자리에서 일어나 황벽 등을 보면서 포권을 취했다.

"경망 중에 실례를 범했습니다. 이번 일에 저희 상련을 도와주신 점 감사드립니다. 상련주 금적산이라 합니다."

금적산은 이미 육십이 넘은 나이였다. 그런 금적산이 한참이나 어린 황벽 등에게 예를 취하는 모습이 금적산이 얼마나 노련한 상인인지를 나타내 주고 있었다.

황벽 등이 분분히 일어나 같이 포권을 취하며 각자 자신을 소개했다.

황벽과 엽강이 소개할 때에는 모든 사람들이 자리에서 일어나 그들을 좀 더 자세히 보기 위해 고개를 빼어 들었다. 그들에게도 황벽과 엽강의 무위는 이미 잘 알려져 있었던 것이다.

일행이 소개를 마치자 사람들의 시선은 다시 허승에게로 향했다. 허승이 큰 기침을 한 번 하고는 말을 잇기 시작했다.

"먼저 이번 상행의 목적에 대한 것은 이미 모든 분들이 알고 계시리라 생각해 더 이상 말씀드리지 않겠습니다. 그리고 현재 제가 가지고 온 것은 저 마차 한 대밖에 없다는 것도 사실입니다. 따라서 당연히 저의 거취 문제가 논의되어야 한다는 것도 잘 알고 있습니다."

사람들은 고개를 끄덕였다.

이번 상행은 상련의 목적도 있었지만 총순찰 허승에 대한 마지막 관문과도 같은 것이었다. 한데 이제 상행이 끝났으므로 허승의 거취에 대한 논의가 이어져야 했던 것이다.

개중에는 비록 화물의 운송에 실패했지만 허승이 충분히 그 능력을 보였으므로 그에게 총순찰의 직책을 정식으로 인정하자는 파와 그가 화물의 운송에 실패했으므로 새로운 총순찰을 뽑자는 파가 섞여 있었다.

전자는 금적산과 기리계를 위시한 하남 상권의 사람들이었고 후자는 사공저를 위시한 호남 상권의 사람들이었다.

허승도 이미 장내에 들어서면서부터 이러한 련 내의 기류를 눈치채고 있었다.

"외람되게도 그동안 제가 총순찰 후보로 이번 일을 진행해 왔습니다
만 여기서 여러 어르신들께 한 가지 부탁을 드리려 합니다."

"말해 보게."

금적산이 허승을 바라보았다.

"어르신들, 저에게 오 일간의 시간을 주십시오."

"시간을 달라?"

"그렇습니다."

"이유는?"

"사실 저의 거취에 대한 상련 내부의 의견이 일치되지 않고 있다는
것을 알고 있습니다."

사람들이 고개를 끄덕였다. 비록 입 밖으로 내지는 않았지만 그들도
상련 내부의 분란을 알고 있었던 것이다.

"해서 저는 상련의 분열을 막기 위해 이번 상행의 책임자로서 앞으
로 오 일 동안 이번 상행을 정리한 후 제 거취를 결정하려 합니다."

"상행을 정리한다?"

사공저가 의심 어린 시선으로 허승을 바라보았다.

"네, 부련주님. 상행에 대한 세부적인 보고도 올려야 하고… 또한
저의 거취도 여러 사람의 의견을 들어보는 것이 필요하다고 봅니다."

"자네는 자네 거취에 대해 지금 말할 수 없다는 것인가?"

"제가 오 일간의 시간을 달라는 것은 나름대로 상련 내부의 의견을
들어보려는 것이니 이해해 주시기 바랍니다. 어르신들의 기대와 원칙
에 어긋나지 않는 결정을 내리겠습니다."

"원칙에 어긋나지 않는 결정이라……. 좋네. 그렇게 하시지요, 련
주."

사공저가 선선히 동의를 했다. 허승이 원칙에 어긋나지 않는 결정을 내리겠다고 말한 것을 상련 내의 의견을 무마하고 총순찰 직을 사퇴하겠다는 것으로 받아들인 것이다.

물건을 이송하지 못한 것이 확실한 이 상황에서 허승 스스로 물러나는 것이 모양새가 좋았다.

사공저의 동의에 금적산도 고개를 끄덕였다.

"그럼 그렇게 하는 것으로 하게. 자, 여러분, 먼 길을 온 사람들이니 피곤할 것이오. 이제 그만 들여보내 쉬게 해줍시다."

금적산의 말에 사람들이 고개를 끄덕여 동의를 하자 금적산이 허승을 보며 입을 열었다.

"자, 총순찰, 이제 그만 손님들을 모시고 가서 쉬도록 하게. 이미 손님들의 숙소가 마련되어 있을 것이야. 금령이 안내할 것이네."

금적산이 문 쪽을 가리켰다. 허승이 고개를 돌리자 금령이 문밖에서 활짝 웃고 있었다. 금령을 일별한 허승이 중인들을 향해 큰 소리로 외쳤다.

"그럼 이만 물러가도록 하겠습니다! 오 일 뒤 이 자리에서 다시 뵙도록 하겠습니다!"

허승이 허리를 숙여 인사를 하고는 황벽 등이 있는 곳으로 걸어왔다.

"가세."

허승의 말에 황벽 등이 일어나 허승의 뒤를 따랐다.

허승이 회의실을 벗어나자 금령이 허승의 앞으로 달려왔다.

"오라버니, 고생 많았죠?"

“고생은. 금매도 잘 지냈지?”

“그럼요. 저야 편히 지냈죠. 어머, 이 옷 좀 봐. 어서 갈아입어야겠
어요.”

금령이 허승의 낡은 옷을 보며 호들갑을 떨었다. 그러는 금령의 얼
굴에서는 웃음이 떠나지 않았다.

황벽과 어깨를 나란히 하여 걷고 있던 엽강이 황벽을 툭툭 치며 귓
속말로 속삭였다.

“이보게, 보통 일이 아니야, 보통 일이.”

“……?”

“저 두 사람 말이야. 딱 붙어서 가는 것 좀 봐. 거기다 오라버니래,
오라버니.”

황벽은 엽강의 말에 고소를 지었다. 황벽이 보아도 허승과 금령은
보통 사이가 아닌 것 같았다.

“저놈 저거 지난 삼 년간 여기서 련주의 손녀를 꼬셨군 그래. 역시
사람은 여자를 잘 만나야 출세를 해.”

엽강이 부러운 듯 허승을 바라보았다. 황벽은 그저 웃으면서 허승과
금령의 뒤를 따랐다.

허승과 금령은 거대한 전각들 사이를 이리저리 지나더니 어느 작은
건물 앞에 섰다.

“이곳이에요, 오라버니.”

“흠, 그래. 이곳에 자리를 잡아놓았구나. 들어가자.”

허승이 안으로 들어가자 나머지 사람들도 모두 작은 건물 안으로 들
어갔다. 건물 안은 밖에서 보는 것과는 다르게 아담한 정원이 있는 꽤
잘 꾸며진 장원이었다. 또 그렇게 비좁지도 않았다.

금령의 안내를 받으며 일행이 대청으로 올라섰다. 대청에는 이미 깨끗한 식탁 위에 김이 모락모락 나고 있는 식사가 준비되어 있었다.

"점심때라 미리 준비해 놓았어요."

"정말 우리 금매밖에 없다니까."

말을 하면서도 두 사람은 끊임없이 서로 미소를 주고받았다.

"정말 죽겠군. 간지러워서."

다시 엽강이 황벽을 보면서 귓속말을 속삭였다.

"그냥 두게. 오랜만에 보아 좋아서 그런걸."

황벽이 이번에는 엽강의 말을 받았다.

"자자, 우선 식사들을 하자고."

허승이 모두를 보며 입을 열자 몸에 부상을 입은 매난국죽 사인이 앞으로 나섰다.

"총순찰, 저희는 이만 저희 숙소로 돌아가 보겠습니다."

"아니, 왜? 이곳에서 함께 식사들 하시지?"

"아닙니다. 저희도 일단 돌아가서 사람들을 보아야지요."

"그런가? 그럼 그러게. 그리고 내일 아침 이곳으로 오게."

"알겠습니다, 총순찰. 그럼 여러 대협들, 편히 쉬십시오. 내일 뵙겠습니다."

매난국죽 사인은 황벽 등에게도 인사를 하고는 건물을 빠져나갔다.

"자자, 이제 먹어도 되는 거요?"

역시 음식 앞에서는 오삼이었다.

"예, 오삼 형. 많이 드세요."

"자자, 어서 먹지들. 사형, 어서 들어요."

오삼이 젓가락을 음식에 대다가 황벽을 돌아보며 재촉했다.

"알았수. 사제도 많이 드슈."

오랜만에 제대로 된 음식 앞에 앉은 일행은 잘 차려진 상을 게 눈 감추듯 비워냈다. 어느새 비워진 식탁… 식사를 마친 식탁 위에 차가 준비되고 허승과 황벽, 엽강, 오삼, 이형, 그리고 금령이 둘러앉아 차를 마시고 있었다.

"이곳에 각자의 방을 준비해 두었으니 차를 마시고 방으로 가 쉬도록 하지."

허승의 말이 이어지는 동안 금령이 자꾸 허승의 소맷자락을 잡아당겼다. 처음에는 그 의도를 모르던 허승이 이내 알아차리고는 웃으면서 고개를 끄덕였다.

"이거 내가 사람을 소개 안 했군 그래."

허승이 금령을 가리켰다.

"여기는 우리 상련 련주님의 손녀이신 금령 낭자, 그리고 이쪽은 내 죽마고우들인 황벽과 허승, 그리고 여기는 오삼 형, 그리고 이분은 낭인대주이신 이형 대협."

"처음 뵈어요. 금령이라 합니다. 오라버니의 일을 도와주셔서 감사드립니다."

금령의 인사에 모두들 고개를 숙여 답례했다.

"한데 그게 전부야?"

엽강이 허승을 보며 입을 열었다.

"무슨……?"

"아, 둘 사이가 뭐냐고?"

순간 금령의 얼굴에 홍조가 어렸다.

"아참, 사이는 무슨……."

허승이 말을 얼버무렸다.

"이 친구, 빼기는. 내가 보기에는 천생배필이구먼, 천생배필이야. 허참, 허승 이 친구에게 이런 재주가 있을 줄이야."

엽강의 말에 모두들 웃음을 터뜨렸고 금령의 얼굴은 더욱 빨개졌다.

차를 다 마신 후 일행은 각자의 방으로 가 짐을 풀었다. 황벽도 자신의 방으로 정해진 곳으로 들어갔다.

방은 아담하였다. 방 한가운데에는 작은 식탁 겸 책상이 놓여져 있었고, 안쪽으로는 얇은 천으로 가려진 침상이 있었다. 창이 밖으로 나 있어 햇볕이 잘 드는 방이었다.

식탁 위에는 잘 개켜진 얇은 흑색의 옷이 놓여져 있었다. 그리고 방 한쪽으로 연결된 곳에 작은 욕실이 붙어 있었는데 나무로 된 욕조에는 따뜻한 물이 채워져 있었다.

황벽은 옷을 벗고 욕조에 들어가 눈을 감았다. 지난 며칠간의 피로가 풀리는 듯했다.

'정말 긴 길을 왔군.'

황벽은 지나온 날들을 생각해 보았다. 상해를 떠나 정주, 서주, 개봉을 거쳐 왔으니 결코 짧지 않은 길이었다. 황벽은 목을 뒤로 젖혔다.

'정말 이곳까지 왔군. 이곳에서 화산은 보름 거리라고 했던가? 설매는 잘 있겠지?'

황벽은 이곳 일이 대충 마무리되면 화산을 한번 찾아볼 생각이었다. 무림맹에 있을 막여를 먼저 찾아가 봐야겠지만 막여는 언제든 만날 수 있는 사람. 그는 설연에게 하고 싶은 말이 있었고 또한 듣고 싶은 말이 있었던 것이다.

목욕을 마치고 새 옷으로 갈아입은 황벽이 자신의 방에서 나왔을 때 사람들은 다시 대청에 모여 있었다. 황벽은 정원을 가로질러 대청으로 다가갔다.

"오, 이거 누구신가? 옷이 날개라더니 정말 몰라보겠는걸."

엽강이 황벽을 보며 입을 열었다.

다들 지난 시간의 때를 벗겨내 한결 깨끗한 모습을 하고 있었다.

황벽이 자리에 앉으며 허승을 보았다.

"허승, 이곳의 일은 언제나 정리가 될까?"

허승은 황벽이 말하는 의미를 알고 있었다. 저 물음은 내가 언제 떠나도 되겠느냐는 것이었다.

"음, 이보게, 황벽. 이곳에서 두 달간만 있어주게. 그 안에 내 련 내의 일을 정리함세."

"두 달이라……. 두 달이면 되겠나?"

"그 정도 시간이면 정리할 수 있을 것 같네. 그리고……."

"그리고?"

"두 달 후 금매와 혼인을 하려 하네."

"엑!"

순간 입으로 차를 가져가던 엽강의 입에서 찻물이 튀어나왔다.

"뭐라고? 다시 말해 봐!"

"두 달 후 금매와 혼인하려 한다고. 왜?"

허승이 뭐가 잘못되었냐는 듯이 물으며 엽강을 바라보았다. 그 옆에서 금령이 고개를 푹 숙이고 있었다.

"잘됐네. 축하하네. 당연히 자네의 혼례는 보고 가야지. 왕연과 조찬 형의 무공도 좀 보아주어야 할 것 같고."

"그렇군. 나도 가밀 형과 유 낭자의 무공을 보아주어야 하는구나."

엽강이 고개를 끄덕이며 중얼거렸다.

"황 대협, 저는 어찌할까요?"

말이 없던 이형이 황벽을 보고 입을 열었다. 이형은 황벽에게 고용되어 있는 상태라 자신의 거취를 물은 것이다.

"이형께서도 앞으로 두 달은 이곳에서 같이 지냅시다. 오삼 사제, 사제도 괜찮지요?"

"사형이 그러겠다면 제가 무슨 할 말이 있겠수. 어차피 사부가 곧 늙어 죽을 것도 아니고. 이곳에서 편히 먹고 지내는 것도 괜찮지. 이보게, 허승, 낙양에서 유명한 음식이 무언가?"

오삼의 음식 타령에 사람들이 다시 웃음을 터뜨렸다.

*　　　*　　　*

황벽이 상련에 든 그날 이후 무림에서는 수많은 전서구가 각 문파로 날아들었다.

정의맹 소속의 문파에는 정의맹 총회와 무림대회의 소집이, 패천맹 소속의 문파에는 패천맹 전체 회의 소집령이 전달되었다.

바야흐로 신오제와 패천사룡으로 촉발된 무림의 지각 변동이 일어나기 시작한 것이다.

각 문파는 그동안 길러온 정영들을 하산시켰으며 그들과 경쟁하게 될 문파의 정보를 얻기 위한 노력도 치열하게 전개되고 있었다.

화산파도 장문인 설장벽 이하 혁무외 장로와 고봉정 이하 제자 십여 명, 그리고 설연이 화산을 내려갔다.

화산에서 정의맹까지는 보름 정도 걸리는 길이었고 무림대회는 한 달이 남아 있었다.

화산 장문인 설장벽은 이번 무림대회에 대한 기대가 아주 컸다. 고봉정과 설연이라는 절대고수를 길러낸 화산의 저력이 결코 다른 문파에 뒤지지 않는다고 보았던 것이다. 이번 일이 끝나면 고봉정과 설연의 혼례 문제도 마무리 지을 생각이었다.

무림대회를 통해 탄생한 화산 용봉의 결합은 좀 더 극적으로 화산의 위세를 정의맹에 떨치게 할 것이다.

화산은 이제 소림, 무당에 뒤지지 않는 무림의 거두가 되려 하고 있었다.

*　　　*　　　*

무림이 패천맹과 정의맹의 총소집으로 술렁이고 있을 때 지난날 황벽과 중조산에서 겨루었던 칠성이 한 노인 앞에 부복해 있었다.

"그 아이가 그렇게 강하더냐?"

"면목이 없습니다, 할아버님."

"성아, 너는 나의 모든 무공을 전수받았다. 네가 만약 전수받은 무공들을 완성시켰다면 너는 결코 그에게 뒤지지 않았을 것이야."

다시 한 번 칠성이 고개를 조아렸다.

"승패는 병가지상사이다. 하지만 고수 간의 승패는 되돌릴 수 없다. 그것은 곧 목숨을 겨루는 것이기 때문이다. 더욱 정진해라. 너는 우리 가문과 북두회를 이을 사람이 아니더냐?"

“알겠습니다, 할아버님. 다시는 이런 치욕을 당하지 않도록 하겠습니다.”

“그래, 한 번의 패배가 너를 더욱 강하게 한다면 그도 괜찮은 일이지. 어쨌거나 화물을 손에 넣지는 못했지만 상련의 손에도 들지 못하게 하였으니 일단 일은 성공한 셈이다. 아마도 육성이 이번 기회에 상련에서의 위치를 더욱 공고히 할 것이야.”

“아마도 그럴 것입니다. 준비한 독과 고수는 필요가 없겠군요?”

“그럴 가능성이 크지만 일이란 것은 모르는 것이야. 두고 보아야지.”

다시 칠성이 고개를 조아렸다.

“그나저나 패천맹과 정의맹이 드디어 움직인다고?”

“네. 신오제와 패천사룡의 출현이 두 조직에 변화를 일으키고 있습니다. 아버님과 숙부님의 힘이 컸지요.”

“그래그래, 그 사람들이 고생하고 있지. 그나저나 그 신오제나 패천사룡이라는 아이보다 그 황벽이라는 아이가 강하더냐?”

잠시 생각을 하던 칠성이 입을 열었다.

“소자의 생각으로는 신오제나 패천사룡으로는 도저히 황벽을 감당하지 못할 것 같습니다. 외람되오나 저도 신오제나 패천사룡보다는 한 수 위라고 생각하고 있습니다.”

노인이 고개를 끄덕였다.

칠성의 말은 사실일 것이다. 분명 칠성은 그 젊은 신진십왕이라 불리우는 아이들보다 한 수 위였다. 그렇다면 도대체 황벽이라는 아이는 얼마나 뛰어난 것인가?

“사람은 어떻게 보이더냐?”

“……?”

“사람 됨됨이 말이다.”

“아, 네. 시골에서 자라 좀 예의가 없는 면은 있지만 일행을 이끄는 것을 보니 생각이 깊고 통솔력이 있어 보였습니다. 사람들에게 믿음을 주는 사람입니다.”

“허, 대종사의 기운이 있다는 것인가?”

“한 가지 단점이라면…….”

“단점이라면?”

“특별히 재물이나 권력에 집착하지 않는 것이 세를 이루기에는…….”

“흠, 그렇군. 결국 독야청청이라……. 그러면 그리 걱정할 만한 인물이 아니다. 사람 중에는 건드리지 말고 놓아두면 별 탈이 없는 사람이 있는데 그가 바로 그런 사람인가 보구나. 실컷 중원이나 구경하다 돌아가게 내버려 두어라.”

“예, 할아버님.”

“자, 그럼 이제 그만 물러가거라. 나도 좀 쉬어야겠다.”

노인의 말에 칠성이 일어나 허리를 숙여 보이고는 밖으로 나섰다.

“황벽이라…….”

노인의 입에서 중얼거림이 흘러나왔다.

*　　　　*　　　　*

황벽 일행이 상련에 도착한 지 나흘이 지날 동안 허승은 황벽 등을 만나는 것 이외에는 특별한 일을 하지 않았다.

그간 일말의 불안감을 가지고 있던 사공저는 이제 마음을 놓아도 될 것이라고 생각했다.

이제 내일이면 허승은 자진해서 총순찰 자리에서 물러날 것이고 자신이 추천하는 사람을 총순찰에 앉힐 수 있을 것이다.

그러면 상련에서 자신의 입지가 강화됨은 물론 다음번 상련 총회에서 련주의 자리를 노려볼 만도 했다. 이미 호남성은 자신의 손아귀에 있었고 여러 성회들의 회주들과도 친분을 쌓아놓고 있었다.

따라서 총순찰만 자신의 사람으로 앉힌다면 그는 명실상부한 상련의 최고 권력자가 될 수 있는 기반을 다진 것으로 보아도 무방했다.

상련 내 대부분의 사람들도 이제 허승이 내일이면 총순찰의 자리에서 물러날 것으로 보았다.

비록 금적산이 그의 후견인으로 있긴 하지만 이미 허승 스스로가 원칙에 맞는 결정을 하겠다고 했으니 총순찰의 자리를 고집할 수는 없을 것이다.

그렇게 나흘의 시간이 흐르고 다섯 번째의 아침이 밝았다.

그날 아침 낙양 포구로부터 상련으로 화물을 실은 한 대의 마차를 호위도 없이 늙은 노인 한 명이 끌고 왔다. 마차의 수신인은 총순찰 허승으로 되어 있었고 품목은 절강의 차였다.

이 화물은 허승이 상해를 떠나기 열흘 전, 그러니까 무라카미와 화약을 거래한 날 상해의 포구를 떠난 화물이었다.

허승은 새벽같이 찾아온 정문을 지키는 장 무사로부터 연락을 받고 그 화물을 련주의 집무전 앞마당 한구석에 가져다 놓게 하였다.

그리고 날이 밝고 해가 중천에 떠올랐을 때 상련주를 비롯한 두 명

의 부련주와 여러 성회의 회주들이 다시 닷새 전 모였던 련주의 집무
전 일층으로 모여들었다.
    그리고 허승도 회의실 안으로 들어서고 있었다.

회의실 내에는 닷새 전과는 전혀 다르게 무거운 분위기가 흐르고 있었다.

오늘 아마도 허승은 총순찰의 직책에서 물러날 것이다. 닷새 동안 상황을 바꿀 만한 어떠한 일도 일어나지 않았던 것이다.

상련주 금적산은 얼굴이 굳은 채로 태사의에 앉아 있었다. 사공저는 약간 여유가 있는 표정으로 등을 의자에 기댄 채로 편히 앉아 있었고 기리계는 걱정 어린 표정으로 회의실 안으로 들어서는 허승을 바라보고 있었다.

모든 사람들의 예상과는 달리 허승의 표정은 밝았다. 허승이 들어와 세 사람의 수뇌부 앞에 서자 금적산이 일어나 회의를 시작했다.

"자, 이제 회의를 시작하도록 합시다."

금적산의 말에 모두들 옆 사람과의 대화를 중단하고 금적산에게로 시선을 돌렸다.

"다들 아시다시피 오늘이 허승 총순찰 후보가 요청한 오 일이 된 날이오. 이제 각자 총순찰의 이번 상행을 평가하고 이에 대한 의견을 말해 보도록 합시다."

회의에 참석한 중인들은 모두 침묵했다. 누가 먼저 말을 꺼내기가 어려운 문제였던 것이다.

제일 먼저 입을 연 사람은 기리계였다.

"여러 성회의 회주님들께 이 기리계가 한말씀 드리도록 하겠소. 먼저 이번 상행을 마친 허승 총순찰의 노고를 치하하고 한편으로는 아쉬움을 전하는 바이오."

기리계가 허승을 바라보며 말하자 허승이 고개를 약간 숙여 인사를 대신했다.

"이번 허승 총순찰의 상행은 다들 보고를 통해 아시겠지만 혈로의 연속이었소. 패천맹과 정의맹에서 상련의 무력 확충을 바라지 않았던 결과라 할 수 있겠소. 허승 총순찰은 이러한 위험 속에서도 무사히 상련에 도착하였으나 정작 우리 상련에서 목표로 했던 화물을 가져오는 데에는 실패하였소. 상인에게 화물은 생명과도 같소. 따라서 굳이 이번 상행의 성공 여부를 따진다면 실패한 것이며 허승 총순찰의 총순찰직 최종 시험 또한 실패한 것으로 볼 수 있소이다."

기리계의 말에 모두들 고개를 끄덕였다.

당연하다는 듯한 반응들이었다. 개중에는 약간 서운한 감정을 얼굴에 드러낸 사람도 있었지만.

"하나."

기리계가 잠시 쉬었던 입을 다시 열었다.

"여러분에게 묻고 싶소. 이 중 어느 분이 과연 이번과 같은 혈로에서 살아 돌아올 수 있으며 이번과 같은 혈로에서 화물을 무사히 상련까지 가져올 수 있겠소?"

기리계의 물음에 사람들은 아무도 입을 열지 않았다. 만약 누군가가 이번과 같은 일을 맡았다면 그 누군가는 살아 돌아오기도 힘들었을 것이다.

"아무도 없을 것이오. 오히려 이번에 허승 총순찰은 그 혈로를 뚫음으로써 자신의 능력을 증명해 보였다고 생각하는 바이오. 따라서 나는 허승 총순찰의 총순찰 직책을 그의 능력에 따라 계속 유지시킴은 물론 후보자라는 꼬리표를 떼어주기를 요구하는 바이오."

기리계가 말을 마치고 바로 자리에 앉았다. 하고 싶은 말은 다 했다는 표정이었다.

금적산이 그러한 기리계를 보며 얼굴에 미소를 띠었다. 회의실은 침묵으로 이어졌다.

기리계는 상련의 부련주이자 상계의 원로였다. 그의 말에는 기리계가 상계에 몸담은 시간만큼의 무게가 있었다. 누구라도 쉽게 그의 말을 반박할 수 없는 것이다.

이때 사공저가 조용히 자리에서 일어섰다. 모두의 시선이 사공저에게로 향했다.

"기리계 부련주님의 의견은 잘 들었습니다. 또한 기 부련주님 의견, 즉 이번 허승 총순찰이 비록 화물 운반에는 실패했지만 그의 능력을 보여주었다는 것에는 동의합니다."

사공저가 '실패했지만' 이라는 단어에 특히 힘을 주며 입을 열었다.

"하나 련의 일이란 것은 공적인 것입니다. 한 번 정해진 규칙은 비록 그것이 약간의 무리가 있다손 치더라도 지켜져야 합니다. 그래야 상련이 하나의 조직체로서 그 존재의 의의를 가지게 되는 것입니다. 기리계 부련주의 말은 일면 옳은 이야기이나 잘못하면 련의 중심을 흐뜨려 버릴 수도 있는 이야기인 것입니다. 나는 련이 정한 규칙에 따른 일의 처리를 원합니다."

사공저가 잠시 말을 끊고 허승을 바라보았다.

"허 총순찰, 총순찰은 오 일 전 오늘 원칙에 맞는 결정을 내리겠다고 하였소. 이 자리에서 모두에게 자신이 한 말대로 자신의 거취를 밝히도록 하여 련을 안정시키도록 하시오."

다시 말해 물건을 못 가지고 왔으니 조용히 물러나 련에 분란을 만들지 말라는 말이나 다름없었다.

금적산이 허승을 바라보았다.

"총순찰, 이제 자신의 입장을 밝히시오."

허승이 금적산의 말에 고개를 숙여 보이고는 앞으로 나섰다.

"두 분 부련주님의 말씀은 잘 들었습니다. 모두 다 옳으신 말씀이고 모두 상련을 아끼시는 마음에서 나온 말임을 알겠습니다."

허승이 잠시 말을 끊었다.

"저는 사공저 부련주님의 말씀에 동의합니다."

허승의 말에 회의실 안이 술렁였다. 사공저의 얼굴에 미소가 지어졌다. 그리고 기리계와 금적산의 얼굴은 어두워졌다.

"사공저 부련주님의 원칙에 충실한 결정을 하라는 말씀에 동의한다는 말입니다. 그렇다면 제가 사공저 부련주님께 묻겠습니다."

허승이 사공저를 쳐다보았다.

사공저는 어서 말하라는 듯 고개를 끄덕였다. 물러나는 마당에 어찌 질문 하나 받아주지 못할 것인가 하는 표정이었다.

"사공저 부련주님, 그렇다면 만약 이 자리에 화물이 있다면 저의 총순찰 직책은 확정되는 것입니까?"

사공저는 의외의 질문에 잠시 당황하며 입을 열었다.

"물론 화물이 있다면 당연히 총순찰의 직책은 확정되는 것이지. 하지만 지금 여기 화물이 없지 않은가?"

사공저의 대답이었다.

"그렇군요. 잘 알았습니다."

말을 마친 허승이 성회의 회주들을 바라볼 수 있도록 몸을 돌렸다.

"제가 여러 성회 회주님들께 잠시 양해를 구하겠습니다. 번거롭더라도 여러분을 집무전 앞마당으로 모시고자 하는데 허락해 주시겠습니까?"

성회의 회주들이 이게 무슨 말인가 하며 웅성였다. 금적산도 허승의 행동을 이해할 수 없다는 듯이 허승을 바라보았다.

"련주님, 부탁드립니다."

허승의 말에 금적산이 고개를 끄덕였다.

"그러지. 자, 다들 밖으로 나가봅시다. 아마도 마지막으로 하는 부탁 같으니."

금적산은 허승의 얼굴에서 무엇인가를 느끼고 있었다. 사공저 또한 허승의 자신감있는 얼굴에 불안감을 느끼면서도 금적산의 뒤를 따라 집무전 밖으로 나갔다.

잠시 후 회의실에 있던 모든 사람들이 집무전 밖 넓은 마당에 모여섰다.

허승이 그들의 앞으로 걸어나왔다.

"제가 잠시 여러분에게 보여 드릴 것이 있습니다."

허승이 고개를 돌려 멀리 마당 한쪽에 서 있는 마차를 불렀다. 마차를 지키고 있던 인부가 마차를 끌고 마당의 중앙으로 나왔다.

"허 순찰, 그게 무엇인가?"

금적산이 허승에게 물었다.

"여러분, 이것은 오늘 아침 낙양에서 저에게 배달된 절강산 특급 차입니다."

모두들 어이없다는 듯이 허승을 바라보았다.

"아니, 지금 장난하는 것인가? 우리가 지금 자네가 구입한 차나 구경할 만큼 한가한 사람으로 보이는가?"

사공저의 언성이 높아졌다.

"잠시 고정하시지요. 이제부터 절강의 차 구경을 시켜 드리도록 하겠습니다."

"……?"

"짐을 내려라!"

허승의 말에 인부가 마차에 실린 차 더미를 내리기 시작하였다. 포장이 거둬지면서 구수한 차 냄새가 마당을 가득 채웠다. 잠시 후 차가 담긴 자루들이 마당에 수북이 쌓였다. 사람들의 시선이 허승에게 향해졌다.

허승은 아무 말 없이 허리에 찬 검을 뽑았다. 그는 진회와 황벽에게 무공을 배운 후부터 검을 차고 다녔다.

그는 검을 빼어 들고는 마차로 다가갔다. 그리고는 마차의 바닥을 검으로 내려치기 시작했다.

그제야 사람들은 이 마차가 다른 마차와는 조금 다르다는 것을 알아차렸다. 마차의 바닥이 다른 마차보다 몇 배는 두꺼웠기 때문이다.

잠시 후 마차의 바닥이 뜯겨 나가자 그들의 눈에 열여덟 개의 검은 상자가 들어왔다.

"자, 보십시오. 여러분이 고대하시던 화물입니다."

허승의 말에 사람들이 웅성거리기 시작했다. 그중 기리계가 앞으로 나와 하나의 상자를 열었다. 열린 상자 안에서 화약 냄새가 공기를 타고 중인들에게 전해졌다.

"이건?"

"동영에서 온 상품의 화약입니다."

"이 사람, 이게 어찌 된 일인가?"

기리계의 물음이 모든 사람의 물음이었다. 분실했다는 화물이 버젓이 상련의 한 중앙에 나타난 것이다.

"일단 물건을 보여 드렸으니 이 물건들을 물리도록 하겠습니다. 여 봐라, 가서 매난국죽 네 호련사를 오라 하라!"

연락을 받은 가밀 등이 즉시 집무전으로 달려왔다.

그들도 마당에 놓여 있는 화약을 보더니 영문을 모르겠다는 듯이 당황했다. 화약이 분명 낙양교에서 터지는 것을 그들도 보았던 것이다.

"이 물건들을 비처에 잘 보관하도록 하게."

허승의 말에 매난국죽 사인이 의아한 표정을 감추지 않은 채 마차를 끌고 나갔다.

"이게 어찌 된 일인가?"

금적산이 한편으로는 기쁘면서도 한편으로는 궁금한 표정으로 허승 을 바라보았다.

"자, 자세한 것은 안으로 들어가서 말씀드리겠습니다. 안으로 드시지요."

허승이 앞장서서 회의실로 들어갔다. 그의 발걸음에는 자신감이 넘쳐흘렀다.

회의실로 들어선 금적산이 허승을 바라보았다. 어서 말해 보라는 눈빛이었다.

허승이 중인들을 돌아보며 천천히 입을 열었다.

"사실 제가 상해로부터 몰고 온 두 대의 마차에는 화약이 단 두 상자만 실려 있었습니다."

"그럼 저것들은?"

기리계가 허승을 바라보았다.

"저 물건들은 저희가 출발하기 열흘 전, 그러니까 제가 동영의 상인에게서 물건을 건네받은 그 즉시 포구에 닿기 전에 배로 옮겨 실은 것입니다. 포구에도 이미 여러 첩자들의 눈이 가득했으므로 커다란 상선의 뒤를 지날 때 미리 준비해 둔 배에 옮겨 실은 것입니다. 그리고 물건은 상해에서 낙양으로 향하는 차를 실은 배에 숨겨져 여기까지 온 것입니다. 이 일의 보안을 위해서 저와 함께한 일행조차도 저 물건의 존재를 몰랐습니다."

그제야 중인들이 이해가 간다는 표정으로 고개를 끄덕였다.

"그 뒤 저는 낙양교를 건너며 두 개의 화약 상자가 든 마차를 폭파시켜 적들을 완전히 속였던 것입니다. 낙양에 도착한 차의 이동 시간과 동일하게 화물을 움직이기 위해 오늘 아침에서야 화물이 이곳에 도착한 것입니다."

"절묘하구먼, 절묘해. 과연 총순찰이야."

기리계가 무릎을 치며 감탄했다. 사람들도 모두 허승의 기계(奇計)

에 감탄 어린 시선을 보였다.

"이번 화물의 운송은 사실 두 가지를 노린 것이었습니다. 하나는 저희 일행이 모두 변을 당한다 하더라도 화물을 무사히 상련에 운반하고자 하는 목적이었고 다른 하나는 일행이 가지고 있던 화약을 낙양교에서 폭파시킴으로써 이제 상련에 화약이 없다는 것을 패천맹이나 정의맹에 드러내 그들을 안심시키려는 목적이었습니다."

사람들이 모두 고개를 끄덕였다.

"해서 여러 어르신들께 부탁드립니다. 먼저 이 일을 철저히 비밀에 부쳐 주십시오."

"그럼, 당연하지. 굳이 저들에게 우리에게 화약이 있다는 것을 알릴 필요는 없지."

"사실 그리 오래 비밀이 지켜지리라 생각지는 않습니다. 저들도 상련 내에 눈을 가지고 있을 것이니까요. 하나 최소한 저 화약들이 귀곡자 어르신께 전해져 방어막에 무리없이 설치될 때까지는 시간을 벌 수 있겠지요. 그 뒤에는 저들이 알아도 크게 달라질 것은 없을 겁니다."

"옳은 말이야, 옳은 말이야. 과연, 과연."

기리계가 계속해서 감탄의 말을 쏟아냈다.

"어르신들, 제가 스무 개의 화물 중 두 개를 분실하고 열여덟 개의 화물을 이송했습니다. 설마 두 개의 분실에 대한 책임을 묻지는 않으시겠지요, 사공저 부련주님?"

허승의 느닷없는 질문에 잔뜩 얼굴이 구겨져 있던 사공저가 억지로 표정을 바꾸면서 대답하였다.

"물론, 물론. 어찌 그 두 개의 화물을 문제 삼겠는가? 이 사람, 미리 귀띔이라도 해주지 이렇게 사람들을 걱정시키다니……."

사공저가 짐짓 나무라는 표정을 지어 보였다.

"하하하, 죄송합니다. 아무래도 비밀은 아는 사람이 적을수록 유리한 법이지요."

"자자, 이제 모두 진정들 하도록 합시다."

금적산이 술렁거리는 장내를 진정시켰다.

"자, 이제 감추어진 비밀이 모두 드러났으니 허승 총순찰에 대한 거취를 다시 결정해야겠습니다."

"결정이고 말고가 어디 있습니까? 이렇게 완벽하게 시험을 통과했으니 이제는 후보자가 아니라 정식 총순찰이지요."

기리계가 입을 열었다.

"여러분도 모두 같은 생각이십니까?"

금적산이 기리계의 말이 끝나자 중인을 돌아보며 외쳤다.

"동의합니다!"

각 회주들이 이구동성으로 입을 열었다.

"좋습니다. 그럼 허승 총순찰의 총순찰 직책은 확정된 것으로 하겠습니다. 우리 상련에서 총순찰이라는 직책은 이번에 처음 생기는 것이고, 현 무림 정세에 비추어 그 중요성이 대단합니다. 따라서 그만한 책임과 권리가 주어지는 자리이지요. 이런 자리를 어찌 가벼이 넘길 수 있겠습니까? 그 옛날 한고조 유방이 한신을 대원수에 제수할 때 그 예를 갖춤으로써 자리의 위엄을 세웠다는 고사가 있습니다. 우리도 적당한 날을 잡아 허승 총순찰에게 총순찰의 직책을 내리는 의식을 거행토록 하겠습니다."

금적산의 말에 모두들 고개를 끄덕이며 동의를 표했다.

"자, 그럼 오늘 회의는 이것으로 파합시다. 모두들 돌아들 가시고 향후의 일은 련주부에서 계획을 잡아 기별을 넣도록 하겠습니다."

금적산이 말을 마치고 먼저 자리를 떴다. 다른 사람들도 모두 자리에서 일어나 각자의 처소로 돌아가고 허승도 집무전을 나섰다. 오직 사공저만이 회의실에 남아 찌푸린 얼굴로 생각에 잠겨 있었다.

'이런 젠장! 여우 같은 놈, 감쪽같이 속였구나. 내 피를 보지 않으려 했는데…….'

사공저도 천천히 회의실을 벗어났다.

한동안 북적였던 회의실은 허승을 총순찰의 자리에 확정시키고 고요에 빠져들었다.

"이 사람, 사람을 이렇게 속여도 되는 것인가?"

황벽 일행의 숙소에 들른 허승을 엽강이 몰아세우고 있었다. 엽강 등은 이미 가밀 등에 의해 련주 집무전에서 있었던 일들을 전해 들은 것이다.

"미안하이. 워낙 신중을 기해야 하는 일이라 그런 것이니 이해하게."

엽강은 허승의 사과에 말을 멈추면서도 한 번 더 노려보는 것을 잊지 않았다. 이럴 때 확실이 눌러주어야 나중에 편한 법이었다.

황벽이 웃는 낯으로 허승을 바라보았다.

"이리되면 한 방 멋지게 먹인 것인가?"

"그렇지. 한 방 먹여준 거지."

"좋은 계획이었어."

"다 자네 덕분이네."

둘의 대화를 가만히 듣고 있던 엽강이 이상한 낌새를 눈치챘다.

"뭐야, 황벽 자네는 알고 있었던 거야?"

황벽이 미소를 지으며 고개를 끄덕였다.

"뭐야? 나만 빼놓고… 이것들이……!"

"너무 그러지 말게. 자네는 계속 노룡촌에 머물러 있어서 이야기할 시간이 없었던 거야. 자자, 그러지 말고 한잔 들게나."

황벽이 탁자 위에 놓인 술을 들어 엽강에게 따라주었다.

"그나저나 이제 저들이 움직이겠구만."

"그렇겠지. 그냥 넘길 사람들이 아니야. 이제 시작이라 할 수 있지. 지금부터 자네들의 도움이 필요하다네."

"걱정 말게. 참, 자네의 안전은? 그들이 자네의 목을 노릴 수도 있어."

"괜찮아. 내 숙소는 경비가 완전하니. 그리고 상련 내에서 누군가의 목을 노린다는 것은 그리 쉬운 일이 아니네."

"그래도 조심하게. 만약을 모르는 것이야."

황벽의 말에 허승이 고개를 끄덕였다.

"알겠네. 내 조심하지."

"그나저나 앞으로의 일정은 어떻게 되나?"

"련주부에서 곧 소식을 전해올 걸세. 기다려 보세나."

런주부에서 전 상련의 지국에 전서가 날아간 것은 그로부터 삼 일 후였다.

전서의 내용은 모두 같았다.

앞으로 한 달 후 허승 총순찰의 직위 임명식이 열린다는 것. 그러니 각 성의 회주 중 참석을 원하는 사람은 참석해 주기를 당부한다는 것이었다.

한 달이라는 시간을 둔 것은 멀리 떨어진 성회의 일정을 고려한 결정이었다.

그리고 다시 상련의 젊은이들을 흥분시키는 소식이 전해졌다.

총순찰 임명식과 더불어 허승 총순찰과 금적산 련주의 손녀 금령의 혼인 소식이었다. 직위 수여식 오 일 뒤 그들의 혼인이 올려진다는 소식에 상련 내에서는 가볍지 않은 흥분이 일었다.

허승과 금령은 상련 내에서 최고의 신랑, 신부감으로 꼽히는 사람들이었기 때문이다.

그 소식이 전해진 날 밤 개봉 인근에 있는 주점에는 꽤 많은 젊은이들이 비관에 젖어 술을 찾았고, 몇몇 상련 내 고위 간부의 딸들이 자신의 방에서 눈물을 흘렸다는 소식이 심심치 않게 들려왔다.

상련의 심처. 사공저의 집무실에 다시 몇 명의 사람이 모여들었다. 그들의 얼굴은 모두 굳어져 있었고 태사의에 몸을 깊숙이 묻은 사공저의 안색이 그중 가장 굳어져 있었다.

"흥, 이 기회에 더욱 상련을 확실히 움켜쥐겠다는 속셈이구먼. 음흉한 늙은이."

사공저가 입을 열었다. 그의 말은 금적산을 향한 것이었다.

"금적산이라, 금적산……. 억세게 운도 좋군, 정말."

사공저는 금적산에 대한 질투가 끓어올랐다. 젊어서부터 그와 금적산은 상계에서 쌍벽을 이루며 커왔다.

금적산이 낙양을 중심으로 한 하남과 하북을 섭렵할 때 그는 호남을 중심으로 호남, 사천, 호북을 잇는 대상권을 형성했다.

하지만 언제나 앞서 간 것은 금적산이었다. 금적산은 황궁과 가까운 지리적 이점을 살려 관과의 거래를 통해 고정적이고 안정적인 막대한 상권을 형성할 수 있었다. 그래서 무림대전 이전에는 둘의 격차가 많이 벌어져 있었다.

하지만 무림대전은 사공저에게도 기회를 가져다주었다.

무림대전이 그의 앞마당에서 펼쳐진 것이다. 전쟁은 많은 사람의 삶을 곤궁하고 비참하게 몰고 가지만 상인의 주머니는 전쟁을 통해 살찌워지는 것이 만고의 진리였다.

사공저는 무림대전을 철저히 이용하였다.

무림에는 금적산이 개입해 무림대전을 장기화시켰다고 알려져 있었으나 사실 그것은 대부분 사공저에 의해 이루어진 일이었다.

오히려 금적산은 무림대전의 장기화로 서민들의 삶이 어려워지고 상계 전체의 시장이 붕괴되는 것을 우려해 나중에는 적극적으로 양 진영의 휴전을 이끌어내기도 하였던 것이다.

어쨌든 무림대전을 통해 사공저는 금적산과 필적할 만한 금력을 손에 쥐게 되었다.

그러나 휴전이 체결되고 전쟁이 끝나자 다시 금적산과의 격차가 서서히 벌어지기 시작했다.

사공저는 마음이 급해지기 시작하였다. 만약 이대로 간다면 자신은 영원히 금적산의 밑에서 벗어나지 못하게 될 것이다.

그리고 이번 허승의 상행은 그것을 더욱 확실하게 해주는 사건이었다.

"젠장할!"

사공저의 입에서 벌써 몇 번째 거친 말이 튀어나오고 있었다.

“부련주, 어떤 대책을 세워야 하지 않겠습니까?”

함께 자리한 사람 중 한 명이 입을 열었다. 그는 사천성회의 회주 채석강이었다. 사천은 예로부터 호북, 호남과 거래가 많아 자연스레 사공저의 사람이 된 채석강이었다.

“그러게 말입니다, 부련주. 이대로 밀릴 수만은 없습니다.”

이번에 입을 연 사람은 호북의 회주 장경성이었다. 이들은 오래전부터 사공저와 동료 이상의 사이로 묶여져 있었다.

그들의 옆에는 세 명의 삼십대 사내가 앉아 있었는데 이들이 바로 총순찰의 자리를 노렸던 호남, 호북, 사천의 순찰들인 평량, 유후, 영무였다.

그들도 이번에 자신들 중 한 명이 총순찰이 되리라 기대하고 있다가 일이 잘못되자 자못 심각한 얼굴을 하고 있었다.

“이제 어쩔 수 없어. 이대로 있다가는 금적산이 전국의 상권을 다 차지해 버릴 것이야.”

사공저가 한숨을 내쉬었다.

“하면……?”

“결국은 이런 결정을 하게 하는구먼.”

“결심이 서신 것입니까?”

“그래. 어쩔 수 없는 일이지.”

“성공하신다 해도 상련이 분열될 수도 있습니다.”

“최대한 각 성의 회주들을 다독여야지. 그래도 안 되면 어쩔 수 없이 무력을 동원하는 수밖에.”

“부련주, 부련주를 도와주고 있다는 곳이 어디입니까?”

순간 사공저의 눈이 싸늘하게 식었다.

"그것에 대해서는 묻지 말게. 비록 자네가 내 사람이라 하더라도 자네의 목숨을 장담할 수 없네."

순간 말을 꺼낸 채석강의 얼굴이 굳어지며 입을 다물었다.

"자자, 그러니 그런 것은 신경 쓰지 말고 계획을 세워보게. 언제가 좋겠는가?"

사공저가 다시 굳어진 얼굴을 풀며 사람들을 돌아보았다.

"아무래도 사람들의 긴장이 풀어지는 때를 노려야겠습니다."

"……?"

"허승이 총순찰의 자리에 오르는 날 분명 연회가 있을 것이니 그때를 노리든지… 아니면…….'"

"아니면?"

"허승과 금령의 혼례 후 연회 자리를 노리는 것이…….'"

"음, 그렇군. 자네들 생각은 어떤가?"

사공저가 장경성의 말에 고개를 끄덕이며 다른 사람들을 돌아보았다.

"저희도 장 회주님의 말에 동감합니다."

순찰들인 평량, 유후, 영무가 대답하였다.

"좋아, 그럼 그때를 맞추어 일을 추진하는 것으로 하지. 특히 비밀 유지에 신경 쓰도록. 알겠나?"

"네, 알겠습니다."

"자, 그만들 물러가도록."

사공저의 말에 사람들이 일어나 사공저의 방을 벗어났다.

"음, 금적산, 결국은 네가 피를 보게 하는구나. 이러고 싶지는 않았는데… 일단, 회의 소집에 참석해야겠지."

사공저가 태사의에 몸을 파묻으며 혼잣말로 중얼거렸다.

이때 멀리 사공저의 집무실이 내려다보이는 지붕 위에서 사공저의 집무실에서 나서는 다섯 사람을 살피는 인영이 있었다. 다섯 사람이 각기 자신의 거처로 돌아가자 그는 지붕 위에서 사라졌다.

금적산의 방에도 몇 명의 인영이 모여 있었다. 금적산과 기리계, 그리고 허승이었다.

"그들이 무언가를 획책하는 듯하구나."

금적산이 입을 열며 허승을 바라보았다.

"그렇겠지요. 이제 정상적인 방법으로는 기회가 없다고 볼 테니까요."

"흠, 어떤 일을 꾸미는지……."

"너무 걱정 마십시오. 이미 그들 속에 사람을 넣어놓았습니다. 그리고……."

"그리고……?"

"지금 숙소에 머물고 있는 제 일행이 그리 호락호락한 인물들이 아닙니다. 너무 걱정 마십시오."

"그래그래, 그 황벽이라는 사람이 잔마와 겨루었다고?"

"네, 잔마가 몇 수 못 버티었죠."

"허허, 잔마를 그리 쉽게 꺾다니 대단한 친구로군. 자네는 참 강한 친구들을 두었어."

"제가 보아도 그렇습니다. 그 황벽과 엽강이라는 친구는 말할 것도 없고 오삼이라는 사람과 이형이라는 사람도 보통은 아니더군요."

기리계가 말을 이었다.

"참, 그 이형이라는 사람은 낭인대주라고?"

"네, 그렇습니다."

"그런데 어떻게 동행을 하게 된 건가?"

금적산이 궁금하다는 듯이 허승에게 물었다.

"제 친구인 황벽이 한번 겨루어보더니 돈을 주고 삼 년간 고용했습니다."

"나머지 낭인대들은?"

"그들도 모두 고용해서 산서의 한 지역에 머물게 하였습니다."

"돈이 많이 들었을 터인데……."

"하하하, 적잖이 들었지요. 제 재산의 반이 날아갔습니다."

"껄껄껄, 그렇군. 그래, 우리 노랭이 손녀사위의 배가 좀 아팠겠어?"

"참, 련주님도."

세 사람은 소리 내어 웃었다.

"그래, 언제 정도로 보나?"

웃음 끝에 금적산의 말이 딸려 나왔다.

"글쎄요. 제가 보기에는 아마도 이번 허승 총순찰의 수여식 전후가 아닐까 합니다만……."

"그래, 아무래도 그때쯤이겠지?"

모두들 고개를 끄덕였다.

"참, 중조산의 세력에 대한 조사는 얼마나 진행되고 있습니까?"

허승이 금적산을 바라보았다.

"아직 그 끈을 놓치지 않고 있다. 쉽게 접근하기는 어려운 모양이더군. 수뇌는 모두 산서로 이동한 것 같더구나. 시간이 지나면 밝혀지겠지."

"그들이 관련이 있을까요?"

"십중팔구는 그렇다. 두 세력은 연결되어 있어. 이번에 상련에서 그 '북두' 인지 뭔지 하는 놈들은 거점을 잃을 것이다. 자, 우리도 세부적인 계획을 세워볼까."

다시 세 사람의 머리가 맞대어졌다.

제27장
무림 대회(武林大會)

　　　낙양에서 남쪽으로 말을 달려 십여 일 거리에 석산(石山)이 있었다.

석산에는 전 정파무림의 중심 정의맹 총단이 자리하고 있었다. 며칠 전부터 석산으로 수많은 무인들이 몰려들기 시작했다.

식산 주변 마을의 객잔이나 반점은 숙박을 하거나 한 끼의 식사를 위해 몰려드는 손님을 맞이하고자 즐거운 비명 소리가 끊이지 않고 이어졌다.

십 년에 한 번 올까 말까 한 대목이 찾아온 것이다.

석산 총단에서 정의맹 총회 및 무림대회가 열리기 오 일 전이었다.

총단으로 들어가려면 반나절이 걸리는 어느 작은 마을에 화산 장문인 설장벽을 위시한 사람들의 모습이 보인 것은 해가 중천으로 떠오르는 정오 무렵이었다.

보름간의 이동에 일행은 약간 지친 모습이었으나 이제 반나절이면 목적지에 도착한다는 기대에 다시 생기가 흐르기 시작하고 있었다.

그들은 마을의 제법 큰 음식점을 찾아들었다.

그들이 들어서자 반점에서 식사를 하고 있던 손님들의 시선이 그들에게 몰려들었다.

"어서 옵쇼!"

능숙한 점소이가 설장벽 등을 맞이했다.

"이 인원이 식사를 할 곳이 있겠나?"

설장벽은 이미 손님으로 꽉 들어차 있는 반점 안을 보며 점소이에게 물었다.

"네네, 손님. 그럼요. 자자, 이층으로."

점소이는 설장벽 일행을 이층으로 안내했다.

순간 여기저기서 수군대는 소리가 들려왔다.

"이것 봐, 저 사람은 바로 화산 장문인이 아닌가?"

"그렇군. 그 옆의 사람이 혁무외 장로인 것 같군."

"아니, 저 사람은?"

"왜 그러나?"

"바로 신오제 중 한 명인 검룡 고봉정이 아닌가?"

"어디, 어디?"

사람들은 신오제라는 말에 서로 고봉정을 보려고 자리에서 엉덩이를 치켜들고는 고개를 빼 들었다.

설장벽은 들려오는 소리를 들으며 고소를 지어냈다.

'이제는 정말 나도 늙었나 보구나. 화산의 장문보다 그의 제자인 신

오제가 이렇게 관심을 많이 끄는 것을 보니. 역시 장강의 앞물이란 것이군. 허허허.'

점소이가 이끄는 대로 자리를 잡은 일행은 이것저것 주문을 하고는 음식을 기다렸다.

"하하하! 역시 이제 신오제의 시대인가 봅니다, 장문인."

"그러하군요, 혁 장로. 이제 우리 같은 늙은이들은 뒤로 물러설 때가 되었지요. 사람들의 눈에도 이제는 이 늙은이보다 신오제가 먼저 들어오니요. 허허허."

"사부님, 말씀이 지나치십니다."

고봉정이 설장벽의 말을 받았다.

"아니야, 아니야. 이제 정말 무림은 너희 젊은이들의 시대가 된 것 같구나. 너희 신오제와 패천사룡이 출도하면서 무림의 형세가 바뀌고 있어."

"그렇지요. 이번 무림대회도 다 그런 이유에서 열리는 것이 아니겠습니까?"

혁무외가 설장벽의 말에 말을 더했다.

그때 점소이들이 음식을 날라왔다.

"자, 들자. 이제 곧 석산이니 이것이 관도에서의 마지막 식사겠구나."

설장벽이 음식에 손을 대자 사람들이 조용히 식사를 하기 시작하였다.

식사는 곧 끝이 났다.

그들은 차를 주문한 후 잠시 휴식을 취하고 있었다.

"이번 무림대회는 어떤 식으로 진행이 된다고 합니까, 장문인?"

혁무외가 설장벽을 바라보며 물었다.

"이번에 몇 가지 주요 직책이 신설되는데 그 자리를 놓고 겨룬다고 합니다."

설장벽이 혁무외를 포함한 중인들을 바라보았다.

"하나의 자리에 원하는 사람이 지원을 하고 지원자가 한 명이 넘을 경우 비무를 한다는 것이지."

"한마디로 자리를 원하면 가져라. 단, 강한 자에 한해서. 뭐, 이런 거군요?"

"그렇지. 최대한의 경쟁을 부추기는 거지."

"어떤 자리들이 마련되었는지는……?"

"그것은 아직 모르네. 단지 그 자리들이 정의맹의 중추를 이루는 것이라는 것은 분명하이. 신오제를 염두에 두고 만든 자리이니 오죽하겠나?"

혁무외가 고개를 끄덕였다.

신오제는 이미 정의맹 내부에서 무시할 수 없는 존재로 각인되고 있었다. 그런 사람을 담으려는 자리이다. 소홀히 할 리가 없었다.

"이번 총회에서 그것 말고는 논의되는 것이 없습니까?"

"일단은 그게 가장 큰 것이고, 패천맹과의 관계에 관한 이야기도 나오겠지."

"패천맹이요?"

"그래. 이미 휴전을 한 지 사 년이 지나고 있네. 이제 각 문파는 나름대로 제자리를 찾아가고 있지. 패천맹에서 패천사룡이라는 아이들이 출도를 하였고."

혁무외가 고개를 끄덕였다.

"역시 어떤 변화가 필요하다는 거군요."

"그렇지. 휴전이 아예 평화 협정으로 바뀌거나… 아니면 다시 피를 불러오거나. 무림은 이제 결정을 강요당하는 형국일세. 상련의 일도 있고."

상련이라는 설장벽의 말에 설연의 표정이 흔들렸다.

그녀는 이미 소식을 통해 황벽이 상련으로 들어간 것을 알고 있었다. 그의 안전에 대한 소식을 들었을 때 그녀는 그의 무사함에 안도의 한숨을 내쉬었고, 불과 보름 남짓한 거리에 있는 그를 못 보는 것에 대해 아쉬움의 한숨을 내쉬었던 것이다.

"그나저나, 연아, 너의 표정이 요즘 좀 어두운 듯하구나."

설장벽이 설연을 돌아보며 입을 열었다.

"별일 아니오니 걱정 마세요, 백부님."

"그래, 이제 곧 무림대회에 참석해야 하는데 네가 이렇게 의기소침해서야 되겠느냐? 나는 봉정이도 봉정이지만 너에게도 큰 기대를 하고 있단다."

"알고 있습니다, 백부님. 그리고……."

"그리고……?"

"아닙니다. 이번 무림대회가 끝나면 말씀드리겠습니다."

"그래, 그러겠느냐? 그럼 네가 편할 때 이야기하거라."

설장벽의 얼굴에 자애로운 웃음이 피어올랐다. 죽은 줄 알았던 조카딸인 것이다. 원하는 것은 무엇이든 들어주고 싶은 아이였다.

부모 없이 쓸쓸히 자란 설연에 대한 설장벽의 애정은 특별한 것이었다.

사람들은 나온 차를 마시고 자리에서 일어섰다. 이제부터 반나절을 걸으면 석산 총단에 닿을 것이다.

그들이 막 반점의 문을 나설 때 멀리서 누군가가 그들을 부르는 소리가 들렸다.

"어이, 설 장문인 아니십니까?"

설장벽과 그의 문도들이 소리가 들리는 곳으로 고개를 돌렸다. 그곳에는 십여 명의 거지들이 서 있었다.

"아니, 이거 여 방주님이 아니십니까? 정말 오랜만에 뵙습니다."

"안녕하시오, 설 장문인? 그동안 평안하셨지요?"

그는 바로 개방의 장문인인 풍진신개 여석지였다. 여석지는 그리 크지 않은 땅딸막한 체구를 가지고 있었는데 그의 체구와는 달리 경공이 일절이라 풍진신개라 불리우고 있었다.

그는 평소 군사인 제갈의현과 사이가 별로 좋지 않아 가급적 정의맹 나들이를 하지 않았는데 이번에는 자신의 제자인 능소개가 신오제에 속해 있는 관계로 무림대회에 나온 것이었다.

"저야 화산의 산속에 박혀서 도나 닦는 사람인데 무슨 일이 있을 리가 있습니까? 그나저나 여 방주님의 정의맹 나들이는 참 오랜만이지요?"

"그렇지요. 원참, 남사스럽게 다 늙어서 감정 싸움이라니, 설 장문인께서는 너무 흉보지 말아주시길."

바로 제갈의현과 자신과의 관계를 말하는 것이었다.

"하하하, 이거 정의맹의 양대 지낭께서 그리 사이가 안 좋으시면 안 되지요. 이번 기회에 화해를 한번 해보는 것이……."

"글쎄요. 그 친구도 그리 물렁한 사람이 아니니……."

여석지가 고개를 절레절레 흔들었다.

"자자, 그러지 말고 이번 기회를 잘 살려봅시다. 개방과 주작단은 정의맹의 양대 정보의 축이 아닙니까. 서로 협력해야지요."

"알았소이다, 장문인. 이번에 한번 따로 만나보도록 하지요."

"자자, 갑시다. 이러다 밤중에 닿겠습니다."

"그럽시다, 장문인."

설장벽과 여석지가 앞장서서 길을 나섰다.

그 뒤로 삼십여 명의 화산 문도와 개방 문도가 따랐다. 고봉정과 능소개는 이미 반가운 인사를 나누며 어깨를 나란히 하고 길을 가고 있었다.

정의맹 총단에 도착한 화산과 개방 사람들은 각자 정해진 자신들의 처소에 짐을 풀었다. 그들은 이미 정의맹에 파견되어 있는 문도들의 안내에 따라 자리를 정하고는 휴식에 들어갔다.

그 와중에 설장벽과 여석지는 구파의 모임에 참석하기 위해 짐을 풀자마자 바로 숙소를 나섰다.

정의맹 총단에는 구파일방과 오대세가의 거처가 따로 존재하고 있었다. 이들 문파는 정의맹의 핵심 세력이었기에 항상 정의맹에서도 특별한 대우를 받고 있었다.

설장벽과 여석지가 구파의 장문인과 회동한 곳은 정의맹의 맹주부에 특별히 만들어진 접견실이었다.

두 사람이 도착했을 때에는 이미 구파의 장문인들이 자리를 하고 차를 마시고 있었다.

"어서 오시오, 설 장문인, 여 방주!"

소림 장문 대비 선사가 반갑게 그들을 맞아들였다. 다른 파의 장문인들도 분분히 일어서서 두 사람에게 인사를 건넸다.

"방장, 그동안 편안하셨는지요?"

"하하하, 숭산에 가을이 드니 좀체 선기가 잡히지 않더이다. 그래, 두 분은 잘 지내셨지요?"

"네, 덕분에 잘 지냈습니다."

"이번 무림대회가 두 분 문중의 제자들을 위한 자리나 다름없으니 참으로 축하드릴 일입니다."

대비 선사가 고봉정과 능소개를 염두에 두고 한 말이었다.

"무슨 말씀을. 오히려 이번에 소림의 기재가 출도한다니 기대가 큽니다."

"하하하, 어찌 신오제에 비하겠습니까. 그저 창피만 안 당하면 되지요."

말은 그렇게 했지만 대비 선사의 어투에는 무림의 태산북두로서의 자신감이 배어 나오고 있었다.

"자자, 이리로 앉으시지요."

대비 선사의 안내에 두 사람이 자리에 앉자 시녀가 들어와 두 사람 앞에 차를 내놓았다.

두 사람은 가만히 차를 들어 향을 음미한 후 입으로 가져갔다.

"참, 이번 무림대회의 진행 방식이 특이하다지요?"

무당 장문인 여절파를 보며 여석지가 물었다.

무당 장문 여절파는 맹주 문파의 장문인이라 맹의 제반 사항에 대한 정보가 빨랐다.

"네, 이번에는 아마 다섯 개의 자리를 놓고 무림대회을 열 것 같습니다."

"다섯 개의 자리요?"

모두의 시선이 여절파에게로 쏠렸다.

"그렇습니다."

여절파가 이번에 열리는 무림대회에 대하여 설명하기 시작하였다.

이번 무림대회는 다섯 개의 정의맹 주요 직책을 놓고 겨루는 형태로 진행될 것이다. 그 다섯 개의 자리는 정의맹 내에서도 요지로 권력의 핵심에 드는 것이라 할 만했다.

주작단 부단주.

청룡단 부단주.

백호단 부단주.

사천 총단 부총령 겸 봉황단 부단주.

이렇게 기존의 조직에 새로운 부단주라는 직책이 신설되었으며 이번 무림대회에 내걸린 자리였다.

그리고 이번에 부단주로 뽑힌 사람에게 향후 오 년 내 단주의 자리가 이전되는 조건이었다. 비록 신오제의 이름이 높으나 강호의 경력이 짧은 것을 염려한 구상이었다.

그리고 또 하나의 조직이 신설되었다.

바로 맹주 직속의 별동대 호정단이었다.

"호정단이요?"

여석지가 여절파를 보며 입을 열었다.

"그렇습니다. 그동안 맹의 조직을 보면 백호단, 청룡단, 봉황단이 무력 조직을 이루고 있었는데 그 무력 자체에는 문제가 없었으나 신속한 상황 대처에는 문제가 많았다는 지적이 있어왔습니다."

모두들 고개를 끄덕였다. 각각 무림의 정예 수백여 명으로 구성된 이들 조직은 정규 전투에는 적절했지만 기습이나 신속을 원하는 임무에는 부적절했다.

"그래서 이번에 호정단을 신설하게 되었습니다."

"호정단이라……. 몇 명으로 구성됩니까?"

"일단은 오십여 명의 소조직으로 구성하는 것으로 되어 있습니다. 아직 단원 구성도 되지 않았고요. 이번에 단주가 선출되면 단주에게 재량권을 십분 부여하여 단을 조직하는 것으로 되어 있습니다."

장문인들이 고개를 끄덕여 적절한 결정임을 인정하였다.

자리는 이제 공개되었다.

장문인들은 서로 눈치를 보며 자신들의 제자를 어느 곳에 지원시킬까를 저울질하기 시작하였다. 바야흐로 정의맹 내부의 권력 투쟁이 시작된 것이었다.

다음날 정의맹 곳곳에 여러 개의 방이 나붙었다. 바로 이번 무림대회에 내걸린 요직이 적힌 방이었다.

그리고 삼 일 내에 도전을 원하는 사람들은 총단 내에 설치된 접수대에 접수하는 것으로 일정이 잡혀 있었다.

접수가 끝나면 이틀 뒤부터 각 부분에 대한 비무가 시작될 것이고 비무는 각 자리에 하루씩 오 일간 치러질 것이다.

그리고 비무가 종료되면 각 직책에 대한 임명식을 겸한 총회가 개최

되는 것으로 일정이 잡혀 있었다.

방이 붙은 다음날부터 각 문파에서는 자신들이 유리한 부분에 제자를 넣기 위한 정보전이 치열하게 벌어지기 시작하였다. 이번 비무에 참여한 사람들은 자신의 성적에 따라 지원한 곳에서 지위를 부여받을 것이기 때문에 비록 우승을 노리지는 못하더라도 좀 더 좋은 성적을 내기 위한 노력이 필요했던 것이다.

삼 일 뒤 드디어 비무 접수가 마감되었다.

그리고 하루 뒤 비무에 참가하는 사람들의 명단이 공개되었다.

무림대회 참가자들의 성향은 대체로 사람들이 예상하는 바대로 이루어져 있었다. 단지 두 가지 특이한 점이 사람들의 눈길을 끌었다.

하나는 신오제가 겹쳐서 출전을 신청한 곳이 있었다.

바로 사천 총단 부총령의 자리였다. 사천 총단 부총령의 자리에는 아미의 임혜련과 당가의 당정이 신청하였다. 일반적으로 사람들은 신오제 문파 간의 조율이 사전에 있었을 것이라 생각했다.

그래서 더욱 임혜련과 당정의 봉황단 부단주에의 도전은 의외의 일로 받아들여졌다.

또 하나는 결과적으로 다섯 개의 자리 중 한 자리에 신오제 중 아무도 신청을 하지 않은 것이었다.

바로 신설되는 호정단의 단주 직이었다.

비록 다른 자리는 부단주를 뽑는 자리이고 호정단은 단주 직을 뽑는 자리였지만 신오제는 아무도 호정단 단주 직에 도전하지 않았다. 그것은 각 문파가 호정단을 바라보는 시각을 대변하고 있었다.

각 문파는 호정단을 맹의 궂은일을 도맡아 처리해야 할 조직으로 보고 있었던 것이다.

일은 많으나 드러나지는 않을 것이다. 또한 손에 피도 많이 묻혀야 할 자리였다. 결국 그런 곳은 나머지 네 개 단의 부단주로 시작해 정의맹의 요직에 오르는 경력을 원하는 신오제에게 마땅한 곳이 아니었다.

그런 호정단의 단주 직에 한 명의 여인이 도전하였다.

설연이었다.

각 직책에 대한 도전자가 결정되자 바로 무림대회의 일정이 공개되었다.

제일일, 주작단의 부단주 직.

제이일, 청룡단의 부단주 직.

제삼일, 백호단의 부단주 직.

제사일, 사천 총단 부총령 직.

제오일, 호정단 단주 직.

그리고 그 다음날 사람들은 비무대가 마련된 정의맹의 중앙 연무장으로 몰려들었다.

비무대회의 첫날이 밝은 것이었다.

주작단의 부단주 직에 도전한 사람은 바로 개방의 능소개였다. 그리고 몇몇 문파에서 도전장을 내었으나 모두 능소개에는 미치지 못하였다.

그리고 결승에서 능소개와 맞선 사람은 곤륜의 신성 임오백이었다.

하지만 임오백은 능소개의 적수가 될 수 없었다. 두 사람이 비무대에 마주 선 순간 임오백은 이미 능소개에게서 뿜어지는 기세에 전의를 상실하고 말았다.

그래서 능소개가 예의 그 빠른 경공을 이용해 짓쳐 들 때도 겨우 옆으로 두 걸음을 걸었을 뿐이었다.

그리고 다시 능소개가 제자리에 돌아왔을 때 임오백의 가슴 언저리에는 능소개의 발자국이 나 있었다.

임오백은 정중한 포권으로 능소개에게 패배를 인정하였고, 능소개는 사람들의 환호를 받으며 비무대에서 내려갔다. 이제 주작단의 부단주는 능소개가 된 것이며, 결국 사이가 별로인 제갈가와 개방이 한집 식구가 된 것이었다.

사람들은 첫날의 비무가 너무 싱겁게 끝나자 남은 사 일간의 비무도 오늘과 같은 결과를 가져오는 것이 아닌가 하는 생각을 하게 되었다. 신오제의 무위가 지나치게 월등했던 것이다.

하지만 사람들은 그 다음날 그러한 생각을 버려야 했다.

청룡단 부단주 직에 도전하는 무당의 제자 현종이 첫 비무에서 종남의 위종에게 보여준 일검 때문이었다.

현종은 위종을 맞아 단 일 검에 승패를 갈랐다. 현종의 검은 심유한 기운을 내뿜고 있었고 사람들은 그것이 무당의 태극검이라는 것을 알 수 있었다.

무당의 태극검. 과거 무당의 개파조사 장삼풍이 말년에 이르러 깨달았다는 무의 원리가 태극검에 담겨 있었다. 현종은 바로 그 태극검을 펼치고 있었던 것이다.

청룡단 부단주 직에는 신오제 중 일인인 남궁세가의 남궁인이 출전하고 있었다.

해가 뉘엿뉘엿 서산으로 넘어갈 때 비무대 주위로 모여든 모든 군웅들이 숨을 죽였다.

드디어 현종과 남궁인이 맞붙은 것이다.

남궁인은 천천히 비무대 위로 올라섰다. 먼저 비무대 위에 올라서 있던 현종이 두 손을 모아 포권을 취해 보였다.

남궁인도 현종의 인사를 포권으로 답례했다.

"위명이 쟁쟁한 신오제 남궁 대협의 검을 견식하게 된 것을 영광으로 생각합니다. 한 수 가르침을 바랍니다."

현종의 정중한 말이 비무대에 울려 퍼졌다.

"오히려 제가 그 깊이를 알 수 없는 무당검을 이렇게 대하게 되어 영광입니다. 부디 손에 사정을 두어주십시오."

둘은 의례적인 대화를 마치고 곧 자신의 검을 빼어 들었다.

둥!

북소리가 비무의 시작을 알리며 저녁 공기 속으로 퍼져 나갔다. 현종는 한 손에 검을 든 채 검을 대각으로 세워 한 손을 검면에 가져다 대고 있었다. 남궁인은 검끝을 땅을 향하게 한 후 두 팔을 편하게 아래로 내려뜨리고 있었다.

"누가 승산이 있어 보이는가?"

능소개가 고봉정에게 물었다.

"글쎄, 쉽게 예측하기 어렵군. 현종의 검이 그 깊이가 있는 듯하이.

남궁 형의 검에 당할지는 모르겠으나.”

“그렇지? 만만치 않지?”

　두 사람이 말하는 사이 현종의 검이 부드럽게 앞을 향해 날아갔다. 그리고 마치 검에 이끌려 가듯 현종의 몸이 그 뒤를 따랐다.

　그것은 마치 가지 않으려는 소를 검이 끌고 가는 것과 비슷한 양상이었다. 사람들은 현종의 그 일검에 마음에 이는 답답함을 느꼈다.

　하지만 그 일검을 맞이하고 있는 남궁인의 등에서는 식은땀이 흘러내렸다. 팽팽히 당겨진 것과 같은 현종의 몸이 칼을 자유롭게 풀어주는 순간 칼은 아마 보이지 않을 정도로 빠르게 달려들 것이다.

　남궁인이 천천히 검을 들어 올려 가슴 앞에 세웠다.

　그 순간 현종의 검이 변했다. 이번에는 현종이 마치 뛰어나가는 말의 고삐를 놓듯이 가볍게 검을 밀어냈다.

　그리고 순식간에 현종과 남궁인의 사이가 좁혀졌다.

　깡!

　선명한 칼 부딪치는 소리가 공기 중에 떠올랐다.

　둘은 다시 원래의 거리로 떨어졌다. 두 사람의 얼굴은 모두 벌겋게 달아올라 있었다. 현종의 검이 나는 순간 남궁인의 검이 현종의 검을 튕겨낸 것이다. 첫 합은 비긴 것이었다.

　그러나 남궁인은 자존심이 상했다. 그는 최소한 이번 일합에 현종의 내공이 흐트러지리라 생각하고 있었던 것이다. 하지만 현종은 비록 얼굴이 붉어져 있었으나 내상은 입지 않은 것으로 보였다.

　남궁인은 오제도 출도 이후 엽강과 일전을 한 후 처음으로 긴장하기 시작하였다. 그리고 사람들에게 강렬한 인상을 심어주기를 원했다.

'일검에 끝낸다.'

남궁인은 어금니를 깨물었다.

그리고는 좀 전 현종이 취했던 것과 비슷한 자세를 취했다. 남궁인은 현종을 향해 검을 천천히 뻗어냈다. 사람들은 이번에는 남궁인의 자세에서 답답함을 느꼈다.

현종은 침착한 눈으로 남궁인의 검끝을 바라보고 있었다.

어느 순간 남궁인이 검을 밀듯이 놓아버렸다. 순간 검이 남궁인의 손을 떠나 공중에 잠시 멈춘 듯 보이더니 폭풍처럼 현종을 향해 날아들었다.

"이기어검!"

사람들의 입에서 탄성이 쏟아졌다. 남궁인의 최후 절학, 예의 그 이기어검이 펼쳐진 것이다.

현종은 자신을 향해 날아오는 남궁인의 검을 힘겹게 검으로 감아갔다. 이화접목이었다. 하지만 남궁인의 검은 마치 고삐 풀린 망아지처럼 현종의 검에서 벗어났다. 그리고는 현종의 등 뒤에서 맹렬히 방향을 틀었다.

그리고 현종의 옆구리를 지나 남궁인에게 돌아갔다.

검이 지난 현종의 옆구리에 가는 선이 나타나더니 붉은빛이 보이기 시작했다. 깊지는 않았으나 옆구리를 베인 것이다.

현종이 칼을 거두었다. 그리고는 남궁인을 향해 포권을 해 보였다.

"손속에 사정을 두신 점 감사드립니다."

"오히려 제가 양보해 주셔서 감사합니다."

남궁인의 승리였다.

두 사람은 사람들의 함성을 들으면서 비무대를 내려섰다. 이제 정의맹 제일무력세력인 청룡단은 새로운 부단주를 맞이하게 된 것이다.

멀리서 남궁가주인 남궁룡의 웃는 얼굴이 보였다.

두 번째 날의 비무 결과는 사람들에게 자칫 시시할 것이라 생각되었던 비무에 흥미를 가지는 계기를 던져 주었다.

비록 신오제의 남궁인이 승리를 하기는 했지만 무당의 현종이 보인 검 또한 신오제에 못지않았던 것이다.

그리고 셋째 날에는 화산의 고봉정과 소림의 법철이 맞붙게 되어 있었다. 이제 사람들의 관심은 온통 고봉정과 법철의 대결에 쏠려 있었다.

법철은 바로 사성 중 하나인 영인 선사가 늦게 들인 제자였던 것이다.

사람들은 고봉정과 법철의 대결을 이번 무림대회의 최고 대결로 손꼽고 있었다.

그날 밤 설장벽은 고봉정과 설연을 앞에 두고 있었다.

"내일 자신있겠지?"

설장벽이 고봉정을 보며 입을 열었다.

"최선을 다하겠습니다."

"방심하지 마라. 상대는 영인 선사의 사사를 받은 사람이다."

"알고 있습니다. 절대 경시하지 않겠습니다."

"그래, 너라면 내가 믿지."

설장벽의 눈에는 제자에 대한 굳은 믿음이 존재하였다.

"그나저나 연아, 너는 어째서 호정단에 참여한 것이냐? 이 백부는 도저히 이해할 수가 없구나. 차라리 주작단이 낫지 않았을까? 비록 능소개가 있다 하더라도 최소한 결승까지는 갈 수 있었을 텐데."

"백부님, 이번 비무는 저에게 그냥 맡겨주세요. 일단 제가 호정단에 든다면 그만큼 부모님의 원한을 갚는 길이 가까워지겠지요."

'그리고 원한을 갚은 뒤에는 할 일이 있어요.'

설연의 뒷말은 머리 속에서만 울렸다.

설장벽의 안색이 변했다.

"그것이었더냐, 네가 호정단을 선택한 이유가? 네 아비의 원수를 갚기 위해서?'

"꼭 그런 것만은 아닙니다. 제가 알기로 호정단은 맹의 정규 조직이 아니므로 행동이 자유롭다고 들었습니다. 제게 틀에 짜인 생활은 잘 맞지 않을 것 같아서……."

"그래, 그런 면이 있기는 하다. 하지만 연아, 너무 그렇게 너의 아비의 일에 매달리지 말거라. 물론 잊지 말아야 할 원한이지만 그것이 너를 망칠 수도 있어."

"명심하겠습니다, 백부님."

"자자, 그래. 어차피 정해진 일, 최선을 다하자. 호정단에는 누가 지원했지?'

"네, 팽가의 팽정과 언가의 언남성, 그리고 공동의 손진입니다."

"흠, 많이도 지원했군. 아마도 신오제를 피하기 위함이겠지?'

"아마도 그런 듯합니다."

"이거 어째 진짜 비무는 호정단에서 있겠구먼. 연아, 잘하거라."

설장벽이 애정 어린 시선으로 설연을 바라보았다.

세 번째 비무 날이 밝았다.

사람들이 그 어느 때보다도 많이 비무대 주위로 몰려들었다. 고봉정과 법철은 사람들의 기대를 저버리지 않았다.

점심때가 지났을 때 비무대에 오를 수 있는 사람은 그 두 사람밖에 없었다. 두 사람의 엄청난 무위에 다른 참가자들의 기권이 많은 때문이었다.

점심 식사가 끝나자 비무대 주위에는 서로 좋은 자리를 차지하려는 사람들 간의 경쟁이 벌어지고 있었다. 오전에 잡아놓은 자리에 누가 앉아버린 경우거나 혼자서 여러 개의 자리를 잡아놓은 사람은 많은 사람의 눈총 공격을 철면으로 방어해야 했다.

그리고 잠시 후 장내가 진정되자 쿵 하며 비무를 알리는 북이 울렸다.

사람들은 환호성으로 비무의 시작을 격려했다. 그리고 천천히 양쪽 끝에서 대기하던 두 사람이 비무대 위로 올라섰다.

고봉정은 훤칠한 키에 푸른색 무의를 깔끔히 차려입고 머리에는 청색 머리 끈으로 이마를 질끈 동여맨 상태였다. 그의 늠름한 자태는 비무를 관전하는 뭇 여성들의 마음을 설레게 하기에 충분하였다.

법철은 중간 정도의 키였으나 가사 밖으로 드러나는 그의 근육들이 그가 얼마나 강철 같은 체력을 가지고 있는지를 증명해 주고 있었다.

두 사람은 서로를 마주 보며 포권을 취했다.

그리고 서서히 자세를 잡아가기 시작하였다. 고봉정이 자신의 검을 무거운 듯 머리 위로 들어 올렸고, 법철은 마보 자세를 취하며 두 손을 양 허리에 대었다. 법철의 자세는 보는 사람으로 하여금 저절로 안정감을 느낄 수 있게 하였다.

법철의 자세에서는 천하의 장사가 와서 밀어도 끄떡도 하지 않을 강인함이 엿보였다.

그리고 어느 순간, 서서히 고봉정의 검이 아래로 내려그어졌다.

"검강!"

사람들의 입에서 검강이라는 소리가 터져 나왔다. 고봉정은 일격에 끝내려는 듯 처음부터 검강을 시전하고 있었다. 법철도 자신의 두 손을 주먹을 쥔 채 앞으로 뻗어냈다.

"백보신권!"

사람들의 입에서 다시 탄성이 터져 나왔다.

백보신권은 소림의 승들이 모두 익히는 무공이지만 그 정수를 익힌 사람은 소림 역사에서도 드물었다. 그런데 고봉정의 검강에 맞서 법철은 백보신권을 펼친 것이다.

꽝!

천지가 허물어지는 듯한 소리가 고봉정과 법철 사이에서 터져 나왔다. 그리고 고봉정의 검은 다시 머리 위로, 법철의 손은 다시 허리로 돌아가 있었다.

두 사람의 얼굴은 하얗게 변해 있었다. 하지만 둘 다 자리에서 한 발자욱도 물러서지 않은 상태였다.

둘의 첫 대결은 무승부였다.

"와, 대단하다!"

사람들의 탄성이 터져 나왔다. 사람들은 오랜만에 남자다움이 물씬 풍기는 강기의 대결을 보고 있는 것이었다.

다시 동일한 자세로 고봉정이 검을 내리그었고, 다시 동일한 자세로 법철이 팔을 뻗었다.

그리고 다시 천지를 울리는 소리가 비무대 주위에 퍼졌다. 상황은 처음의 결과와 동일하였다.

그리고 그들은 똑같은 동작을 다섯 번 반복하였다. 그리고 그때마다 결과는 동일하였다.

"저런 무식한 놈들."

능소개의 입에서 욕이 튀어나왔다.

"항상 저런 녀석들이 있단 말이야, 무림에는."

"정말 대단하군요."

옆에 있던 남궁인이 말을 받았다.

"고 형도 고 형이지만 소림은 역시. 천년소림이라더니……."

당정도 어느새 옆에 와 있었다.

"하지만 저래 가지고야 결국 하나가 상하지 않겠습니까?"

능소개의 말이었다.

"그래도 호쾌하군요. 역시 고 형의 기개는 알아주어야 합니다. 그것을 받아내는 법철 스님도 그렇고."

사람늘은 열광하고 있었다.

이러한 정면 대결은 무림에서 흔히 볼 수 있는 것이 아니었다. 그것은 무공에 대한 자신감, 비무에서의 상대에 대한 예의, 그리고 순수한 싸움에의 투지가 있어야 가능한 것이었다.

설장벽과 대비 선사의 얼굴에도 웃음이 피어올랐다. 승패를 떠나 자신들의 제자가 보여주고 있는 저 순수한 무(武)에의 집중은 일반 싸움과는 차원이 다른 것이었다.

어쩌면 그것은 무(武)가 왜 소림에서 해탈의 방편으로 쓰이고 무당에서 득도의 수단으로 쓰이는지를 잘 보여주는 것이라 할 수 있었다.

그들의 비무는 비무 이상의 것이었던 것이다.

꽝!

다시 열 번째 울림이 들렸다.

그리고 드디어 변화가 생겨났다. 법철의 마보가 풀린 것이다.

"제가 부족하군요. 좋은 경험이었습니다. 아미타불."

법철이 고봉정에게 한 손으로 합장을 해 보였다.

"오히려 제가 법철 스님께 가르침을 받았습니다. 오늘의 가르침에 감사드립니다."

그리고 두 사람이 비무대에서 내려왔다.

"와, 최고다!"

주위에서 사람들의 함성이 들려왔다. 비무는 고봉정의 승리로 끝났으나 법철 또한 그에 못지않은 찬사를 받았다. 이번 무림대회 최고의 승부였고, 최고의 영웅이 탄생한 것이다.

그런 두 사람을 보는 남궁인의 시선에는 질투가 가득했다. 저러한 함성과 찬사는 자신의 것이 되어야 했던 것이다. 남궁인은 몸을 돌려 비무장을 빠져나갔다.

"남궁 형, 어디 가요?"

능소개가 불렀으나 남궁인은 돌아보지 않고 걸음을 옮겼다.

비무장에서는 고봉정과 법철을 연호하는 사람들의 함성이 끊임없이 들려오고 있었다.

세상에는 가끔 예상하지 못한 일이 일어나 사람들에게 기쁨을 주기도 하지만 또 예상했던 일이 틀어져 사람들에게 실망을 주기도 한다.

어제 벌어진 고봉정과 법철의 비무가 전자의 경우였다면 오늘 벌어진 네 번째 비무는 후자의 경우였다.

사람들은 검룡과 법철의 비무 못지않게 당정과 임혜련의 비무도 고대하고 있었다.

처음으로 오제 간의 대결이 벌어지게 된 것이다.

모든 사람들의 예상대로 두 사람이 최종전의 진출자로 결정되었을 때만 하여도 네 번째 날 비무는 사람들의 기대를 충족시켜 주는 것으로 보였다.

하지만 오후 들어 비무대에 오른 사람은 임혜련과 당정이 아닌 제갈의현이었다.

"여러 무림 동도들께 아쉬운 말씀을 드리겠습니다."

제갈의현이 비무대에서 첫 말을 꺼냈을 때만 해도 사람들은 곧 있을 두 사람의 대결을 기대하고 있었다.

하지만 곧이어 들려온 제갈의현의 목소리에 사람들은 야유를 쏟아내기 시작했다.

"예정되어 있던 당문의 당정 대협과 아미의 임혜련 여협의 대결은 임혜련 여협의 기권으로 당정 대협의 승리로 돌아가게 되었습니다! 따라서 사천 총단의 부총령은 당정 대협으로 확정되었습니다!"

제갈의현의 발표는 둘의 대결을 기다렸던 많은 사람들의 야유 속에 묻혔다. 하지만 가끔은 아무리 야유를 한다고 해도 변하지 않는 것이 있었다.

사람들은 야유하다 지쳐 하나둘 비무장을 떠났고, 결국에 덩그러니 텅 빈 비무대만 남게 되었다.

두 사람의 대결이 무산된 것은 어찌 생각해 보면 충분히 이해할 만한 구석이 있었다.

일단 두 사람이 속한 문파는 사천을 대표하는 문파였다. 사천에 비록 청성과 점창이 있었지만 그 명성에서 두 파에는 미치지 못하고 있었다.

한데 지금 사천 총사령은 아미의 멸절 사태였다. 만약 다시 아미의 사람이 부총령에 앉는다면 사천무림이 아미의 손에 들어오는 것이나 마찬가지인 것이다.

이것을 당문이나 다른 문파에서 곱게 볼 리 만무했고, 아미 장문 성신 사태 류진화도 이러한 사실을 잘 알고 있었던 것이다.

따라서 임혜련이 비무를 포기함으로써 부총령의 자리를 당문에 넘기고, 아미는 당문과 더불어 사천의 강자로 계속 군림할 수 있게 된 것이다. 다른 문파의 시기나 견제없이.

당문의 입장으로서도 불감청이었을 뿐 나쁠 게 없는 일이었다.

그래서 그날 밤 당문의 문주 당선명이 아미의 성신 사태에게 감사의 말을 전하려 들른 것도 다 이유가 있는 일이었던 것이다.

이제 무림대회는 마지막 날의 호정단 단주 직을 건 비무만이 남아 있었다.

비무 전날 설연은 뜻밖의 사람의 방문을 받게 되었다. 하지만 설연으로서는 반가운 사람이었다.

설연을 방문한 사람들은 바로 이제 막 정의맹에 도착한 막여와 진승이었다.

설연은 자신의 방문을 열고 두 사람을 반갑게 안으로 맞아들였다.

"설 소저, 잘 지냈소?"

막여가 설연을 보고 웃으며 인사를 건넸다.

"네, 어르신. 어르신께서도 잘 지내셨는지요?"

"허허허, 이 늙은이야 잘 지냈지. 한 다섯 달 만인가?"

"네, 벌써 그렇게 되었군요. 그동안 어떻게 지내셨어요?"

"흠, 나는 설 소저 등과 헤어진 뒤 남궁세가에 가서 남궁 가주에게 남궁가를 떠날 것을 허락받았지요. 그리고 이 진승과 함께 이곳저곳을 돌아다니다 이번에 정의맹에서 무림대회를 한다는 소식을 듣고 오게 되었다오."

"그러셨군요. 그래, 여러 곳은 다녀보셨어요?"

"그냥 뭐, 예전에 내가 점소이로 있던 곳도 가보고 이리저리……. 그나저나 설 소저."

"네, 어르신."

"도대체 왜 호정단에 도전하는 거요?"

막여가 단도직입으로 물어왔다.

"설 소저의 무공이라면 굳이 호정단이 아니더라도……."

"어르신, 거기에는 제 나름대로 고충이 있으니……."

"말하기 어려우면 말하지 않으셔도 됩니다."

"아니에요, 어르신. 사실 저희 부모님이 제가 어릴 때인 무림대전 초기에 돌아가셨지요."

막여가 고개를 끄덕였다.

"알고 있소. 예전에 들은 기억이 있구려."

"그때 저희 아버님과 부딪쳤던 패천맹의 마인이 사대호법이었지요. 지금은 저희 아버님과 동사한 검마를 제외하고는 패천맹 원로원에 들어 있지요."

"음, 알고 있는 일이오."

"저는 어려서부터 두 가지의 목적으로 살았어요."

막여가 설연을 바라보았다.

"하나는 백부님의 바람대로 과거 검후를 뛰어넘어 여중제일인이 되는 것이고 하나는 부모님의 원한을 갚는 것이지요."

막여가 안쓰러운 눈으로 설연을 바라보았다. 그녀의 어린 시절을 보지 않아도 알 듯했던 것이다.

"이제 그중 하나의 목적은 버리기로 했어요. 그리고 하나의 목적이 새로 생겼지요."

"……?"

"버리기로 한 건 여중제일인이 되는 것이고… 새로 생긴 목적은……."

"새로 생긴 목적은 뭐요?"

설연이 입을 다물었다. 그리고 잠시 후 다시 입을 열었다.

"그것은 지금 말씀드리기가 어렵군요. 제가 저의 부모님의 원한을 갚은 후 그때나 말씀드릴 수 있을 것 같아요. 저희 백부님에게도. 어쨌든……."

설연이 잠시 탁자의 차를 마시려 말을 끊었다. 식은 차로 목을 적신 설연이 계속 말을 이었다.

"이번에 호정단에 든다는 것은 좀 더 패천맹과 맞설 수 있는 기회가 많다는 것이고, 그러면 좀 더 그들의 곁으로 빨리 다가갈 수 있겠지요."

막여가 고개를 끄덕였다. 그도 호정단의 목적을 대략 알고 있었던 것이다.

무림대전이 다시 일어나든 일어나지 않든 호정단은 항상 패천맹과의 최전선에 서 있게 될 것이다. 그것은 곧 살아 있는 패천맹의 사대호법을 가장 빨리 만날 수 있는 길이기도 했다.

그들은 좀 더 대화를 나누었다.

상련에 와 있다는 황벽에 대한 이야기도 나누었던 것 같다. 그리고 밤이 깊어 막여가 설연의 방을 나설 때 그는 설연에게 한마디의 말을 던졌다.

"설 소저."

"말씀하시지요."

"그 새로 생겼다는 목적 말이오. 혹시……."

"……."

"황벽이오?"

설연은 대답하지 않았다. 하지만 막여는 설연의 눈에서 대답을 들을 수 있었다. 그리고 좀 전 상련에 와 있다는 황벽에 대한 이야기를 할 때 즐거워하던 그녀의 모습이 되살아났다.

"그렇구려. 그럼 이만."

막여는 돌아서서 자신의 숙소로 향했다. 그 뒤를 진승이 고개를 갸웃거리며 따라갔다.

'이거 이제는 늘그막에 제자의 아내가 될 여자까지 지켜야 할 팔자인가 보다.'

그 다음날 막여와 진승은 호정단에 가입 신청을 하였다.

그리고 어느새 밤이 지나고 아침이 찾아들었다. 비무의 마지막 날이 밝은 것이다.

오늘 설연은 호정단의 단주에 도전하고 있었다.

사람들은 이번 호정단의 단주로 하북팽가의 팽정을 손에 꼽고 있었다. 팽정은 이번 비무에 참석한 사람들 중 가장 무림에 잘 알려져 있는 사람이었다.

하지만 설연을 아는 사람들은 이번 비무의 우승자로 설연을 꼽기를 주저하지 않았다. 그들은 설연의 검이 결코 신오제에 못지않음을 알고 있었던 것이다.

둥둥둥둥!

북소리가 울리는 와중에 수많은 사람들이 비무대 주위로 몰려들었다. 오늘의 비무는 신오제가 출전했던 비무들에 비해 그 무게감은 떨어졌으나 비무의 재미는 오히려 더하리라는 것이 사람들의 생각이었다.

사실 고수의 대결은 그들의 움직임이나 그 움직임 속에 숨겨져 있는 의미를 알 수 있는 사람들에게는 흥미로운 것이었으나 일반 무사들에게는 싱거워 보일 수도 있었다.

하지만 오늘의 비무는 일반 무사들도 충분히 그 겨룸의 맛을 즐길 수 있는 수준의 무인들이 많이 출전하고 있었던 것이다.

그래서 무림대회의 마지막 날인 오늘 그 어느 때보다도 많은 사람들이 비무대 주위를 메우고 있었다.

제28장
북두회(北斗會)

재능이 있는 사람은 몸을 숨겨도 드러나기 마련이
다. 오늘 설연이 드디어 그녀의 진가를 드러내고 있었다.

사람들은 처음 설연이 검을 들고 공동 손진과 만났을 때 설연의 운
이 나쁘다고 생각하고 있었다. 손진은 공동이 지난 사 년간 심혈을 기
울여 키운 후기지수로 공동에서는 훗날 손진이 무림의 거봉으로 우뚝
설 것이라는 믿음을 가지고 있었다.

그리고 사문의 기대대로 그는 무림에서 명성을 얻어가기 시작하였
다. 비록 지금은 신오제에 가려 있지만 공동은 언젠가 그가 신오제를
넘을 것이라는 기대를 숨기지 않았다. 손진은 그렇게 무림의 기대주였
던 것이다.

반면에 설연은 비록 오제지행에 동행은 했으나 오제도에 들지 못하
고 삼 년을 무인도에서 생활한 것으로 알려져 있었다. 사람들은 그녀

의 강한 생존력은 이야기했지만 그녀의 무공은 아마도 오제도를 향해
출발할 때와 별반 달라지지 않았을 것으로 생각했다.

스승과 비전 없이 생존에 급급했을 그녀가 무공을 발전시켰으리라
고는 생각지 않았던 것이다.

그런데 사람들의 예상이 깨어졌다. 손진은 첫 대결에서 단 일 초에
무너지고 말았다.

사람들이 전하는 소식으로는 설연은 단지 한 번 검집에서 검을 빼었
다 넣었을 뿐이라고 했다.

단지 그 검이 지독히도 빨랐을 뿐이었다는 이야기가 뒤를 따랐다.

그래서 그녀의 두 번째 상대로 지목된 언가의 언남성은 손진과는 다
르게 그녀와의 거리를 확보하고 그녀의 쾌검에 대비하였다.

그러나 그것은 그의 실수였다. 언가의 장점은 권에 있었다. 하지만
검은 팔보다 길었고 주먹보다 날카로웠다. 그는 설연의 매화검법에 제
대로 한 번 반격도 못하고 비무대에서 물러났다.

그리해서 설연은 이 호정단의 지원자 중 최강이라 꼽히는 팽정과 만
나게 된 것이었다.

그녀가 최종 결승을 위해 비무대에 올랐을 때 사람들은 열광적으로
그녀를 응원했다. 그녀가 보여준 예선에서의 검은 결코 신오제에 뒤지
지 않았던 것이다.

팽정과 설연은 오 장의 간격을 격하고 서로 마주 보고 서 있었다.

팽정은 결코 방심하지 않았다. 앞에 서 있는 이 서릿발 같은 표정의
여인은 이미 손진과 언남성을 꺾고 올라온 여검사였다.

결코 무시할 수 없는 무공의 소유자였던 것이다.

그가 도를 잡은 손에 힘을 주었다. 그리고 가볍게 포권하며 설연을

바라보았다.

"제 도가 좀 거칩니다."

양보가 없다는 말이었다.

"잘 부탁드립니다."

역시 어서 오라는 말이나 다름없었다.

팽정이 간격을 벌린 상태에서 서서히 도를 휘두르기 시작하였다. 팽정의 도는 거대하였다. 혹자는 팽정의 도가 팔십 근에 달한다고도 했다.

천천히 허공을 돌던 팽정의 도에 가속도가 붙기 시작하였다. 가속도가 붙은 팔십 근 도의 위력은 상상을 불허했다. 도가 지나는 곳으로 공기가 찢어지는 소리가 나기 시작했다. 그리고 어느 순간, 그의 몸이 도광에 가려 보이지 않기 시작했다.

그의 몸은 순식간에 하나의 도광덩어리로 변한 것이다. 그리고 그 덩어리가 설연을 향해 다가왔다.

설연의 가냘픈 몸은 곧 도광에 휘말려 날아가 버릴 것 같았다.

그때 설연의 검이 뽑혀지고 천천히 도광덩어리를 향해 검을 집어넣었다. 그러자 거짓말 같게도 도광덩어리가 반으로 갈리면서 팽정의 신음 소리가 흘러나왔다.

"억!"

순간 팽정이 입가로 피를 뿌리면서 뒤로 십여 보 물러섰다. 뒤로 물러선 팽정은 겨우 도를 비무대에 꽂은 채 도에 의지해 서 있었다.

그는 계속해서 흔들리는 몸을 바로잡으려 했으나 쉽지 않았다. 한참 만에 몸을 바로 세운 팽정이 겨우 설연에게 포권을 해 보였다.

"좋은 검, 감사하오."

설연이 고개를 숙여 답을 대신하였다.

그리고 팽정이 흔들리는 몸을 도로 지탱하며 겨우 비무대를 내려가자 그제야 사람들은 설연을 향해 환호를 보내기 시작했다.

사람들의 환호를 받으며 설연도 몸을 돌려 비무대를 내려갔다.

설연이 펼친 초식은 절대오검 중 이초 절(切)이었다. 설연은 팽정이 만든 도광에 틈을 발견하고는 그 사이로 자신의 검을 들이밀었던 것이다.

팽정은 자신의 도기를 뚫고 들어오는 설연의 검을 막을 수 없어 무리하게 진기를 거두고 뒤로 물러나며 큰 내상을 입은 것이었다.

이렇게 해서 무림대회가 막을 내렸다. 그리고 그 다음날 새로운 방이 정의맹 곳곳에 붙었다.

거기에는 새로운 직책을 부여받은 사람들의 이름이 써 있었다.

호정단 단주 설연.
주작단 부단주 능소개.
청룡단 부단주 남궁인.
백호단 부단주 고봉정.
사천 총단 부총령 겸 봉황단 부단주 당정.

결국 사람들의 예상대로 신오제의 시대가 열린 것이다.

소림과 무당에서 키운 신진들도 물론 뛰어난 무공을 선보였으나 오제의 뒤를 이은 신오제의 위력 앞에서는 속수무책이었다.

한편 이번 무림대회 최대의 성과는 화산이라는 말이 돌았다. 화산은 그동안 문파의 이름에 안 맞게 정의맹 요직에 자기 문파 사람의 이름을 올리지 못했으나 이번에 고봉정과 설연 두 명의 제자가 요직에 오른 것이다.

그래서 설장벽은 보는 사람마다 해오는 축하 인사에 하루 종일 얼굴에서 웃음 떠날 줄을 몰랐다.

무림대회가 종료된 지 이틀 후 정의맹 총회가 성대하게 개최되었다.

정의맹 맹주전을 가득 메운 사람들 사이에서 새롭게 직책을 얻은 사람들에 대한 수여식이 끝나자 이제 수뇌들만이 모인 소회의가 시작되었다.

원로원의 인사들이 모두 참석한 이 자리에는 드디어 설연과 신오제가 새로운 직책을 가지고 참석했다.

이제 신오제는 정의맹의 중심 세력이 된 것이었다.

"자, 오늘 이렇게 새로운 분들과 자리를 함께하니 기쁘기 그지없습니다. 이제 정의맹도 새로운 고수들이 속속 등장하니 지난 무림대전으로 쇠퇴한 무림의 정기가 다시 일어나는 것 같아 이 맹주의 마음이 아주 흡족합니다."

정의맹주 장의현이 웃으며 신오제와 설연에 대한 환영사를 하였다.

잠시 부드러운 분위기가 이어지더니 어느덧 사람들은 무림의 정세에 대해 논의하기 시작했다.

"이번에 패천맹에서 맹 전체 회의를 소집했다지요?"

누군가가 제갈의현을 보며 입을 열었다.

"그렇습니다. 그쪽도 패천사룡의 출현으로 조직에 변화가 있을 것 같습니다."

"하하하, 이제 우리 노인들은 한쪽으로 물러나야겠습니다. 안 그렇습니까, 맹주?"

소림 장문 대비 선사가 장의현을 보며 입을 열었다.

"허허허, 그렇지요. 이제 저도 쉬어야 할 때가 되어오나 봅니다."

장의현이 웃으며 그의 말을 받았으나 그의 표정은 좋지 않았다.

"그나저나 이제 무림은 어떻게 되어가는 것입니까, 맹주?"

"자자, 그것을 의논하고자 이렇게 모인 것 아닙니까? 우선 제갈 군사의 전체적인 무림에 대한 정세 설명을 듣도록 합시다. 제갈 군사께서 수고해 주시지요."

제갈의현이 맹주의 말에 자리에서 일어났다. 그리고는 중인을 향해 가볍게 고개를 숙여 보였다.

"지금부터 제가 오늘까지 저희 주작단에서 수집한 정보를 바탕으로 분석한 무림의 정세에 관해 말씀드리겠습니다."

제갈의현의 말에 모든 사람이 제갈의현을 주목했다.

"먼저 요즘 무림에 중요한 사건이 몇 가지 있었습니다. 그 첫째는 역시 뭐니 뭐니 해도 우리 신오제의 출현이지요. 이제 정의맹은 무림 대전 초기의 전력을 오히려 능가한다고 볼 수 있습니다."

제갈의현의 말에 모두들 고개를 끄덕였다.

신오제의 출현은 정말 그 정도의 파괴력을 가지고 있었던 것이다.

"그리고 패천맹에서도 패천사룡이 출범한 것이 두 번째입니다."

그의 말에 사람들이 다시 고개를 끄덕였다.

"패천맹도 이제 과거의 전력을 되찾았다고 보아야겠지요. 이제 그들도 우리 정의맹과의 새로운 관계 정립을 생각하고 있을 것입니다. 그 시발점이 되는 것이 바로 한 달 후에 있을 정사연이 되겠지요."

사람들은 모두 제갈의현의 말에 빠져들고 있었다.

정사연이라는 것이 있었다.

무림대전 이후 정사가 일 년에 한 번씩 만나 휴전 협정 내용의 준수 여부와 서로 간의 분란을 조정하는 모임이었다.

그간 휴전이 깨질 만한 일들이 수차례 일어났으나 모두 이 정사연에서 무마되곤 하였던 것이다.

"이번 정사연에서는 아무래도 상련의 일이 주된 내용이 되겠지만 우리 입장에서는 오제지행 시의 혈사대 문제나 상해 진가장 문제를 거론해 볼 수도 있겠지요."

사람들은 모두 제갈의현의 말에 고개를 끄덕였다.

"자자, 그런 세부적인 것은 제갈 군사께서 알아서 준비해 주시고 그 상련의 문제와 이번 정사연의 참석자에 대한 문제를 이야기해 봅시다."

"알겠습니다, 맹주님."

제갈의현이 장의현의 말에 고개를 숙여 보인 후 다시 입을 열었다.

"먼저 상련의 문제에 대해 말씀드리지요."

"음, 상련이 이번에 위험한 거래를 시도했더군요."

남궁룡이었다.

"네, 이번에 그들이 화약을 거래하려 하였더군요."

상련의 소식을 몰랐던 사람들은 화약이라는 소리에 웅성거리기 시작하였다.

"그들은 아마도 그간 우리 정의맹과 패천맹의 간섭이 꽤나 신경 쓰였나 봅니다. 이번에 귀곡자를 불러들여 상련 총단의 방어벽을 새로 구축하는 데 아마 화약을 쓸 것 같습니다. 귀곡자의 실력에 화약이라면 아마도 보통 방어벽은 아니겠지요."

"그런데 그것이 무산된 것인가요?"

이번에는 소림의 대비 선사가 입을 열었다.

"그렇습니다. 그 거래를 담당했던 허승이라는 상련 총순찰은 돌아왔으나 물건을 잃었다고 하더군요. 이번 일에 저희 정의맹에서는 비공식적으로 하오문과 낭인대를, 패천맹에서는 녹림과 천마궁의 대제자 및 원로원의 고수 몇 명을 투입했습니다. 물건의 손실은 당연한 결과이지요. 해서 이번 정사연에서는 상련에 대한 앞으로의 대처 문제를 패천맹과 논의해 보아야 할 것 같습니다."

무림에서는 중조산의 일이 패천맹이나 정의맹 양측의 주도로 이루어진 것으로 알려져 있었다.

보통 대부분의 무림인들은 상련에 대해 좋지 않은 감정을 가지고 있었다. 지난 무림대전의 일을 잊지 않고 있는 것이었다.

그러면서도 상련에게서 자유로울 수 없는 것 또한 정파의 입장이었다.

패천맹과 같이 검은 돈을 수입원으로 할 수 없는 그들에게 정상적인 거래에 의해 재물을 확보할 수 있는 방법은 상인들의 도움밖에는 없었던 것이다.

그래서 그들은 휴전 기간 동안 꾸준히 상련에 대한 영향력을 키우려 노력해 왔던 것이다. 그런데 그것에 대해 상련에서 처음으로 거부의 의사를 내비친 것이다.

상련의 독자 노선은 패천맹이나 정의맹에 상당한 부담으로 작용할 것이 분명했다. 따라서 이번 정사연에서 그런 상련의 움직임에 대한 토론은 반드시 필요한 것이었다.

"자, 그럼 이제 이번 정사연에 누가 참석하느냐의 문제만 남았습니다."

장의현이 제갈의현을 바라보았다.

"그 문제에 대해서는 미리 생각해 놓은 바가 있습니다."

"말씀해 보시지요."

"일단 이번에는 제가 참석토록 하겠습니다. 상련의 문제도 있고 하니 아마 저쪽에서도 혈뇌자가 참석할 것입니다."

"혈뇌자가 나온다면 당연히 제갈 군사가 가셔야 상대가 되겠지요."

"그리고 이번에 주작단 부단주가 되신 능소개 부단주도 동행토록 하고, 저희 정의맹의 기본 무력인 청룡단원 중 오십여 명을 참석시키는 것이 좋을 것입니다."

"그럼 청룡단주와 부단주도?"

"당연합니다. 거기다 백호단 부단주도 동행을 바랍니다. 아마 저들도 패천사룡 중 한두 명은 선을 보일 것입니다."

제갈의현이 설장벽과 고봉정을 바라보았다. 둘은 제갈의현을 향해 고개를 끄덕여 동의를 표했다.

"그렇겠지요. 자, 그럼 이 정도로 합시다. 그럼 이번 정사연의 우리 측 인사는 제갈 군사께서 이끌어주시고 청룡단주와 부단주, 그리고 주작단 부단주와 백호단의 부단주가 참석하는 것으로 하겠습니다."

장의현의 말과 함께 정의맹 전체 회의가 막을 내렸다. 이번 정의맹 총회는 결과적으로 신오제의 위치를 공고히 하는 결과로 막을 내린 것이다.

자신의 집무전으로 돌아온 장의현은 깊은 침묵에 빠져들었다.

'음, 신오제가 너무 커졌어. 이대로 있다가는 그동안 정파를 통제하던 나와 북두회의 통제력이 상실될 위험이 있어. 애초에 오제지행을 실시할 당시 생각했던 것과는 너무 차이가 나는군. 어쩔 수 없이 북두회의 소집을 요청해야 하는가? 제갈 군사의 생각은 무엇일까? 그가 무슨 생각으로 신오제 문파를 이렇게 키우는 것인지……. 일단 북두회를 소집하면 알 수 있겠지.'

맹주의 집무전에 밤이 찾아들었지만 장의현의 생각은 끊이질 않았다.

*　　　　*　　　　*

정의맹에서 무림대회와 총회가 실시되고 있을 때 감숙의 패천맹 총단에서도 패천맹 총회가 개최되고 있었다.

이번 패천맹 총회의 특징은 정의맹과 마찬가지로 신진 세력의 대두였다. 그동안 패천맹은 맹주 문파인 천마궁과 혈사대로 대변되는 흑막의 양대 세력이 주도권을 가지고 있었다.

한데 이번에 패천사룡의 출도와 천마궁의 대공자 위온의 실족으로 서서히 권력이 패천사룡에게로 이동되는 듯한 기운이 보이고 있었다.

결국 패천사룡 중 독수 등애가 비마대의 부대주가 되고 진패천은 수라마대의 부대주가 되었다.

수라마대는 결국 대주인 철마 이제현과 부대주 진패천 사제의 수중에 놓이게 된 것이었다.

소살부 마대는 녹림의 소표파자로 녹림을 이끌 후계자로 지목되었

고 수룡왕 양의는 패천맹 수상 전력인 자신의 출신 장강수로연맹의 소
맹주가 되어 패천맹 수상 전력의 핵심으로 부상되게 되었다.

결국 패천맹도 패천사룡의 권력 기반이 마련된 것이었다.

또한 이번 정사연에도 혈뇌자를 비롯 철마 이제현이 직접 동행키로
하였고 진패천과 마대가 합류하기로 결정이 되었다.

패천맹의 맹주부에서 양청길도 고민에 빠져 있었다.

'패천사룡의 권력이 너무 강해졌어. 이대로는 결국 그들에게 미래를
내어줄 수밖에는 없을 것이다. 이대로는 안 되겠어. 아무래도 북두회
의 소집을 요청해야겠어. 결국 또 북두회의 문을 두드리게 되는 것인
가?'

*   *   *

어둠 속에 다시 조손이 앉아 있었다.

"그들이 결국 북두회의 소집을 요구하여 왔습니다."

"허허, 그 정도밖에 버티지를 못하다니. 그러면 처음부터 순순히 뜻
을 따르던지……."

"그러게 말입니다. 아무래도 이 기회에 그들에 대한 통제력을 강화
해야 할 것 같습니다."

"그래, 그래야겠다. 그리고 무림도 이제 신진들의 가세로 다시 예전
의 상태로 돌아왔으니 다시 한 번 혼란이 필요하겠지. 이번에야말로
우리 가문이 천하의 북두로 우뚝 설 것이다. 성아, 북두회를 소집해
라."

"예, 할아버님."

그날 그들 조손이 대화를 나눈 집에서 다섯 마리의 전서구가 하늘로 날아올랐다.

그리고 얼마 후 정의맹과 패천맹 양 진영에서 각각 한 대씩의 마차가 출발하였다.

그들은 산서로 향하고 있었다.

*　　　　*　　　　*

산서성 깊은 산속 지하에 거대한 광장이 마련되어 있었다. 입구로 보이는 곳의 천장에 커다란 글씨로 하나의 이름이 새겨져 있었다.

북두회(北斗會).

이 지하의 광장으로 어느 날 다섯 사람이 들어섰다. 그들은 각기 머리에 두건을 쓰고 있어서 서로를 알아보기 힘들었다.

그들이 지하 광장에 든 그날 저녁 그들은 작은 석실의 원탁에 다시 모였다. 가운데의 태사의는 비어 있었고 여섯 사람이 원탁을 둘러싸고 앉아 있었다.

이때 석실의 문밖에서 한 소리가 들려왔다.

"일성께서 드십니다."

그 소리에 여섯 사람은 모두 자리에서 일어났다. 그리고 그 사이 문을 통해 한 명의 금빛 복면을 한 사람이 들어왔다.

"일성을 뵙습니다."

여섯 사람이 일제히 허리를 숙여 금빛복면인을 향해 인사를 했다.

"자자, 모두들 앉읍시다."

일성은 부드러운 목소리로 사람들을 자리에 앉게 했다.

비록 목소리는 부드러웠으나 일성에게서 뻗어 나오는 기세는 석실의 여섯 사람을 압도하고도 남았다.

"자, 이게 얼마 만인가요?"

"네, 일성. 무림대전 휴전 이후 처음이니 사 년 만입니다."

"오호, 벌써 그렇게 되었군요. 그래, 이성과 삼성께서는 잘 지내셨습니까?"

질문을 받은 이성과 삼성이라는 글씨를 가슴에 새긴 두 사람이 약간은 두려운 목소리로 대답했다.

"일성께서 걱정해 주시는 덕분으로."

"그래요. 그런데 어찌해서 오늘 이렇게 북두회의 소집을 요구한 것입니까?"

일성의 질문에 이성과 삼성이 대답을 못하고 사성과 오성을 바라보았다. 그들은 각기 사성과 오성을 아는 눈치였다.

그들에게 대신 내답을 하라는 눈빛이었던 것이다.

사성이 이성의 눈빛을 받고 먼저 입을 열었다.

"일성, 작금에 무림이 많이 동요하고 있습니다."

"동요라……. 어떻게 말이오?"

"지금 무림에 신오제와 패천사룡의 출현으로 양 맹의 권력이 그들을 향해 이동하고 있습니다."

"흠, 신진고수가 나오는 것은 무림을 위해 좋은 것이지요."

"그렇긴 합니다만 그들의 세력이 예상외로 강성해져 저희 북두회의 무림 통제력이 상실될까 두렵습니다."

"하하하!"

일성의 웃음이 석실을 뒤흔들었다.

"북두회의 통제라……. 북두회의 통제가 아니라 이성과 삼성의 통제에서 멀어지는 것 아닙니까?"

일성의 말에 이성과 삼성이 고개를 숙였다.

"우리 북두회는 그동안 무림대전을 거치며 이성과 삼성에게 무림의 권력을 집중시키기 위해 많은 희생을 하였습니다. 그래서 결국 두 분에게 무림을 안겨 드렸지요. 그런데 그간 두 분이 우리 북두회를 위해 한 것이 무엇입니까?"

이성과 삼성은 여전히 고개를 숙이고 있었다.

"결국 이제 새로운 세력에 밀리니 다시 북두회를 찾은 것입니까?"

"그간 소홀한 점, 사과드립니다, 일성."

"사과드립니다, 일성."

이성과 삼성이 일성에게 고개를 조아렸다.

"좋아요, 좋아요. 뭐, 저를 포함한 우리 북두회야 이성과 삼성이 필요할 때 이용하는 그런 조직으로 만족해야지요. 허허허."

순간 이성과 삼성이 자리에서 일어나 석실 바닥에 무릎을 꿇었다.

"죄송하오이다, 일성! 다시는 그런 실수를 범하지 않겠습니다! 이번 한 번만 저희들의 무례를 용서해 주시기 바랍니다!"

두 사람은 아주 오랫동안 바닥에 무릎을 꿇고 있었다.

일성은 두 사람을 일별하고도 아무 말 하지 않고 있었다. 한참이 지난 후 일성이 입을 열었다.

"두 분, 그만 일어나시오. 다른 사람이 보기에 민망하오이다."

그래도 두 사람은 계속 그 자리에 앉아 있었다. 다시 시간이 흘렀다.

"자자, 두 분, 그만 하세요. 자자."

일성이 일어나서 두 사람의 어깨를 잡아 일으켰다. 그제야 두 사람은 바닥에서 일어나 의자에 앉았다.

일성이 그런 두 사람을 일별하고는 입을 열었다.

"지난날 우리는 무림대전을 기회로 북두회가 천하를 바르게 잡아갈 기회를 잡았었소. 하지만 중간에 상련의 금적산이 두 맹의 휴전을 이끌었고, 여기 계시는 두 분께서 그에 동의하시면서 우리는 중요한 기회를 한 번 잃은 것이오."

다시 한 번 이성과 삼성이 고개를 숙여 보였다.

"자, 그런 것은 다 지난 것이고, 휴전 후 우리 북두회는 비록 무림을 직접 통치하지는 못했으나 양 맹과 상련을 통제함으로써 간접적으로 무림을 움직이는 힘을 발휘할 수 있었던 것이오. 그 당시에는 무림의 각 문파에 남아 있는 고수가 없었고 그것이 바로 각 맹에 계시는 이성과 삼성께서 각 맹을 완전히 통제할 수 있었던 이유였소. 한데 지금 이러한 무림 통제에 문제가 발생하기에 이른 것이오."

이성부터 칠성까지는 일성의 말을 귀담아듣고 있었다.

"자, 그럼 현 정세를 칠성이 한번 설명해 보시오."

그러자 가장 끝에 앉아 있던 칠성이 몸을 일으켰다.

"현 무림의 정세는 우리 북두회의 영향력이 휴전 당시보다 약 오 할은 감소한 상태라고 할 수 있습니다. 역시 가장 중요한 것은 신오제와 패천사룡의 출현입니다. 그들의 출현은 그들 문파의 각 맹 내 입지를 강화시켜 이성과 삼성의 통제력에 영향을 미쳤을 뿐만 아니라 그 외 문파들에게도 경각심을 갖도록 하고 있습니다. 이제 각파에서는 자신

들의 숨긴 전력을 내어놓기 시작할 것이고 그러면 두 분의 통제력은
더욱 약해질 것입니다. 특히 이성께서는 이성 본인이 속하신 문파의
통제력도 상실할 가능성이 다분합니다."

"흠."

이성이 신음을 토했다.

하나 반발할 만한 아무런 대안도 없었다. 칠성의 말은 사실이었던
것이다. 그가 그의 문파를 떠나 있는 동안에 그의 문파에서는 새로운
사람들이 중심 세력으로 성장한 것이다.

"그리고 상련의 상황은 더욱 안 좋다고 할 수 있습니다."

육성이 고개를 숙였다.

"상련의 경우 지난번 육성께서 상련의 통제권을 잡으실 기회가 있었
는데 결국 허승이라는 젊은 아이의 간계에 놀아난 꼴이 되고 말았습니
다. 그 일 이후 금적산의 통제력은 이전보다도 훨씬 강화된 상태입니
다. 이제 곧 허승이 상련 총순찰의 직책을 정식으로 임명받고 금적산
의 손녀와 혼인을 올리게 된다면 상련은 완전히 금적산의 수중에 들어
간다고 보아야겠지요."

칠성이 잠시 말을 끊었다.

"계속해 보시오, 칠성."

"해서 현 상황은 우리 북두회가 양 맹과 상련에 대한 통제에 심각한
위기를 맞이한 경우라 할 수 있습니다."

"흠, 그래, 이 위기를 탈출할 수 있는 방법은?"

"역시 한 번은 피바람이 불어야겠지요."

"흠, 결국 무림이 다시 피에 잠기어야 하나?"

"현재로서는 그 방법밖에 다시 북두회가 통제력을 회복할 방법이 없

습니다."

회의실에 침묵이 흘렀다. 다시 피를 본다는 것은 제이차 무림대전을 의미하는 것이었다.

"사성과 오성의 생각은?"

"칠성의 생각에 동의합니다."

"저도 마찬가지입니다."

"이성과 삼성께서는?"

"동의합니다."

"동의합니다."

마지막으로 눈빛을 받은 육성의 고개도 끄덕여졌다.

"저도 동의합니다."

"좋소. 그러면 모두 동의하였으니 회에서 일을 진행시키도록 하겠소. 하지만 미리 말해 두리다. 이번 일이 진행되면 최종 목표는 우리 북두회의 무림 지배요. 북두회가 밖으로 나설 것이오. 이성과 삼성 두 분, 이의있으시면 지금 제기하시오."

"이의없습니다."

"동감입니다."

"좋소. 그럼 그리 알고 진행하겠소. 일이 끝나면 현 서열대로 북두회가 천하를 지배할 것이니 이성과 삼성께서도 현재의 위치를 유지하실 수 있을 것이오."

이성과 삼성이 고개를 끄덕였다.

"자, 그럼 세부적인 계획을 세워볼까요? 칠성, 말씀해 보시오."

칠성이 다시 몸을 일으켜 세웠다.

"먼저 상련에 대한 것부터 말씀드리지요. 육성께 북두회의 고수 다섯을 지원해 드리겠습니다.”

“…다섯으로는…….”

육성이 말을 끌었다.

“부족하다고 보십니까?”

“…….”

“그들이 누구인지 안다면 생각이 바뀌실 겁니다. 바로 오행마를 붙여 드리겠습니다.”

“헉!”

“오행마?”

이성과 삼성의 입에서 헛바람이 나왔다.

오행마가 누구인가?

과거 무림대전 훨씬 이전에 무림에 다섯 명의 살인마가 출현하였다. 그들은 정사를 가리지 않고 살수를 뿌렸고 그들의 손에 쓰러진 자가 오백을 헤아렸다.

하지만 그들의 앞을 막는 자가 없었다. 그들 다섯은 개개인이 고수였을 뿐 아니라 그들 다섯이 펼치는 합격진은 천하제일이었던 것이다.

그러던 그들이 어느 날 갑자기 사라졌다. 그것이 이십 년 전의 일이었다. 그런데 그런 전대의 거마가 이곳 북두회에 또아리를 틀고 있었던 것이다.

‘도대체 일성의 정체는 무엇인가? 누구인데 오행마까지 수하로 두고 있다는 말인가?’

이성과 삼성의 눈에는 일성에 대한 궁금증과 두려움이 동시에 떠올랐다.

“그들이면 충분하겠지요?”

칠성이 육성에게 물었다.

"충분합니다. 충분하고말고요."

육성의 음성에 생기가 돌고 있었다.

"그리고 무형산까지 지원될 것이니 이번에는 꼭 성공하시기 바랍니다."

"감사합니다, 일성."

말은 칠성이 했지만 육성은 일성에게 고개를 숙였다.

"하하하, 감사라니요. 다 회의 일인데. 이번에는 육성에게 기대가 큽니다. 무림의 일이 시작되기 전 상련의 일을 정리하는 것이 꼭 필요할 것입니다."

모두들 고개를 끄덕였다. 상련의 확보가 언제나 모든 일에 있어서 중요했다. 지난 무림대전에서도 상련을 통제함으로써 무림대전을 확전시킬 수 있었던 것이다.

"자, 그럼 상련은 되었고… 무림은?"

일성이 칠성을 바라보았다.

"무림에서는 두 명이 죽음으로써 전쟁이 시작되고 호남과 사천에서 피를 보게 될 것입니다."

"음, 사천과 호남이라……. 시작은?"

"이번 정사연에서부터입니다."

"좋아, 그럼 그리하도록. 그리고 사성과 오성은 이성과 삼성 두 분과 상의하여 살려야 할 세력과 그렇지 않은 세력을 구분하도록 하시오."

"알겠습니다."

"없애야 할 세력에 대한 배치는 칠성이 가운데에서 조율토록 하고."

칠성이 고개를 숙여 보였다.

"자, 그럼 이만 마치도록 합시다. 특별한 일이 없다면 다음번에는 북두천하에서 여러분을 뵙게 될 것이오."

일성이 자리에서 일어나 밖으로 나갔다. 나머지 사람이 깊이 고개를 숙여 일성을 전송했다.

"오늘은 이곳에서 쉬시고 내일 출발하도록 하십시오. 숙소가 따로 마련되어 있습니다."

칠성의 안내에 따라 사람들이 각자의 처소로 돌아갔다.

이렇게 북두회의 무림정변이 시작되고 있었다.

그날 밤 일성의 방에 다시 세 사람이 모였다. 그들은 사성과 오성, 그리고 칠성이었다.

"자, 이제 모든 준비가 된 셈인가?"

"네, 아버님. 이제 기다리기만 하면 될 것입니다."

"그래, 너무 오래 걸렸어. 지난번 무림대전에서 그놈들이 말을 듣지 않아서 괜히 사 년이나 허비했어."

"이번 일이 끝나면 그들은 어찌하실 생각이신지……."

"원래 권력은 함께 나눌 수 없는 것이야. 그리고 이런 말도 있지 않나. 토끼 사냥이 끝나면 개를 삶는다는."

"알겠습니다."

"그나저나 자네들이 수고 많았네. 신오제와 패천사룡을 키우고 그들로 하여금 저 사람들에게 경각심을 주어 북두회가 다시 전면에 나서게 만든 것은 정말 기가 막힌 계책이었어."

"아버님, 그러나 예상 못한 일도 있었지요. 신오제나 패천사룡이 그리 강해질 줄은……."

"강해봐야 그들은 결코 북두회를 넘을 수 없다. 우리 가문은 이 일을 사십 년간 준비해 왔어. 이제 무림은 우리 가문을 알 때가 된 것이야. 자, 조금만 더 힘들 내라. 이제 거의 종착역이 가까워졌어. 한 일이 년 안에 결말이 나겠지."

일성의 말에 나머지 사람들이 고개를 숙였다.

"그리고 통제권에서 벗어나는 문파들은 이번 전쟁에서 철저히 파괴해야 할 것이야. 다시는 재기하기 어렵도록. 특히 그 신오제인가 하고 패천사룡의 출신 문파는 특히 더. 나머지 문파는 가급적 이성과 삼성이 구슬려 포섭토록 하고."

"알겠습니다."

"자, 그럼 이만 돌아들 가라. 내일은 바삐 움직여야 할 테니 좀 쉬어야지. 사천과 호남이라……."

일성의 중얼거림을 뒤로하고 세 사람이 방에서 빠져나왔다. 북두회 안에 또 다른 세력이 있었던 것이다.

*　　　　*　　　　*

다음날 산서를 떠나 서로 다른 길로 달리는 두 대의 마차가 있었다.

이성이 사성에게 물었다.

"사성, 일성이 누구인지 짐작하겠소?"

사성이 대답했다.

"글쎄요. 저도 통 짐작 가는 사람이 없습니다."

"그렇지요? 정말 대단한 사람이야."

마차가 관도를 타고 하남의 석산을 향해 달리고 있었다.

삼성이 오성을 보고 물었다.

"군사, 일성이 누구일까요?"

오성이 대답했다.

"맹주, 저도 통 짐작 가는 사람이 없습니다."

"그렇지요? 정말 무서운 사람이야."

마차가 관도를 타고 감숙의 패천맹 총단을 향해 달렸다.

두 대의 마차가 산서의 어느 산에서 나와 각기 다른 방향으로 흩어질 때 그 앞마을에서 작은 상점을 운영하던 유용이라는 사람이 그 두 대의 마차를 유심히 관찰하고 있었다. 그리고 그가 그의 상점 뒤에 있는 작은 별채로 들어갔다.

별채에는 몇몇의 보부상 복장을 한 사람들이 앉아 있었다.

유용이 입을 열었다.

"이것 참, 이상하군."

"무엇이 이상하다는 말입니까?"

보부상 복장을 한 사내가 물었다.

"자네들이 쫓아온 그 복면인들이 들어간 산에서 저들이 나왔단 말이야."

"저들이 누군지 아십니까?"

"글쎄, 확인을 해보아야겠어. 련에 기별을 넣어 저 두 대의 마차를 추격하라 전하게. 가능하면 탄 사람이 누구인지도 알아보고. 난 련주께 전서를 보내겠네."

"알겠습니다, 대인. 하면 저희들은 이만."

“그래, 수고들 하게.”

보부상의 옷을 입은 사람들은 유용의 상점에서 나와 마차가 나온 산을 향하여 걸어 들어갔다.

누군가가 묻는다면 그들은 그 산을 넘어 요동으로 장사를 하러 간다고 할 것이다.

유용은 다시 상점 앞으로 나와 있었다.

그때 그의 앞으로 다시 한 대의 마차가 지나갔다. 하지만 이번에는 마차에 탄 사람이 누군지 유용은 확실히 알아볼 수 있었다. 그는 과거 상련 총단에서 사공저의 얼굴을 본 적이 있었던 것이다.

다시 전서가 낙양을 향해 날았다.

*   *   *

사천에서 가장 유명한 가문이 어디냐고 묻는다면 사람들은 두말 않고 한 가문을 지목한다.

사천당문(四川唐門).

사천당문이 사천에서 가지는 영향력은 절대적인 것이었다. 물론 사천에는 당문 말고도 아미나 점창, 청성이 있었다. 하지만 일반 사람들의 눈에는 당문만이 보였다. 그것은 다른 문파는 산속에 있었지만 당문은 바로 자신들 옆에서 군림했기 때문이다.

사천당문은 예로부터 무림인들이 꺼리는 독과 암기로 일가를 이루어왔다. 만약 그들이 평범한 무림인들과 마찬가지로 독과 암기를 사용하였다면 사천당문이라는 이름이 무림에 알려지지 않았을 것이다.

그런데 그들은 독과 암기를 예술의 경지까지 끌어올렸다.

당문의 고수가 펼치는 만천화우를 본 사람들은 그 악랄함보다는 아름다움을 칭찬했다.

만천화우가 당문을 무림의 문파로 만들었다면 무형지독은 당문을 두려움의 대상으로 만들었다.

세상에 무형지독이라 불리우는 독은 많았다.

하지만 단언컨대 당문의 무형지독 앞에서 무형지독이라 불리울 만한 독은 없었다.

당문의 무형지독은 그야말로 죽은 뒤에도 그 흔적이 남지 않았던 것이다.

그래서 당문에서 무형지독은 특별한 경우가 아니면 사용하지 않았고 항상 문주의 재가 하에 사용할 수 있었다.

그리고 평상시에는 문의 가장 깊은 곳에 보관하고 항상 그 앞에는 당문 최고의 고수들이 지키고 있었다.

현재 당문에는 정확히 열 병의 무형지독이 있었다.

어느 날 당문의 문이 활짝 열렸다. 그리고 몇 명의 당문 최고고수들이 당문을 빠져나갔다.

그날부터 당문은 계속 어둠 속에 싸여 있었다. 한번 나간 고수들은 돌아올 줄을 몰랐다.

고수들이 문을 나선 이유를 문 내에서는 쉬쉬했지만 알 만한 사람들은 다 알고 있었다. 당문의 금지옥엽 당정화가 집을 나간 것이다.

몇 달 전부터 그녀가 성도에서 귀족적인 분위기의 남자를 만나고 있다는 소문이 파다하였다. 평소 바람기가 많던 그녀였다.

당문의 사람들도 그녀를 잘 알고 있었기에 이번에도 지나가는 바람이러니 하며 그냥 놓아두었던 것이다.

　한데 그녀가 집을 나갔다. 집을 나간 것까지도 좋았다. 며칠 나갔다가 심심하면 돌아올 수도 있는 것이었다. 한데 당문의 고수가 그녀를 찾으러 문을 나섰다.

　그녀는 그냥 집을 나선 것이 아니었기 때문이다.

　그녀는 무형지독을 한 병 가지고 나간 것이었다.

*　　　*　　　*

　호남성에 제이의 패천맹 총단이라 불리우는 거대한 집단이 있었다. 바로 천독림과 장강수로연맹의 정예들이 거주하는 패천맹 호남지부였다.

　천독림의 본거지는 남만의 열대림 속에 있었다. 사시사철 독충이 우글대는 곳에서 천독림은 절대 독의 아성에 도전하였다.

　수많은 사람들이 독에 녹아 숨져 갔다. 그리고 그러한 생명을 건 도전은 결국 천독림에 독의 정화 독정을 선물하였다.

　독정은 천독림에서도 일 년에 한 병 정도만 생산할 수 있었다. 독정은 독이지만 또 누군가에게는 천하의 영약이 될 수도 있었다.

　만약 누군가가 구음절맥에 걸렸다면 그는 반드시 천독림을 찾아야 할 것이다. 독정으로 구음절맥을 치료할 수 있기 때문이었다.

　또 누군가가 천 명쯤을 하룻밤 새 죽이고 싶다면 천독림을 찾아야 할 것이다. 독정으로 일반인도 하룻밤 새 천 명을 죽일 수 있기 때문이었다.

　어느 날 밤 호남성의 천독림 고수들이 은밀히 호남 분타를 나섰다.

그들은 자신들의 행선지를 알리지 않고 호북으로 달려갔다. 하지만 패천맹 호남 분타에 은밀한 소문이 번지기 시작했다.

천독림 림주의 아들 서의가 무단으로 분타를 벗어난 것이다.

서의는 림주의 아들이었지만 평소 림주의 골칫덩이였다. 림주의 대제자 독수 등애는 패천사룡으로 무림에 그 이름을 떨치고 있었지만 서의는 무공 수련을 등한시했다.

무공만이 아니라 독공에도 관심이 없고 오직 관심이 있는 것이라고는 여인의 마음을 사로잡는 것과 도박에만 정신이 팔려 있었다. 그는 천하의 난봉꾼이었던 것이다.

그런 그가 몇 달 전부터 성내에서 아주 아름다운 여인을 만나고 있다는 소문이 퍼졌다. 그리고 그 여인을 따라 판이 큰 도박장을 자주 출입하는 모습을 보았다는 소문도 퍼졌다. 천독림의 사람들은 또 서의가 계집질과 도박에 빠졌구나 하고 생각했다.

개중에는 며칠 만에 서의가 사고를 칠 것인가를 내기하는 사람들도 있었다.

그런데 서의가 무단으로 분타를 떠났다.

그럴 수도 있었다. 서의가 한두 번 분타를 떠난 것은 아니었다. 그렇게 훌쩍 나갔다가 며칠 뒤 훌쩍 돌아오곤 하였던 적이 많았던 것이다.

그런데 이번에는 천독림의 고수들이 나섰다. 그가 이번에는 제대로 사고를 친 것이다.

그는 독정을 들고 나간 것이다.

당문의 사람들이 당정화를 찾은 것은 개봉의 홍등가에서였다. 그녀는 미쳐 있었고, 하루에도 수십 명의 손님을 받고 있었다. 당문의 사람들이 찾아갔을 때도 한 명의 손님이 그녀의 위에 있었다.

그 손님은 그날 재수가 무지 없었던 사람일 게다.

당문의 사람이 그의 머리를 일수에 녹여 버렸기 때문이다. 그녀는 다시 돌아왔고 당문은 입을 닫았다. 그녀에 대해서도 무형지독에 대해서도.

천독림의 사람들이 서의를 발견한 곳도 공교롭게 개봉이었다.

그는 반미치광이가 되어 길거리에서 구걸을 하고 있었다. 천독림 고수가 그를 발견했을 때도 그는 반점에서 밥을 구걸하다 점소이에게 신나게 얻어맞고 있었다. 그때 그의 이빨은 부러져 입가에 구멍이 나 있었고 피가 온몸에 묻어 있었다.

그날 그 객잔은 운이 없었다. 그날 밤 그 객잔 식구는 몰살을 당했고 객잔은 불타 버렸다.

그리고 서의는 천독림으로 돌아왔다. 천독림은 입을 닫았다. 서의에 대해서도 독정에 대해서도.

상련에서는 믹 허승의 총순잘 임명식이 임박해 있는 시기이기도 했다.

제29장
오행마(五行魔)

*황벽*은 나른한 아침을 맞이하고 있었다. 상련에 든 지도 거의 한 달이 되어가고 있었다. 이제 오 일 후면 허승의 총순찰 취임식이 있을 것이고 다시 그 오 일 후에는 허승과 금령의 혼인이 있을 예정이었다.

허승과 금령의 혼인은 약간 당겨진 면이 없지 않았다. 하지만 금적산의 성화에 총순찰 취임식과 연이어 치르기로 한 것이다.

황벽이 아침 햇살이 비쳐 드는 정원으로 난 창문을 열었다. 상쾌한 공기와 함께 늦가을 따가운 아침 햇살이 들어왔다.

그리고 그 풍경 속에 일남 일녀가 서 있었다.

허승은 상련으로 돌아온 후 비록 자신의 거처가 따로 있기는 했으나 대부분의 시간을 황벽이 묵고 있는 이곳 장원에서 생활하고 있었다. 따라서 금령의 생활 공간도 이 장원으로 옮겨져 있었다.

지금 그 두 사람이 정원을 거닐고 있는 것이었다. 다른 사람들은 아직 방에서 나오지 않은 듯 정원에는 두 사람만이 이슬에 젖은 화초를 바라보며 서 있었다.

황벽은 문득 두 사람이 정말 잘 어울린다는 생각이 들었다. 둘은 생김새도 그렇거니와 성격도 잘 맞아서 아마 행복한 가정을 꾸릴 수 있을 것이라는 생각도 들었다.

마음의 한편으로는 사랑하는 사람과 이렇듯 가정을 꾸리게 되는 허승에 대한 부러움도 섞여 나왔다.

'설연…….'

그리고 설연에 대한 그리움이 뒤를 따랐다.

황벽은 고개를 흔들며 생각을 지우려는 듯이 방문을 열고 밖으로 나섰다.

"여허, 보기 좋습니다."

황벽의 목소리에 두 사람이 시선을 돌려 황벽을 바라보았다.

"일어났구만. 잘 잤나?"

"잘 주무셨어요, 황 대협?"

"네, 금 소저도 밤새 안녕하셨는지요? 그나저나 이제 혼례도 얼마 안 남았는데 준비는 잘되어가십니까?"

"네, 황 대협. 걱정해 주시는 덕분에."

평소 활달한 금령이었지만 자신의 혼례 이야기가 나오자 얼굴이 붉어지는 것은 어쩔 수 없었다. 그런 금령을 허승이 사랑스런 눈길로 바라보고 있었다.

"자, 아직 사람들이 다 나오지 않았으니 그동안 차라도 한잔할까?"

허승이 황벽을 보았다.

"그러지."

세 사람은 햇살이 부서져 내리는 정원을 뒤로하고 대청으로 들어섰다. 금령이 차를 준비하러 주방으로 간 사이 허승이 입을 열었다.

"그가 돌아왔다네."

"언제?"

"어젯밤 늦은 시각에 정문을 통과했다더군. 한데……."

"한데……?"

"일행이 있다더군. 정문의 장 무사도 잘 보지는 못한 모양인데 모두들 무공이 고강한 무인으로 보인다더군 그래."

"결국 산서에서의 연락이 정말이었나 보네?"

"그렇지. 그는 산서를 다녀온 것이야. 도대체 산서에 무엇이 있는 것일까?"

"글쎄……."

그때 금령이 다기를 가지고 나와 두 사람의 대화가 끊어졌다. 금령은 조용히 찻잔에 잘 우러난 차를 따랐다. 두 사람은 동시에 찻잔을 들어 입으로 가져갔다.

"역시 제수씨 차 달이는 솜씨는 정말 일품입니다."

황벽이 금령을 보며 입을 열었다.

"황 대협도. 칭찬이 과하십니다."

"아닙니다. 정말 이곳을 떠나도 제수씨의 차 달이는 솜씨가 그리울 겁니다."

"아니, 떠나세요?"

금령이 놀란 듯이 황벽을 바라보았다.

"하하, 당장은 아닙니다. 두 분 혼인은 보고 가야지요."

"아, 네. 전 또 바로 가신다는 줄 알고."

"하하하, 제가 어찌 허승의 혼인을 안 보고 갈 수 있겠습니까?"

"호호호, 그렇지요. 두 분이 어떤 사이인데. 그럼 저는 아침을 준비 해야겠어요. 다른 분들도 곧 나오실 테니."

"그래, 금매. 금매가 수고 좀 해줘."

"이거 매일 제수씨께 폐가 많습니다."

"폐라니요. 그런 말씀 마세요. 황 대협과 엽 대협이 계셔주서서 얼마나 감사한지 모른답니다."

그녀는 말을 마치고 일어서서 다시 주방으로 향했다.

"참 좋은 여자일세, 제수씨는."

황벽이 멀어지는 금령을 보며 허승에게 입을 열었다.

"알고 있네. 나에겐 과분하지."

잠시 두 사람의 침묵이 이어졌다.

침묵을 깬 것은 황벽이었다.

"그가 언제 움직일까?"

"모르지. 일단 외부에서 동조자를 끌어들였다는 것은 곧 움직인다는 말이 되겠지."

"감시는 잘하고 있나?"

"걱정 말게. 그의 거처에 오래전부터 사람을 심어두었네."

"그와 동조하는 사람은?"

"아마도 사천과 호북성회의 회주와 일부 성회의 순찰들이 동조하는 것 같으이."

"그렇다는 것은 세력이 그리 크지는 않다는 것인가?"

"그건 아닐세. 그 이외에도 상련에 많은 사람을 포섭해 놓았다고 보아야겠지. 단지 상련의 특성상 비록 동의는 했다손 치더라도 직접적으로 관여하는 사람이 적은 것뿐이네. 상인들이란 결코 위험을 감수하지는 않거든. 그들이 실패를 하고 련주가 이길 경우도 대비해야 하니 직접 나서지 못할 뿐이야.”

허승의 말에 황벽도 고개를 끄덕였다.

상인들이란 시류에 따라 자신의 자리를 정하는 사람들이었다. 비록 사공저의 계획에 동의한다 하더라도 그저 바라볼 뿐 참여하는 이는 드물었다. 그가 성공하든 금적산이 방어하든 이기는 쪽에 서면 그뿐인 것이었다.

“결국 사공저 부련주와 사천 채석강, 호북 회주 장경성, 호남, 호북, 사천 순찰 평량, 유후, 영무, 이 정도 인물들이 주력이라고 봐야지.”

“그렇군. 이번에 데리고 온 외부 사람은?”

“만약 사공저가 그 ‘북두’라는 제삼의 세력과 연결되어 있다면 아마도 꽤나 고수겠지. 역시 그 경우에는 자네와 엽강이 수고를 해주어야겠어.”

“흠, 그건 걱정 말게.”

“아마 내 생각으로는 이번 취임식 날 저녁에 있을 연회를 노릴 것 같은데…….”

“이유는?”

“그때가 사람들이 가장 많이 오는 때이네. 그리고 취임식이 끝나고 내가 집무를 정식으로 시작하면 그들이 움직이기가 더욱 어려워질 테니.”

“일리가 있는 이야기야. 자네가 집무를 시작하기 전이 적당할 테지. 그나저나 잘못하면 자네 장가도 못 가겠네그려.”

"이 사람, 그런 소리 금매 앞에서는 하지 말게. 성격 나오네."

"알아, 알아. 나도 그 정도 눈치는 있다고. 하하하."

두 사람은 작은 웃음을 흘렸다.

그때 대청으로 들어서는 사람들이 있었다. 엽강과 오삼, 그리고 이형이었다.

"아니, 둘이서 뭘 그리 히히거리고 있어?"

엽강이 의자에 앉으며 물었다. 황벽이 그런 엽강을 보며 입을 열었다.

"그냥 자네 흉 좀 보았지. 자네 이곳에 오고 나서부터 너무 게을러진 것 아니야? 노룡촌에서는 새벽같이 바다로 나가던 사람이 이제는 해가 중천에 올라야 나오니."

"아, 사람은 환경이 바뀌면 위치도 바뀌는 것이야. 내 부자 친구 덕에 이곳에서 호사 좀 누려보겠다는데 누가 뭐라나?"

"그래그래, 쉴 수 있을 때 푹 쉬게. 이제 곧 바빠질 테니."

"엇, 무슨 일이 있나?"

"음, 일이 생기긴 할 것 같은데 나중에 다시 이야기하지. 그나저나 이형(李亨) 대주."

황벽이 이형에게 고개를 돌렸다.

"말씀하시지요, 황 대협."

"그 산서에 있는 동료 분들 말입니다."

"아, 낭인대 식구들 말입니까?"

"네. 그분들 요즘 어떻게 지내시는지?"

"네, 산서의 산속에 묻혔다고 합니다. 다행히 여기 허승 총순찰이 도와주서서 무공비급을 전해줄 수 있었습니다. 상련에서 수집한 무공비

급은 저희 같은 낭인에게는 보배와 같은 것이지요. 아마도 산속에서 지금 한창 수련 중일 겁니다."

"그분들이 강호에 나서면 평지풍파가 일겠군요."

"그렇게까지야. 이게 다 황 대협 덕분입니다."

"아, 그건 그렇고, 이제 제가 몇 가지 그분들에게 부탁드릴 것이 있습니다만……."

"어서 말씀하십시오. 그러지 않아도 그동안 보수는 받고 일은 하지 않아 다들 부담스러워하는 듯했습니다."

"아, 별거 아니고 낭인대 분들이 아무래도 약초꾼이 되어야 할 것 같습니다."

"약초꾼이요?"

이형이 무슨 이야기냐는 듯이 황벽을 바라보았다.

"네, 약초꾼 말입니다. 산에서 약초 캐는, 아니면 사냥꾼도 괜찮겠군."

"무슨 말씀이신지……."

"허승 자네가 설명할 텐가?"

황벽이 허승을 보았다.

"아닐세. 낭인대는 자네가 고용한 분들이 아닌가? 자네가 하게."

"그래, 그럼 그러지. 이형 대주, 사실 산서의 한 지역을 좀 조사해 보아야겠소이다. 비밀리에."

그제야 이형은 이해가 간다는 듯이 고개를 끄덕였다.

"아마 한 번에 낭인대를 다 투입할 수는 없고 같은 사람을 계속해서 투입하기도 어려울 것입니다. 그러니 낭인대 전원이 돌아가며 한곳을 조사해 주시오. 아무래도 금방 결과가 나오긴 어려울 것이오. 지역이

넓으니."

"알겠습니다. 그리 어려운 일은 아니지요."

"쉽게 볼 일이 아닙니다. 발견하려는 인물들이 무서운 자들이에요. 중조산의 그 복면인들입니다."

"아, 그 북두."

이형이 눈을 크게 떴다.

"네, 바로 그들입니다. 그들의 꼬리가 산서로 이어졌더군요. 조사는 하되 조심해야 합니다. 괜히 위험을 자초할 필요 없어요."

이형이 고개를 끄덕였다. 그도 중조산의 전투를 겪어보아서 그들의 치밀함을 알고 있었다.

"그냥 정말 약초꾼이나 사냥꾼처럼 그들이 다니는 산길만 이동하시고 이상한 것을 보아도 쫓지 말고 그냥 보고만 하라고 하세요. 저들이 눈치채게 되면 사람들이 위험해질 겁니다. 이번 일은 조사지 전투가 아닙니다."

"알겠습니다, 황 대협. 바로 전서를 날리도록 하겠습니다."

"자자, 이제 아침 식사들을 하러 가지. 준비가 다 된 듯하니."

허승의 말에 모두들 일어서서 주방으로 향했다.

사공저는 자신의 집무실에서 채석강, 장경성을 만나고 있었다.

"부련주, 이번에 모시고 온 분들은 어떤 분들이기에 그리 정성을 다하시는 것입니까?"

채석강이 사공저를 보고 입을 열었다.

사공저는 열흘 만의 외출에서 돌아올 때 몇몇의 사람을 데리고 왔다. 그는 그 사람들을 자신의 거처 후원에 모셔놓고 상전 받들 듯이 대접하고 있었다.

"그분들은 정말 모시기 힘든 분들이오. 우리 북두회가 아니면 어렵지요."

"도대체 그분들이 누구십니까?"

이번에는 장경성이 물었다.

"두 분 혹시 이십 년 전에 무림에서 자취를 감춘 오행마라고 아십니까?"

"오행마요?"

"헉, 오행마!"

두 사람의 입에서 동시에 헛바람이 새어 나왔다.

"부련주, 그들이 오행마란 말씀이십니까?"

사공저가 고개를 끄덕여 대답을 대신하였다.

채석강과 장경성도 오행마에 대해 잘 알고 있었다. 오행마는 비록 무림인이 아니라도 무림에 대해 어느 정도 지식만 있는 사람이라면 누구나 알 수 있는 거마들이었다. 과거 그들의 행사가 그토록 잔인했던 것이다.

"과연, 과연 부련주답습니다. 오행마를 초빙하다니요."

채석강의 말에 사공저가 흐뭇한 표정을 지어 보였다.

"오행마가 있는 이상 이번 일은 거의 성공했다고 보아야겠지요. 비록 허승이 데리고 온 황벽이나 엽강이라는 아이의 무공이 고강하다 해도 전대의 거마인 오행마에 비하겠습니까?"

이번에는 장경성이 거들었다.

"자자, 일에는 항상 완벽이란 것이 없습니다. 언제나 신중을 기해야지요. 저번 허승의 상행에서도 뒤통수를 맞지 않았습니까."

"그건 그렇지요."

"자, 계획을 한번 점검해 봅시다. 일단 일은 이번 총순찰 취임식 날 있을 연회에서 일으키는 것으로 하였습니다."

"음, 연회에서요?"

"그렇소. 그날 전국 성회의 회주들이 거의 다 모일 것이고 또 그날이 지나면 허승이 본 업무를 보기 시작할 것이므로 우리가 움직이기가 쉽지 않을 것이기 때문이오."

"그렇습니다. 그가 업무를 시작하기 전에 일을 일으켜야지요."

"채석강 회주께서는 산서의 분주를 준비해 주십시오. 분주를 축하주로 연회 중간에 들이면서 그 안에 무형산을 푸시오. 그 자리에는 허승이 데려온 무인들이 참석할 것이고 호련사의 주요 인물들도 참석할 것이니 그들이 무형산을 마시게 된다면 일은 구 할 정도 성공한 것이나 마찬가지일 게요."

사공저의 말대로 상련의 무력은 그리 강하지 못했다. 호련사 이외의 무력이 없기 때문이었다. 따라서 호련사의 수뇌와 황벽 등만 무형산으로 제압한다면 이번 일은 성공한 것이나 진배없을 것이다.

"그 뒤는 나와 오행마께서 알아서 처리하게 될 것이오."

두 사람이 고개를 끄덕였다.

"이번 일이 끝나면 두 분은 련의 부련주가 되실 것이고 북두회의 천하가 되면 중원 상권을 지배하게 될 것이니 최선을 다해주시오."

"알겠습니다, 부련주."

그들은 잠시 이야기를 더 나눈 뒤 헤어졌다.

채석강과 장경성을 돌려보낸 사공저가 후원으로 들어섰다. 조용한 후원에는 한 채의 전각이 있었는데 그 앞에는 몇몇의 무인이 번을 서고 있었다. 무인들은 사공저을 보더니 고개를 숙여 인사를 올렸다.

사공저가 고개를 까닥여 인사를 받으며 물었다.

"귀빈들은 안에 계시느냐?"

"네, 모두 안에 계십니다."

"모시는 데 한 치의 소홀함도 없어야 할 것이야. 만약 그분들께 불편을 드린다면 너희들의 목을 내놓아야 할 것이다."

"알겠습니다, 부련주."

무사들에게 엄포를 놓은 사공저가 전각 문 앞으로 다가갔다.

"어르신들, 사공저입니다."

"드시게, 부련주."

안에서 낮게 깔리는 음산한 목소리가 들려왔다. 사공저는 조심스럽게 문을 열고 안으로 들어갔다.

방 안에 들어선 사공저는 차갑게 다가오는 기운에 몸을 떨었다. 오행마는 전대의 거마답게 상대로 하여금 주눅을 들게 할 정도의 진기를 풍기고 있었나.

"어서 오게, 부련주. 그래, 무슨 일인가?"

"네, 어르신들. 무슨 불편한 점이 없나 해서……."

"껄껄껄. 좋네, 좋아. 오랜만의 나들이라 그런지 제법 재미가 있구먼 그래."

가운데에 있는 노인이 말했다.

그들은 바로 북두회에서 사공저를 돕기 위해 나온 오행마였다. 오행마는 모두 쌍둥이였다. 그들이 다섯 쌍둥이라는 것은 이미 무림에 널리 알려져 있었다. 그러나 그들이 어떻게 무공을 익혔는지는 알려지지 않았다.

하지만 그들이 무림에 나타났을 때 그들은 스스로를 화마, 수마, 목마, 금마, 토마라 부르면서 오행마라 자칭하였다.

사람들은 처음에는 그들을 구별할 수 없었다. 그들은 쌍둥이라서 그런지 생김새가 거의 똑같았기 때문이다. 해서 사람들은 결국 그들이 입은 옷을 가지고 그들은 구별할 수밖에 없었다.

그들은 옷만큼은 항상 각자 다른 색깔의 옷을 입고 다녔다.

화마는 붉은색 옷을 입었고 수마는 청색 옷을, 목마는 녹색 옷을 입었으며 금마는 은색 옷을 입고 있었다. 그리고 토마는 항상 검은색 옷을 입었다.

지금 사공저에게 말을 한 사람은 검은색 옷을 입은 사람이었다.

"토마 어르신께서 그리 말씀해 주시니 감사합니다."

"그래, 그 말만 하려고 온 것 같지는 않은데……."

이번에는 녹색 옷을 입은 목마가 입을 열었다.

"네, 어르신. 사실은 거사 날이 잡혀서……."

"오, 그래? 그렇지 않아도 무료하던 차에 잘되었군. 그래, 언제인가?"

사공저의 말에 화마가 반기듯 말을 받았다.

"네, 닷새 후 총순찰 임명 축하 연회로 잡았습니다. 그때 련의 주요 수뇌들이 다 모이는지라 그 자리에서 끝을 보려 합니다."

"좋아, 좋아. 일은 한 방에 끝내는 것이 좋지."

화마가 제법 즐거운지 미소까지 지어 보이며 사공저에게 말을 건넸다.

"해서 미리 말씀드리려고 들렀습니다."

"알았네. 그리 알고 있도록 하지. 이번에 일성님의 기대가 크니 육성께서도 신중하게 일을 진행하시게나."

"잘 알겠습니다, 어르신들. 그럼 저는 이만."

비록 사공저가 북두회의 육성의 자리에 있었지만 오행마와 같은 자들은 지위로 대할 수 있는 인물들이 아니었다.

그래서 그는 항상 공경의 자세로 그들을 대했다.

사공저가 문을 닫고 나갈 때까지 오행마는 아무 말 없이 사공저의 뒷모습을 보고 있었다.

"화마 형님, 이번 일은 꽤나 재미있겠습니다."

수마가 화마를 보고 입을 열었다.

그들은 비록 쌍둥이였지만 태어난 시간을 따져서 형제의 서열을 엄격하게 지키고 있었다.

화마가 가장 맏이였고 수, 목, 금, 토의 순서로 되어 있었다.

"무슨 말인가, 수마 동생?"

"그 허승인가 하는 애송이가 데려온 사람들 중에 황벽이란 아이와 엽강이라는 아이의 무공이 아주 대단하다더군요."

"대단해 봤자 애송이 아닌가?"

"그리 가볍게 볼 것도 아닌 게 칠성이 물러섰다는군요. 손가락을 하나 두고 칠성이 물러났다고 합니다."

"뭣?! 그게 정말인가?"

"네, 그렇다는군요."

"허, 칠성이 물러나다니… 칠성이라면 우리 개개인에 뒤지지 않을 터인데……."

"그렇지요. 그러니 대단하다는 것이지요."

"호, 그럼 좀 재미가 있겠군. 그래도 결과는 마찬가지일 테지만……."

오행마 모두가 고개를 끄덕였다.

"형님, 저는 사실 이번 일에 불만이 좀 있습니다."

제일 막내인 토마가 입을 열었다.

"또 뭘?"

수마가 토마를 보며 되물었다.

"무형산을 사용한다는 것 말입니다. 오행마의 행사에 무형산이라니 어울리지 않습니다."

나머지 사마도 고개를 끄덕였다.

"물론 그런 면이 없지 않아 있지만 너무 그리만 생각할 게 아니야. 이번 일은 회에서도 아주 중요한 일이고, 특히 앞으로 회가 무림을 경영해 나가는 데 상련은 꼭 확보해야 하는 전력이네. 그런 측면에서 본다면 일은 확실하게 하는 게 좋겠지."

수마가 입을 열었다.

"하지만 꼭 무형산이 아니더라도 우리들을 당해낼 만한 아이들이 없지 않습니까?"

"자자, 자네 마음은 알지만 회의 일이 중하니 그만 하도록 하고 오일 후라면 정말 얼마 안 남았네그려. 드디어 상련이 회의 손에 들어오는 것인가?"

화마가 토마를 달래며 중얼거렸다. 드디어 북두회의 행사가 상련에서 막이 오르고 있는 것이었다.

전국 상인의 거두들이 낙양으로 몰려들었다. 상련에 두 가지의 경사가 있었던 것이다.

그 두 가지 경사의 주인공은 한 사람이었다.

바로 총순찰 허승이었다.

사람들은 이제 상련이 결국 허승에 의해 이끌려 갈 것이라는 말들을 했다. 금적산이 상련을 지배한 지 어언 이십 년이 지나고 있었다. 그동안 금적산은 무림대전을 지냈고, 패천맹과 정의맹의 압력을 견디어내면서 오히려 상련의 힘을 강하게 만들었다.

그리고 이제 허승을 손녀사위로 맞이하면서 허승에게 자신의 권력을 넘기려 하고 있는 것이었다.

오늘이 바로 상련의 총순찰 허승이 취임식을 갖는 날이었다.

전국의 상인들은 이번 총순찰의 취임식에 주목하고 있었다. 그동안 상련에서는 금적산의 다음으로 사공저 부련주나 기리계 부련주를 차기 련주감으로 지목하고 있었다.

그런데 허승이 총순찰에 오르면서 허승에게로 급격하게 권력이 이동하게 된 것이다. 상련에도 바야흐로 세대교체의 바람이 불기 시작한 것이었다.

상련은 이미 여러 날 전부터 북적이기 시작하고 있었다. 이러한 련의 큰 행사는 비록 그 행사의 주인공에게도 중요한 것이었지만 또 이런 주요 행사에 전국의 상인이 대거 참여함으로써 커다란 거래가 이루어지는 경우도 많았다.

그래서 상인들은 련의 행사 이외에도 각기 저마다의 목적을 가지고 상련에 왔다.

그런 연유로 지난 오 일간 상련에서는 천금이 넘는 규모의 거래가

여럿 성사되기도 하였고, 그때마다 거래 당사자들이 여는 연회가 끊임
없이 이어졌다.

그래서 며칠간 상련은 한껏 고조된 축제 분위기에 휩싸여 있었다.

아침부터 련주의 집무전 앞 공터에는 수많은 사람이 몰려들고 있었
다. 이미 며칠 전부터 세워지기 시작한 총순찰 취임식이 거행될 단(壇)
은 완성되어 있었다.

단상(壇上)에는 련주과 부련주의 자리가 마련되었고 그 앞에는 붉은
비단을 깔아놓았다.

대 아래에는 수십 개의 원형 탁자와 의자들이 놓여 있어 여러 성에
서 온 회주와 순찰들이 취임식을 보게 하였다.

해가 머리 위에 올랐을 때 커다란 징 소리가 울리면서 한 명이 단 위
로 올라섰다.

금적산 휘하의 련주부 집사 염상인이었다.

"자, 모두 주목해 주시오!"

다시 한 번 징이 울리고 중인들이 염상인을 바라보았다.

"이제 좀 있으면 련주님 이하 부련주님들께서 드실 것이고, 바로 허
승 총순찰의 취임식이 거행될 것입니다! 취임식을 마친 후에는 오늘
저녁 이곳에서 다시 커다란 연회가 베풀어질 것이니 꼭 참석하셔서 허
승 총순찰의 취임을 축하해 주시기 바랍니다! 오늘 연회에는 사천의
회주께서 특별히 최상급의 산서 분주를 준비하셨다니 많이들 참석해
주시기 바랍니다!"

"와아!!"

산서 분주라는 말에 사람들이 박수를 쳤다. 산서 분주는 상인들에게

도 귀한 것이었다.

황벽과 그 일행은 한쪽에 자리를 잡고 앉아 있었다.

다시 징 소리가 울리면서 염상인의 목소리가 들려왔다.

"련주님과 부련주님 입장이오!"

그러자 자리에 앉아 있던 상인들이 모두 자리에서 일어났다. 그리고 금적산과 사공저, 그리고 기리계가 단 위에 올라 태사의에 좌정하였다.

"지금부터 허승 총순찰의 취임식을 거행하겠소! 련주님의 말씀이 있겠소이다!"

금적산이 커다란 체구를 일으켜 단 위에 섰다.

"오늘 이렇게 전국의 상인 여러분을 뵙게 되어 반갑습니다! 상련은 그동안 안팎으로 많은 격동의 시간을 보내며 지금의 위치를 굳히게 되었소이다! 하나 시대는 변하고 시대의 변화에 맞추어 사람도 바뀌는 것이 상계의 정도요! 하여 오늘 앞으로 우리 상련을 위해 일할 한 명의 젊은 인재를 세워 총순찰에 임명하려 하니 여러 동도들께서는 축하해 주기 바랍니다!"

금적산의 말이 끝나자 여기저기에서 박수가 터져 나왔다.

"자, 총순찰은 단 위로 오르시오!"

염상인의 말에 따라 단 아래에 있던 허승이 단 위로 올라섰다. 화려한 금의를 깨끗하게 차려입은 허승에게서는 젊은 나이임에도 불구하고 일대 거상으로서의 면모가 보이고 있었다.

"출세했군, 출세했어."

엽강이 부러운 듯 입을 열었다.

"왜, 부러운가?"

황벽이 엽강을 바라보았다.

"젠장, 부러우면 무얼 하나. 내가 저 허가처럼 머리가 좋은가, 뒤를 봐주는 사람이 있나?"

엽강의 말에 황벽이 빙그레 웃었다.

그때 허승이 금적산 앞에 섰다.

금적산은 금으로 만든 저울과 자를 내림으로써 허승을 총순찰로 임명하였다.

다시 단 아래에서 커다란 함성이 터져 나왔다.

허승은 몸을 돌려 좌중의 사람들에게 저울과 자를 들어 보이고는 입을 열었다.

"감사합니다. 부족한 저를 이렇듯 환영해 주시니 몸 둘 바를 모르겠습니다! 비록 부족한 점이 많으나 상련의 발전을 위해 최선을 다하겠습니다! 그리고 오늘 저녁의 연회에 꼭 참석하시어 함께 즐거움을 나누시기 바랍니다!"

허승의 말에 사람들이 박수로써 화답하였다.

잠시 후 련주와 부련주들이 허승의 손을 한 번씩 잡고는 단 아래로 내려가자 허승이 다시 한 번 중인들에게 손을 들어 보인 후 단 아래로 내려갔다.

이렇게 짧은 허승의 취임식이 끝이 났다.

"오늘 밤이라는군."

"오늘 밤이라……. 역시 연회를 노리는군."

"한데……."

"한데?"

"그가 초빙한 인물이 오행마라 하더군."

"오행마? 오행마가 누군데?"

"자네는 잘 모르는군. 오행마는 과거 이십 년 전 천하를 휩쓴 대마두들이야. 무림대전에도 몸을 내비치지 않았던 거마들인데 이번에 이곳에 오다니……."

"강하나?"

"강하지. 예전에 현 정의맹주 장의현과의 일전에서도 무승부를 내었으니. 비록 협공이었지만……."

"흠, 사성과 동수를 이루었다. 이십 년 전에……."

"그러니 지금은 더 강해져 있을 거네."

"그것뿐인가?"

"사천의 채석강이 분주를 들인다더군."

"채석강이라면 사공저의 사람 아닌가?"

"그렇지."

"독인가?"

"독은 은수저를 사용하는 연회에서 사용하기 힘드네."

"그럼?"

"신공분 정도?"

"술 마시기는 글렀군."

"다른 사람에게도 주의를 주게."

"다른 술이나 한 병 구해줘. 가지고 가서 마시게."

"하하, 알았네."

허승과 황벽이었고, 연회 시작 반 시진 전이었다.

낮에 거대한 단이 들어섰던 집무전 앞마당은 이제 거대한 연회 장소

로 변해 있었다. 곳곳에 거대한 화롯불이 준비되었고 수많은 탁자가
들어서 있었다. 사람들은 이미 거나하게 취하여 주사를 하는 사람도
있었다.

가운데에는 허승과 금적산, 그리고 사공저와 기리계가 앉아 있었다.
황벽 등은 중앙의 허승 등과 가까운 곳에 앉아 있었다.

이때 오른편에 앉아 있던 채석강이 몸을 일으켰다.

"자자, 여러분, 잠시 주목해 주시오!"

사람들이 채석강을 바라보았다.

"오늘 허승 총순찰의 취임을 기념하려고 제가 특별히 산서의 최고급
분주를 가지고 왔소이다! 이제 연회에 들이려 하니 부디 많이들 드시
기 바랍니다!"

순간 '와' 하는 함성과 박수 소리가 들렸다.

채석강이 연회장 입구 쪽으로 손짓을 하자 몇몇 사람이 술이 가득
든 수레를 밀고 들어왔다. 그리고 상마다 한 통씩의 술을 얹어놓았다.

채석강은 그중 한 통을 들어 금적산과 허승이 있는 곳으로 갔다.

"축하드리오, 허승 총순찰."

채석강이 앞으로 몸을 숙이며 허승에게 술을 따랐다.

"감사합니다, 회주. 앞으로 많은 지도 바랍니다."

"손녀사위를 보시게 된 것을 축하드립니다."

이번에는 채석강이 금적산에게 술을 따랐다.

"고맙소, 채 회주. 이렇게 신경을 써주시니."

채석강은 사공저와 기리계에게도 한 잔씩을 따른 후 자리로 돌아와
술잔을 들고 소리쳤다.

"자, 우리 함께 상련과 총순찰의 발전을 기원하며 술을 듭시다!"

사람들이 채석강의 제의에 술잔을 들어 한 잔씩 마셨다. 다시 사람들은 흥청거리는 분위기 속으로 빠져들었다.

이때 사공저가 장경성을 향해 눈짓을 보냈다. 장경성이 사공저의 눈짓을 받고 자리에서 일어섰다.

"여러분, 제가 한말씀 올리겠습니다!"

순간 사람들의 시선이 장경성에게로 쏠렸다.

장경성은 상인들의 시선이 자신에게로 향하자 잠시 그들과 눈을 맞춘 후 들고 있던 술잔을 허공으로 던졌다.

순간 이십여 명의 검은 복면을 한 무인이 칼을 들고 들어와 출입구를 봉쇄했다. 그리고 다섯 명의 노인이 천천히 연회장 안으로 들어섰다.

"누구신가?"

금적산이 침착하게 다섯 명의 노인을 바라보았다.

그러나 다섯 명의 노인은 금적산을 보지 않고 사공저를 바라보았다. 사공저는 다섯 노인의 시선을 받자 자리에서 일어났다. 그리고 금적산을 보며 입을 열었다.

"련주, 이분들은 제가 초청한 무림의 고인들이십니다. 바로 오행마 어르신들이시지요."

"헉!"

"오행마?"

사람들 사이에서 괴성이 터져 나왔다. 그들은 모두 오래된 상인들로 오행마의 흉명을 익히 알고 있었던 것이다.

"아, 그래요? 이분들이 그 유명하신 오행마이시군요. 후배가 인사드 립니다."

금적산이 일어서서 오행마를 향해 포권을 해 보였다. 그의 태도에는 여유가 넘쳐흘렀다.

"한데 부련주, 어찌 이분들을 초청한 것이오?"

금적산의 물음에 사공저는 대답을 않고 연회장 중앙으로 걸어나갔다. 그리고 중인들을 둘러보고는 입을 열었다.

"여러 동도 제위들, 제가 한말씀 드리겠습니다!"

사공저의 말에 모두의 시선이 사공저에게 쏠렸다.

"지난 무림대전을 거치면서 우리 상련은 많은 발전을 거듭했습니다! 이에는 물론 저기 계신 금적산 련주의 공이 가장 크다고 할 수 있습니다!"

사공저가 금적산을 바라보았다.

"하나 시간이 흐르면 아무리 똑똑한 사람도 변하기 마련인가 봅니다! 오늘날 상련은 누란의 위기에 처해 있습니다!"

"누란의 위기? 무엇이 말이오, 사 부련주?"

금적산이 입을 열었다.

"련주, 지금 우리 상련이 처한 현실을 모르겠소?"

"어서 말씀해 보시구려."

"련주의 욕심으로 상련은 방어막을 강화한다는 구실로 화약을 들여옴으로써 정의맹과 패천맹 양 무림 세력과 척을 지게 되었소. 비록 우리가 아무리 방어진을 잘 짠다 하더라도 그것은 이곳 상련 총단 내부의 문제이오. 전국에 퍼져 있는 상인들은 저들 무림인에게 핍박을 받게 될 것이오. 거기다가……."

사공저가 잠시 말을 끊었다.

"거기다가 상련주는 상련의 영원한 지배를 위해 경험이 일천한 자신의 손녀사위를 총순찰의 직책에 앉히고 종국에는 상련의 모든 권한을 물려주려 했소. 상련주."

사공저는 이제 금적산을 하대로 부르고 있었다.

"계속하시오, 사 부련주."

"해서 이 사공저는 상련을 위하는 충정에서 오늘 상련주와 허승 총순찰의 목을 베려 하오! 상련은 일개 개인의 소유가 아니고 상인 모두의 것이기 때문이오!"

사람들이 크게 술렁이기 시작하였다.

변란이 일어난 것이다.

"그것이!"

상련주 금적산의 목소리가 커졌다.

"그것이 네가 외부 무인을 상련으로 끌어들인 이유냐? 상련의 독립성을 주장하는 내가 그리 잘못된 것인가? 너는 영원히 무력에 눌려 있는 상련을 원한 것이냐? 그것이 네가 이곳에 모인 동도들에게 무형산을 뿌린 이유이냐?"

금적산의 거침없는 말에 사공저는 순간 할 말을 잃었다.

"그것을 어떻게……?"

사람들은 금적산의 말에 내공을 끌어올려 보았다. 비록 이들이 상인이었지만 그중 대부분은 나름대로 무공을 익히고 있어 자기 한 목숨 지킬 수준은 되었던 것이다.

"이런!"

"산공독이다!"

내공을 일으키려던 사람들은 자신의 내공이 모두 흩어져 있자 웅성거리기 시작했다.

“과연, 과연 금적산이구나! 네가 그것을 어찌 알았는지 모르지만 오늘 너와 저 애송이의 목이 잘린다는 것은 변함없다!”

사공저가 금적산을 쏘아보며 입을 열었다.

“어이, 늙은이, 무얼 믿고 그리 자신하지?”

이때 한쪽에 앉아 있던 황벽 일행이 금적산과 허승의 앞을 가리며 나섰다.

순간 사공저의 얼굴이 찌푸려졌다.

“이놈들, 상련의 일에 웬 간섭이냐?”

“상련의 일? 웃기는군. 저들은 상련 사람이냐?”

엽강이 작살 끝으로 오행마를 가리켰다.

“네놈들은 이미 무형산에 중독되었다! 개죽음을 면하고 싶다면 비켜라! 난 다만 금 늙은이와 허승 저 애송이의 목숨만을 원할 뿐이다!”

“그거 안 되겠는데?”

황벽이 나섰다.

“네놈은…….”

“이봐, 늙은이. 늙으면 욕심이 많아진다더니 그 말이 맞구먼. 그만한 재산이 있으면 편히 손자 재롱이나 보며 살 것이지.”

이때 지켜보던 오행마 중 수마가 앞으로 나섰다.

“너희들은 무형산에 중독되지 않았구나?”

“역시 알아보시는구려. 이 늙은이의 속셈은 이미 다 알고 있었소. 그나저나 오행마라 했소?”

“그래그래, 내가 바로 오행마의 수마다. 역시 우리 무인에게는 이런 놀이는 맞지가 않아. 오히려 잘되었구나. 무형산에 중독된 사람을 베기는 싫었는데. 네가 황벽이냐?”

“그렇소.”

“자, 상황을 보니 우리가 승부를 결해야 이 일이 종결될 것 같은
데…….”

“나서시겠소?”

“그러지. 자리 좀 만들고.”

말을 마친 수마가 손을 흔들었다. 그러자 연회 중앙에 있던 화로와
집기들이 사방으로 날아갔다. 그리고 곧 연회장 중앙에 커다란 공지가
생겨났다.

사공저는 오행마의 뒤쪽으로 물러나 있었다.

“좋은 재주요.”

황벽이 앞으로 나섰다.

“자네가?”

엽강이 황벽을 보며 입을 열었다.

“음, 저들이 오행마라니 구미가 당겨서. 오행은 나와 인연이 많거
든.”

눈을 찡긋한 황벽이 공지로 내려섰다. 그리고는 수마를 바라보았다.

“혼자 오겠소?”

모두 덤벼도 된다는 말이었다.

“건방지구나.”

수마의 얼굴이 굳어졌다.

“그만한 자격이 있는지 보겠다.”

“오시오.”

황벽이 고개를 끄덕였다.

수마가 신중하게 두 손을 들어 올렸다. 그리고 진기를 끌어올리기 시작하였다. 그러자 옆에 있던 분주가 담긴 통이 부서지면서 분주가 수마의 손으로 빨려들어 둥근 공 모양으로 머물렀다.

"호, 신기한걸? 수마라더니."

수마는 수공을 전문으로 하였다. 따라서 그의 무기는 물의 형태를 가진 모든 것이었다. 그래서 수마는 분주를 이용하고 있는 것이었다.

마주 선 황벽도 자신의 검을 꺼내 들었다. 검에서 푸른 빛이 돌았다. 이미 진기가 운용되고 있었던 것이다.

수마의 진기가 장내를 휩쓸었다. 사람들이 수마의 강력한 진기에 치를 떨었다. 하지만 황벽은 수마의 진기가 친숙하게 느껴졌다. 그는 오행을 기본으로 하는 신공을 익히고 있었던 것이다.

수마는 황벽의 태도에 긴장하기 시작했다. 그간 그가 만난 적들은 자신의 진기가 끌어올려지면 뒤로 물러서고는 하였다.

수마를 포함한 오행마의 공력은 상상을 불허하는 것이었다. 그들은 각기 오행 중 한 가지 성질의 진기에 몰두함으로써 내공이 극한에 이르러 있었던 것이다.

그래서 만약 내공만으로라면 북두회의 일성에게도 자신한다고 나름대로 생각하고 있었다.

한데 눈앞의 애송이는 수마의 진기를 대하면서도 아주 편안한 모습을 하고 있는 것이었다.

"이놈!"

수마가 화가 난 듯 손에 들린 분주덩이를 앞으로 던져 내었다.

순간 공 모양의 분주덩어리가 황벽을 향해 날아들었다. 분주덩어리에 실린 공력이 공기의 파장으로 느껴지는 듯했다.

황벽은 분주덩어리를 검으로 가르려 했다. 하지만 순간 황벽은 검을 내리고 손을 내밀었다.

그러자 모두가 경악할 일이 벌어졌다. 분주덩어리가 황벽의 손아귀에 가볍게 들어온 것이다. 수마는 기가 막힌 듯 황벽을 쳐다보았다. 자신의 일생 공력이 담긴 공격을 상대는 맨손으로 가볍게 받아낸 것이다. 이것은 일성도 할 수 없는 일이었다.

"이런 것이군."

황벽이 고개를 끄덕이면서 분주덩어리를 던졌다 받았다 하였다.

"이놈, 뭐냐?"

"아, 이거? 나도 모르게 그만. 상당히 친숙한 느낌이 들어 해보았는데 재미있군."

황벽이 잠시 수마를 보다 입을 열었다.

"역시 수기를 익힌 것인가?"

"그렇다. 나는 물의 기운으로 내공을 쌓았다. 너도 그런 것이냐?"

만약 황벽이 수기로 공력을 익히지 않았다면 비록 황벽의 공력이 높아 분주덩어리를 손으로 막았다 하더라도 손에 닿는 순간 흘러내려야 했다.

그런데 분주덩어리는 황벽의 손에서도 구의 형태를 그대로 유지하고 있었다. 이건 황벽이 수기로 공력을 익혔다는 말이 되는 것이었다.

"아니, 꼭 그런 것은 아니고……."

황벽은 군이 자신이 건곤신공을 설명할 이유는 없다고 생각했다. 그리고 그럴 시간도 없었다.

"자, 이번에는 내가 가겠소."

황벽이 수마를 보며 입을 열었다.

순간 수마의 얼굴에 긴장이 흘렀다. 자신의 공격을 아무렇지도 않게 받아낸 상대의 공격이었다.

황벽이 검집에 들어가 있는 검의 손잡이에 손을 대었다 싶은 순간 하나의 빛이 수마를 향해 날아왔다. 수마가 오른팔에 공력을 주입해 그 빛을 막아갔다.

"아악!"

뒤이어 처절한 비명이 터져 나왔다. 그리고 사람들은 경악했다. 수마의 오른팔이 잘려 땅 위에 떨어져 있었던 것이다.

"이런, 검을 팔로 막다니. 미쳤소?"

수마가 고개를 들어 황벽을 노려보았다. 맞는 말이었다. 피해야 했다. 자신이 금강불괴가 아닌 이상은. 그런데 피할 시간이 없었다. 만약 팔이 아니었다면 목이 날아갔을 것이다.

"대단하구나. 내가 졌다."

수마가 이를 악물며 뒤로 물러섰다.

그러자 두 사람의 대결을 보고 있던 네 명의 오행마가 앞으로 나섰다. 그중 붉은 옷을 입은 자가 입을 열었다.

"황벽 황벽 하길래 믿지 않았더니 명불허전이구나. 칠성의 손가락에 이어 수마 동생의 팔이라……. 빚이 너무 많구나."

"칠성? 역시 같은 곳에서 나왔는가?"

황벽의 말에 화마는 대답하지 않았다.

"원래 우리는 합공을 전문으로 한다. 이제 우리 넷이 함께 나설 것이다. 우리의 특징이니 비겁하다 하지 말아라."

"괜찮소. 힘이 모자라면 합쳐야지."

순간 화마의 얼굴이 옷 색깔처럼 붉어졌다.

“이놈!”

화마의 얼굴에 분노가 서렸다.

“도와줄까?”

엽강의 목소리가 들렸다.

“아니, 괜찮아. 이 사람들, 나와 친해.”

황벽의 말에 모두들 어이가 없다는 표정을 지었다. 황벽이 언제 오행마를 보았단 말인가?

그들을 이해시키려면 황벽은 한마디를 더 했어야 했다. ‘이 사람들 진기가 나와 친숙해’ 라고.

“놈!”

화마가 먼저 짓쳐들어왔다. 그러자 나머지 삼 인이 동서남북으로 퍼지며 사방을 점하고 달려들었다.

그들은 모두 무기를 사용하지 않았다. 강력한 진기가 그들의 최대 무기였던 것이다.

하지만 황벽의 말처럼 그들의 진기는 황벽에게 친숙했다. 황벽은 여유있게 네 사람을 맞아갔다. 오행마는 오늘 그들의 천적을 맞이한 것이었다.

십여 초가 지났을 때 오행마는 황벽이 결코 자신들이 상대할 수 있는 인물이 아님을 알 수 있었다.

황벽은 오행마의 공격을 너무 쉽게 막아내고 있었다. 아니, 막는다기보다는 흡수하고 있다고 보아야 했다.

이십 초가 지났을 때 오행마는 공격을 멈추고 물러섰다.

“우리는 그만 물러나겠소.”

그제야 황벽이 웃으며 입을 열었다.

"누구 맘대로."

"더 이상 상련의 일에 관여치 않을 테니 이만 양보하시오. 쥐도 구석에 몰리면 고양이를 무는 법이오."

"물어보든지."

오행마의 얼굴이 찡그려졌다.

"오늘 우리를 보내준다면 이후 다시는 무림에 모습을 보이지 않겠소. 그리고……."

"그리고?"

"앞으로 당신을 만난다면 어떠한 경우라도 당신과 맞서지 않을 것임을 약속드리오."

"하하하, 그 노인네들 참. 노인들이 이제 그만 물러가 쉬겠다니 안 보낼 수도 없고. 한 가지만 약속하면 보내 드리리다."

"무엇이오?"

"그 북두회인지 뭔지 거기로 다시 가지 않기요."

"…그건……."

"아니면 지금 죽든지."

그때 사공저가 소리치며 앞으로 나섰다.

"안 되오! 만약 그러면 일성이 결코 용서치 않을 것이오! 당장 저자를 물리치시오!"

사공저는 필사적이었다. 만약 여기서 오행마가 물러난다면 자신은 영원히 햇빛을 보지 못할 것이다.

오행마가 다시 황벽을 쳐다보았다. 황벽이 이번에는 검을 빼어 들어보였다. 다시 부딪친다면 베겠다는 뜻이리라. 오행마는 고민에 빠졌다. 그리고 잠시 후,

"좋소. 황 대협의 뜻에 따르리다. 오늘부로 우리 오행마는 북두회의 사람이 아니오. 미안하오, 육성."

오행마가 사공저를 바로 보며 고개를 숙였다.

"안 돼! 너희들이 북두회를 배반하고도 무사할 줄 알았더냐?"

"미안하오, 육성. 하지만 눈앞의 칼이 더 무섭구려. 건승을 비오."

오행마가 몸을 돌려 밖으로 나가려 했다.

"잠깐!"

순간 황벽이 오행마를 불러 세웠다.

"……?"

오행마가 황벽을 바라보았다. 더 할 말이라도 있느냐는 표정이었다.

"혹 북두회의 일성이 누구인지 아시오?"

순간 오행마의 얼굴이 일그러졌다.

"미안하오, 황 대협. 그건 차마 말씀드릴 수가 없구려."

황벽이 고개를 끄덕였다.

"이해하오. 그럼 안녕히 가시오."

오행마가 가볍게 황벽을 일별한 후 순식간에 장내에서 사라졌다.

그 후 오행마의 행적은 무림에서 완전히 사라졌다. 몇 년이 지난 후 멀리 장백산에서 오행마를 보았다는 무림인이 있기는 했지만 그것도 확실한 것은 아니었다.

이제 장내의 모든 사람들의 시선은 사공저에게 모아졌다. 황벽은 다시 자신의 자리로 돌아와 있었다.

"자, 이제 어찌할 것이냐, 사공저?"

금적산이 사공저를 노려보았다.

"련주, 나, 난……. 용서하시오. 제발 목숨만 살려주시오. 그러면 나도 오행마와 마찬가지로 더 이상 세상에 나오지 않겠소."

"흐음, 그건 좀 곤란한데? 너는 이번 일의 주모자가 아니냐?"

"아니오, 아니오. 이번 일은 결코 내가 원해서 한 일이 아니오."

"호, 그럼 누가 시키기라도 했다는 것이냐?"

"그렇소. 바로 북두회의 지시였소."

"북두회?"

"그렇소. 바로 북두회 일성의 지시였소."

"그가 누구냐?"

"……?"

"북두회 일성이 누구냐는 말이다."

"그건 나도 잘 모르오. 단지……."

"단지?"

"이미 정의맹과 패천맹에도 북두회의 요인이… 컥!"

순간 사공저가 신음성을 내며 쓰러졌다.

"누구냐?"

순간 가밀과 조찬이 신형을 날렸다. 연회장 주위의 담 너머로 검은 복면인이 사라지고 있었다.

"하하하, 오늘은 우리 북두회의 손해로 인정하지! 하지만 다음에는 만만치 않을 것이야!"

밤하늘에 복면인의 목소리가 울려 퍼졌다. 가밀과 조찬은 복면인을 따라붙지 못하고 돌아왔다.

"보통 고수가 아니었습니다. 저희의 경공으로는……."

"되었소. 누군지 알 만하니."

황벽의 말에 모두의 시선이 황벽에게 향했다. 누구냐는 의문이 서린 시선들…….

"모르겠어, 그 목소리? 중조산에서."

"아, 칠성."

그제야 매난국죽 사인과 허승, 그리고 엽강이 탄성을 자아냈다. 복면인은 바로 칠성이었던 것이다.

"그나저나 이거 좋은 증인이 죽어버렸네?"

사공저는 이미 저승의 문턱을 넘어서고 있었다. 그의 목뒤에는 가느다란 독침이 꽂혀 있었다.

"저들이 뭘 알까."

황벽이 고개를 돌려 채석강과 장경성, 그리고 평량, 유후, 영무 등 오 인을 돌아보았다.

그들은 이미 전의를 상실하고 한곳에 몰려 처분만을 바라고 있었다.

"저들을 모두 감금하고 장내를 정리하라! 오늘 연회는 이것으로 파한다!"

금적산이 말하자 호련사들이 채석강 등을 끌고 나갔다. 황벽 등도 자신들의 숙소를 향해 발걸음을 옮겼다.

이렇게 해서 총순찰 허승의 취임 축하연은 한바탕 소동으로 막을 내렸다.

날이 밝자 상련은 다시 새로운 활기에 넘쳤다. 그동안 숨어 있던 사공저 일당은 채석강 등의 실토로 일망타진되었고, 금적산은 확실하게 상련을 장악하였다.

그리고 다시 오 일 후에 있을 허승과 금령의 혼인 이야기로 상련에 새로운 흥분이 일고 있었다.

널찍한 탁자 위에 찻잔이 놓여져 있고 황벽과 엽강, 허승이 금적산과 마주하고 있었다.

"이번 상련의 일에 두 대협의 노고가 컸네. 다시 한 번 감사드리네."

금적산이 황벽과 엽강을 보고 입을 열었다.

금적산은 황벽과 엽강이 허승의 친구임을 알고 말을 편히 하고 있었다.

"수고는요. 다 친구 잘되라고 하는 일인데."

"껄껄껄, 그래그래. 역시 친구가 좋은 법이지. 총순찰은 좋겠어, 이리 좋은 친구들을 두었으니."

"말도 마십시오, 련주. 좋기는 뭐가 좋습니까? 벌써부터 대가를 내놓으라고 난리입니다."

"엉? 대가?"

"아이고, 저 좀생이. 련주, 사실 어제 우리가 수고한 대가로 술 한잔 거하게 사라고 했다고 저 난리입니다. 사실은 대가가 아니고 먼저 장가가는 것에 대한 술을 먹자는 것인데."

"허허허, 이 사람, 술 한잔 가지고 그러나 그래. 천하의 상련 총순찰이."

"련주, 그런 게 아니라 그 술이 문제 아닙니까?"

"아니, 왜?"

"어디서 후아주 이야기를 들었는지 후아주를 내라는 겁니다. 후아주가 어디 있습니까?"

"아니, 후아주를?"

"그게 그렇게 귀한 겁니까, 련주?"

엽강이 금적산을 바라보았다.

"글쎄, 귀하다면 귀하지. 천하에 몇 병 없을걸?"

"에이, 그렇게 귀한 거면 글렀네."

엽강이 입맛을 다시며 실망한 듯이 혀를 찼다.

"꼭 그런 것만은 아니야."

금적산이 엽강을 바라보았다.

"……?"

"나에게 한 병 있거든."

"어? 정말요?"

다들 금적산을 바라보았다.

"내가 예전에 운남으로 상행을 다녀올 때 우연히 구한 것인데 너무 귀해서 고이 모셔두고 있었다네. 이제 자네들에게 내가 그 맛을 보여 주기로 하지. 우리 손녀사위 맞이하는 날."

"아니, 련주, 정말입니까? 감사합니다."

엽강이 고개를 숙여 인사를 하자 금적산이 흐뭇한 표정으로 그를 바라보았다.

"그나저나 이제 상련도 안정을 찾았고 하니 내 한 가지 부탁을 하면 안 되겠나?"

금적산이 황벽을 보며 입을 열었다.

"말씀하시지요."

"음, 내 이야기를 들으니 자네들은 이번 혼사가 끝나면 곧 떠난다고 하더군. 사실인가?"

"그럴 생각입니다만……."

"혹시 상련에 머물러 있을 생각은 없나? 내 최고의 지위를 부여함세."

"감사합니다만 할 일이 있습니다."

황벽이 미안한 듯 고개를 숙여 보였다.

"아니네. 내 욕심이라는 것을 잘 아네. 단지 우리 상련의 무력이 너무 약해서. 이번 방어벽으로 총단의 안전은 대충 해결했지만 말이야."

"그거라면 가히 걱정하지 마십시오."

황벽의 말에 금적산이 황벽을 바라보았다.

"호련사 중 매난국죽 네 명이 상련을 튼튼히 할 것입니다. 지금도 무공을 전수 중이니 일 년 후에는 무림의 누구에게도 뒤지지 않는 상련의 호법으로 성장할 것입니다."

"오, 그런가? 이거 정말 감사하네. 그들이 절정고수로만 커준다면 더 이상 바랄 게 없네."

"그리고……."

"……?"

"정말 급한 경우에는 저나 이 친구도 돕겠지만 낭인대를 부르셔도 될 것입니다."

"낭인대를?"

"네. 제가 고용은 했지만 저 친구 돈이니……."

황벽이 허승을 바라보았다.

"허허허, 그러면 되었어. 그 정도면 안심이네그려. 고맙네, 황 대협."

황벽이 웃으며 금적산을 바라보았다.

"자자, 이제 신랑 신부 식만 올리면 되는 것인가?"

금적산이 너털웃음을 터뜨렸다.

　허승과 금령의 혼인식은 성대하게 치러졌다. 전 상인의 축복 속에
그들이 행진할 때는 하늘에서 수많은 꽃잎이 뿌려졌다. 가을날에 꽃잎
은 금적산만이 해낼 수 있는 거래였으리라.
　그리고 그날 엽강과 황벽은 딱 한 잔씩의 후아주를 얻어먹었다. 엽
강의 애걸에도 불구하고 딱 한 잔만 금적산은 내어주었다.

제30장
정사연(正邪宴)

무림대전 휴전 후 사 년. 그동안 정사연은 세 번 열렸다. 그리고 올해 네 번째 정사연이 서안에서 하룻길에 있는 호산(湖山)에서 열릴 예정이다. 호산은 주위에 세 개의 호수가 동, 서, 남으로 위치해 있어 붙여진 이름으로 옛부터 비록 산은 작지만 경치가 아름다워 많은 풍류객들이 찾는 곳이기도 했다.

사람들은 호산 앞의 호수에 배를 띄워 뱃놀이를 하거나 혹은 호산에 올라 내려다보이는 세 개의 호수를 감상하기도 했다.

어느 날 이 호산의 출입이 통제되더니 거대한 천막들이 들어서기 시작했다. 정의맹과 패천맹의 정사연이 준비되기 시작한 것이다.

양측에서 나온 사람들은 각자의 대표단이 묵을 천막을 준비하였고, 공동으로 하나의 거대한 천막을 준비하였는데 그 천막의 대부분이 나무로 이루어져 하나의 집이나 마찬가지로 튼튼했다.

이곳이 바로 정사 양측이 모여 회의를 할 곳이었다.

*　　　　*　　　　*

정의맹 석산 총단을 출발하는 일단의 무리가 있었다. 무리의 선두에는 청룡단의 부단주 남궁인과 백호단의 부단주 고봉정이 나란히 말을 몰고 있었다. 그리고 그 뒤로는 청룡단원들이 떠났으며 다시 그 뒤에 이번 정사연의 대표 제갈의현과 청룡단주인 소림승 광료가 함께 마차를 타고 따르고 있었다.

총인원 육십여 명의 일행은 길게 이 열로 서서히 석산을 벗어나고 있었다.

석산이 한눈에 내려다보이는 총단의 정문 위 망루에 한 명의 젊은 여인과 육십대 노인이 서 있었다.

그들은 멀어지는 일행의 선두에 선 한 사내를 바라보고 있었다.

"이번에 봉정이가 일을 잘 수행해야 할 터인데……."

설장벽이 중얼거렸다.

"차라리 백호단원을 일부 데려가는 것이 낫지 않았을까요?"

설연이었다.

"일단 정사연이 열리는 곳이 우리 화산과 가까우니 화산의 제자들이 내려가 맞으면 별문제는 없을 것이다."

설장벽의 말에 설연이 고개를 끄덕였다.

설연은 무림대회 이후 정의맹 총단에 머물러 있었다. 그녀는 공식적으로 호정단의 단주였으므로 앞으로도 계속 총단에 머물게 될 것이다.

호정단은 아직 자리를 잡고 있지 못했다. 단원의 모집에 어려움이 있었던 것이다. 무림세가들도 모두 호정단의 역할을 알고 있었으므로 자신의 제자들은 내어놓기를 꺼리고 있었다.

"그래, 호정단의 일은 잘되어가냐?"

"아직 준비 중입니다. 맹주의 언급에도 불구하고 단원 확보가 쉽지 않습니다, 백부님."

"그래, 그럴 것이야. 누가 그 위험한 곳에 자신의 제자를 내어놓겠느냐? 나도 너를 보면 마음이 안 좋구나."

"너무 염려 마세요, 백부님. 내일은 맹 내에 단원 모집에 대한 방을 붙일 생각이에요. 아무래도 작은 문파의 사람들이 지원할지도 모르니."

"휴, 위험한 일일수록 능력있는 사람이 나서야 하는 법인데……. 그래, 지금은 몇 명이나 되지?"

"이번 비무에 참가한 팽가의 팽정, 언가의 언남성, 공동의 손진, 이렇게 세 분과 막 어르신과 그 제자 분인 진승 대협이 전부입니다."

"그 세 사람은 이해가 가는데 막여 그 노인은 어찌 참여를 한 것이지? 들리는 말에 의하면 남궁세가를 떠났다던데……."

"예, 그분이 남궁세가를 떠난 것은 맞아요. 저와 오제지행에서 친해진 것을 이유로 저를 돕겠다고 하시네요."

"그것참 다행이구나. 막 노인이라면 모르는 사람은 몰라도 아는 사람들 사이에서는 한 파의 장로 이상의 평가를 받는 사람이다."

"잘 알고 있어요. 과거 오제지행에서 전 혈사대주 진회와 검을 섞는 것을 저도 보았습니다. 전혀 밀리지 않으시더군요."

“그래, 아마 그랬을 것이야. 거물인만큼 각별히 대우에 신경을 써라.”

“예, 백부님. 그렇지 않아도 호정단 내에서 자유로운 활동을 하시라 말씀드려 놓았습니다.”

“음. 그래, 잘했다. 그런 사람을 단 내에 묶어둔다는 것은 힘든 일이지. 그래, 몇 명이나 모으려구?”

“일단 오십 명 정도를 모아 앞서 말씀드린 사람들과 제가 오 개 조로 나누어 이끌어보려 합니다.”

“그래, 그러도록 하여라. 정사연이 끝나기까지 시간이 좀 있으니 잘 훈련해서 후에라도 부족함이 없도록 준비하거라.”

“네, 백부님.”

“자, 들어가자. 바쁠 것이니.”

설장벽이 몸을 돌려 정의맹 총단 안으로 들어가자 설연이 그 뒤를 따랐다.

호정단의 숙소는 정의맹의 서쪽 담에 붙어 있었다. 신설된 조직이라 급조된 허름한 건물을 사용하였는데 그나마도 단원이 없어서 썰렁한 분위기를 자아내고 있었다.

설장벽과 헤어진 설연이 단으로 돌아왔을 때 숙소에는 마침 다섯 명의 단원 전부가 모여 있었다. 무림대회에서 설연과 겨룬 세 사람은 설연의 무공에 탄복하여 이제는 설연의 말이라면 절대적으로 신뢰하고 있었다.

그들은 호정단의 성격을 알고 있었고, 호정단의 쓰임새도 알고 있으면서도 호정단주에 도전한 사람들이었다. 그만큼 호전적인 성격을 가진 사람들이지만 강자에 대한 복종 또한 확실했고, 맺고 끊음도 분명해 설연은 호정단을 꾸려가는 동안 그들과 부딪침이 전혀 없었다.

설연은 이 점을 항상 고맙게 생각하고 있었다.

설연이 돌아와 그들이 모여 있는 곳으로 다가갔다.

"그래, 정사연 일행은 잘 떠났소, 단주?"

막여가 웃는 얼굴로 말을 꺼냈다.

"네, 어르신. 막 석산을 벗어나는 것을 보고 왔습니다."

"이번 정사연이 잘 끝나야 할 텐데……. 얼마나 더 지나야 이 정사 연에서 무림의 향방이 갈리게 되는 상황에서 벗어나게 될지……."

"그러게 말입니다. 만약 작은 불상사라도 생기면 바로 무림대전이 다시 발생할 것이니 항상 정사연 때마다 조심스럽지요."

팽정이 막여의 말을 받았다.

팽정은 도를 사용하였는데 막여의 도에 대한 애정과 깊이있는 무공 을 알고는 매사에 막여를 존장으로 존중하고 있었다. 막여도 그런 팽 정이 싫지 않았는지 가끔 도에 대한 이야기를 나누며 무공을 보아주고 있었다.

"흠, 그나저나 이거 어쩌나. 사람이 이리 없어서."

막여가 설연을 돌아보며 입을 열었다.

"아무래도 중소문파들에게도 협조를 구하는 방을 붙여야겠어요. 대 문파에서는 제자를 내어놓기를 꺼리니……."

"젠장, 무인이 칼을 들었으면 그 순간부터 위험과 마주 보는 것인데 꺼릴 게 무어 있다고 그리들 피하는지 원."

팽정이 거친 음성으로 명문 문파 제자들의 호정단 지원 기피를 비난 했다.

"자자, 그건 지금 어쩔 수 있는 게 아니고… 맹주부에서는 아무 말이 없는가?"

"각파 제자들의 차출 문제는 아무래도 원로원에서 이루어져야 하는데 원로원이 움직이지 않으니 맹주부에서도 특별한 대책이 없나 봅니다."

"인원은 몇 명 정도나 생각하고 있나?"

"일단은 오십 명 정도 선발해서 여기 계신 분들이 열 명씩 맡는 걸로 생각하고 있습니다."

"잘 생각했소, 단주. 처음부터 무리할 필요는 없겠지."

그 다음날 정의맹 전역에 방이 붙었다. 호정단의 단원을 뽑는 방이었다. 예상과는 달리 중소문파의 지원이 많았다. 중소문파의 경우 정의맹 주력인 청룡단과 주작단, 그리고 백호단에 뽑히기가 힘들었으므로 그래도 대우가 좋은 호정단에 지원하는 사람이 많았던 것이다.

설연과 막여 등은 예상외로 많은 지원자가 몰리자 그들을 이틀 동안 심사하여 그중 오십여 명을 뽑았다.

정의맹의 호정단이 드디어 오랜 산고 끝에 정식으로 출범하게 된 것이다.

호정단은 일단 숙소에 머물며 강력한 전술 훈련을 실시하기 시작했다. 호정단에 지원한 사람들 모두 자신들이 결국에는 가장 위험한 곳으로 파견되리라는 것을 잘 알고 있었으므로 하루하루 이어지는 고된 훈련을 잘 참아내고 있었다.

그리고 그들이 출정할 시간은 그리 오래 남아 있지 않았다.

　　　　　*　　　　　　*　　　　　　*

　정의맹의 정사연 대표단이 석산 총단을 떠날 무렵 패천맹에서도 많은 맹도들의 환송을 받으며 일단의 인물들이 길을 나서고 있었다.

　그 선두에는 철마 이제현이 말 위에 높다랗게 앉아 있었고 그의 제자이자 패천사룡의 하나인 마중협 진패천이 뒤를 따르고 있었다.

　총인원은 정의맹과 마찬가지로 육십여 명으로 구성되었고, 혈뇌자가 동행하고 있었다.

　패천맹에서도 이번 회담의 중요성을 인식해 혈뇌자을 참여시킴으로써 이번 정사연은 양 맹의 군사들이 참여하는 무게를 가지게 된 것이다.

　　　　　*　　　　　　*　　　　　　*

　정의맹 총단을 떠난 일행은 보름 만에 호산에 도착하였다. 급하지 않은 행군이었으므로 열흘 길을 보름으로 늘려서 당도한 것이다.

　호산에 도착한 일행은 선발대가 미리 만들어놓은 천막에 짐을 풀고 다음날 있을 정사연에 대비하였다. 정의맹의 대표단이 짐을 풀 무렵 패천맹의 대표단도 도착하여 숙소를 정리하고 있었다.

　오 일 동안 있을 정사연의 막이 오른 것이다.

　아침 햇살 속에 깃발이 세워졌다.

　한쪽에는 '정의맹(正義盟)'이라는 글씨가, 한쪽에는 '패천맹(覇天盟)'이라는 글씨가 굵게 새겨진 깃발이었다. 그리고 그 아래로 양쪽으로 갈라 일단의 사람들이 앉아 있었다.

"인사드리오. 패천맹 총군사 혈뇌자라 합니다."

혈뇌자가 자리에서 일어나 큰 목소리로 정의맹 측의 사람들을 보고 허리를 숙였다.

"그리고 이분은 저희 맹의 부맹주이신 철마 이제현 선배이십니다."

"이제현이라 합니다."

철마 이제현이 역시 자리에서 일어나 정의맹 측 사람들을 향해 고개를 숙였다.

"인사드리오. 정의맹 총군사 제갈의현이라 하오."

혈뇌자와 철마의 인사가 끝나자 이번에는 정의맹의 제갈의현이 자리에서 일어나 인사를 하였다.

"그리고 이분은 정의맹 청룡단주이신 광료신승이십니다."

"광료라 합니다."

광료신승이 자리에서 일어나 가볍게 합장을 해 보였다.

양측을 대표하는 네 사람의 인사가 끝나자 본격적인 정사연이 시작되었다.

먼저 입을 연 것은 제갈의현이었다.

"이번에 패천맹에서 상련에 손해를 보셨다구요?"

직설적인 물음이었다.

"정의맹이 손을 놓고 있으니 일이 잘될 리가 있겠습니까?"

혈뇌자의 응대가 날카로웠다.

"허허허, 저희야 패천맹에서 먼저 움직이시니 일이 확실할 줄 알았지요."

제갈의현이 일을 확실히 끝내지 못한 패천맹을 은근히 비난하였다.

"허허허, 저희는 정의맹이 우리 뒤를 받쳐 주실 줄 알고 여유를 좀 두었었지요."

두 사람의 말싸움이 한동안 계속되었다.

"그나저나 그러면 이제 상련에 대한 견제는 상련 총단 밖에서나 이루어지겠습니다그려. 귀곡자가 개입했다지요?"

"그렇습니다. 아마 총단 자체에 대한 위협은 이제 어렵겠지요."

드디어 본격적인 대책 논의가 시작된 것이다.

"그렇다고 상련이 지난 무림대전 때와 같은 농간을 부리게 할 수는 없지 않습니까?"

"그렇지요. 그때도 그들로 인해 양 맹이 입은 피해가 얼마입니까?"

"자자, 그럼 혈뇌자께서는 어찌하는 것이 좋겠습니까?"

"일단은 낙양에 양 맹의 정보 조직을 강화하는 것이 급선무이겠지요. 그리고 상련에 대한 건에 한에서는 양 맹이 정보를 교환토록 합시다."

"그것 좋은 생각이십니다. 역시 만나서 이리 이야기를 나누니 대책이 나오는군요."

"만약 그들이 어떠한 불순한 움직임을 보인다면 그때는 양 맹에서 주력을 움직여 낙양의 입구를 봉쇄하면 그들이 어찌하겠습니까. 결국 양 맹의 상련에 대한 영향력은 계속 유지될 수 있을 겁니다."

"그럼 그 문제는 그렇게 처리하는 것으로 하지요."

이때 양 맹의 진영에서 차를 가지고 나와 각 대표단의 앞에 내려놓았다.

양 맹의 대표들은 차를 들며 약간의 환담을 더 나누었다. 어느덧 해가 서쪽으로 향하고 있었다.

“일단 오늘은 상련의 문제를 협의했으니 이 정도에서 회의를 접도록 합시다.”

“그러지요. 첫날부터 너무 많은 이야기를 하는 것도 별로 좋은 일은 아닐 겁니다.”

“하하하, 그럼 오늘 편히 쉬시고 내일 뵙도록 합시다.”

양 진영의 사람들은 모두 자리에서 일어나 서로에게 포권을 취한 후 각자의 숙소로 돌아갔다.

이렇게 첫날의 정사연은 내일을 기약하며 큰 무리 없이 진행되었다. 하지만 그 다음날 정사연은 개최될 수 없었다.

다음날 회담을 위해 제갈의현의 천막에 모인 정의맹 사람들은 아직 나오지 않은 남궁인을 기다리고 있었다.

“어허, 이거, 젊은 사람이 무슨 잠이 이렇게 많은가?”

광료신승이 혀를 차며 입을 열었다.

“허허허, 긴 여정에 피곤하였나 봅니다.”

제갈의현이 말을 받았다.

“피곤은요. 열흘 거리를 보름에 왔습니다. 그리고 이미 하루가 지났 고요. 이것 참, 무림의 존장들이 기다리고 있는데… 어허, 신오제라 과 연 귀한 몸은 귀한 몸이구나…….”

광료신승이 늦게 나오는 남궁인에 대한 불만을 노골적으로 표현했 다. 그렇지 않아도 신오제의 급부상이 못마땅하였던 광료였다.

“이것 참, 늦어도 좀 심하군요. 이봐라!”

제갈의현이 청룡단의 단원을 한 명 불렀다.

“부르셨습니까?”

"지금 즉시 남궁 부단주의 처소로 가서 언제나 나올 수 있는지 알아
보고 오너라!"

"알겠습니다!"

청룡단원이 날듯이 자리를 떴다.

다른 사람들도 남궁인의 행사에 불만이 많은 듯 모두 얼굴이 찌푸려
져 있었다. 하지만 남궁인의 막사로 갔던 청룡단원이 돌아왔을 때 사
람들의 표정은 경악으로 바뀌었다.

청룡단 단원이 갈 때보다 열 배쯤 빠른 속도로 제갈의현의 천막으로
들어섰다.

"군사, 큰일났습니다!"

남궁인을 데리러 간 무사가 제갈의현을 보며 한 소리였다.

"무슨 일이냐?"

"남궁 부단주가… 부단주가……."

"부단주가 어쨌다는 말이냐?"

"부단주가 죽었습니다!"

순간 제갈의현의 천막은 경악에 휩싸였다.

정의맹 청룡부단주 신오제 남궁인이 정사연 첫날 밤 숨을 거두었다.

그날 정사연은 열리지 않았다. 소식을 들은 패천맹 측도 당황하기는
마찬가지였는지 자신들의 숙소에서 일체 밖으로 나오지 않았다. 양측
사이에 보이지 않는 긴장감이 자리잡기 시작했다.

견딜 수 없는 긴장의 상태, 제갈의현과 혈뇌자가 잠시 만남을 가지
고 정사연을 무기한 연기하였다. 그리고 양 진영은 각자의 총단으로
발걸음을 돌렸다.

호산은 다시 고요를 찾았지만 무림은 혼란 속으로 빠져들었다.

*   *   *

사천당문의 문주 당선명이 급히 정의맹 석산 총단으로 오라는 급보를 받고 석산 총단에 도착한 것은 전서를 받은 지 채 오 일이 지나지 않아서였다.

그는 말도 타지 않은 채 최대한 경공을 펼쳐 밤낮을 가리지 않고 당문에서 석산 총단까지 달려왔다. 총단의 정문을 통과할 때 자신을 향해 예를 취하는 무사에게 고개도 돌리지 않은 채 당선명이 향한 곳은 맹주전이었다.

"사천당문의 당선명 문주님께서 드십니다."

맹주전의 문이 열리는 동시에 들려온 소리였다. 맹주전에 몰려 있던 사람들은 문 쪽으로 고개를 돌렸다.

"어서 오시오, 당 문주."

"어찌 된 일입니까?"

"저희도 워낙 예상치 못한 일이라 갈피를 잡지 못하고 있습니다."

"남궁인 부단주가 죽었다는 것이 정말입니까?"

"그렇습니다."

한쪽에 서 있던 백호단주 남궁석이 울분에 찬 표정으로 입을 열었다.

"도대체 어디서 어떻게……."

"정사연에 참석한 첫날 밤 변을 당했다고 합니다. 그리고 그 원인을 알고자 문주님을 급히 호출한 것입니다."

“……?”

“맹에서는 아무도 남궁인 부단주의 사인을 밝혀내지 못했습니다. 그 래서 당 문주님을 청한 것입니다.”

“독살?”

“아직은 잘 모르겠습니다. 당 문주님께서 보셔야 할 것 같습니다. 분명 외상도 없고 독살의 흔적도 저희들 눈에는 보이지 않습니다.”

“시신은 어디에 있습니까?”

“빙동에 있습니다.”

“갑시다.”

정의맹의 후원에는 석산을 뚫고 만들어놓은 동굴이 있었다. 사람들은 이곳을 빙동이라 불렀다. 빙동은 여름에도 낮은 기온을 유지해 겨울에 얼음을 보관해 여름에 사용할 정도였다. 그곳에 남궁인의 시신이 있었다.

빙동에 들어선 당선명은 남궁인의 시신을 상세히 살피기 시작하였다. 시체에는 어떤 외상의 흔적도 나타나지 않았다.

당선명이 시신을 살핀 지 반 시진. 사람들이 답답해할 무렵.

“이것은!”

당선명의 탄성이 들려왔다.

“당 문주, 무슨 흔적이라도 발견했습니까?”

사람들이 당선명의 곁으로 모여들었다. 당선명은 남궁인의 입을 벌리고 혀 밑을 보고 있었다. 사람들의 시선이 그곳으로 향해졌다. 혀 밑에는 약간 푸르스름한 콩알만한 점이 나타나 있었다.

“당 문주, 그것이 무엇입니까?”

장의현이 당선명에게 대답을 재촉하였다.

"맹주, 함부로 말할 사안이 아닙니다. 일단 맹주전으로 향하시지요."

당선명의 말투에서 느껴지는 어두움. 남궁인의 죽음 자체가 가지는 파장도 컸지만 그 원인이 가지는 파장은 더욱 클 것이다. 그것을 모르는 당선명이 아니었고, 그런 당선명이 말하기를 꺼려하는 내용이라면……. 모든 사람이 빙동을 나와 맹주전으로 향했다.

맹주전에 도착한 뒤에도 당선명은 한동안 말을 하지 않고 무엇인가를 곰곰히 생각하고 있었다.

"당 문주, 이제 그만 말씀을 해주시지요."

정의맹주 장의현이 당선명을 독촉했다. 장의현의 독촉에 당선명이 고개를 들어 장의현을 바라보았다. 그리고는 한숨을 내쉬었다.

"휴, 맹주님, 그리고 여러분, 저는 판단을 하지 않겠습니다. 다만 본 것만을 말씀드리겠으니 판단은 여러분 각자가 하시기 바랍니다."

모두의 시선이 당선명에게 향했다.

"무림에는 흔적을 남기지 않고 사람을 죽이는 방법이 두 가지 있습니다."

당선명이 잠시 뜸을 들였다.

"하나는 극도의 내공으로 상대방의 내장을 파괴하는 것입니다."

사람들이 고개를 끄덕였다. 내공이 신화지경에 이른 사람은 외상 없이 내장만을 파괴하여 사람을 죽일 수 있었다.

"그리고 또 하나는 독을 사용하는 것입니다."

"독?"

사람들이 당선명을 쳐다보았다.

"하지만 독도 그 흔적이 남지 않습니까?"

군사 제갈의현이었다.

"물론 그렇지요. 일반적인 독이라면 그렇습니다. 하지만 두 가지 독은 흔적없이 사람을 죽일 수 있습니다."

"아니, 그것이 어떤 독입니까?"

다시 제갈의현이 재촉하듯 물었다. 잠시 뜸을 들이던 당선명이 결심한 듯 입을 열었다.

"천하에서 흔적없이 사람을 죽일 수 있는 독은 바로 저희 당문의 무형지독과 천독림이 독정입니다."

"무형지독?"

"독정… 천독림?"

사람들의 입에서 신음이 터져 나왔다.

"저희 당문과 천독림은 옛부터 독에 대한 경쟁을 치열하게 해오고 있었습니다. 대를 이은 경쟁 속에 탄생한 것이 바로 무형지독과 독정입니다. 하지만 독에 대한 지식이 조금이라도 있는 사람은 당문을 독의 조종이라 말합니다. 그것은 바로 천독림의 독정은 치명적인 하나의 흔적을 남기기 때문입니다."

순간 제갈의현의 눈이 번쩍였다.

"그럼 그것이 바로……?"

"맞습니다. 바로 혀 밑의 푸른 반점, 그것이 독정의 유일한 흔적입니다. 그리고 남궁인 부단주의 혀 밑에는 푸른 반점이 있었습니다."

맹주전이 침묵에 휩싸였다.

사인은 밝혀졌다.

바로 패천맹 산하 천독림의 독정으로. 그렇다면 흉수도 밝혀진 것이나 다름없었다.

하지만 누구도 그것을 입 밖에 내지 못했다. 그것을 입 밖에 낸다는 것은 곧 제이차무림대전을 뜻하기 때문이었다.

그것은 바로 '천독림' 이라는 세 글자였다.

*　　　*　　　*

한 대의 마차가 정의맹을 출발해 패천맹에 이른 것은 늦은 저녁이었다. 그럼에도 불구하고 패천맹의 전 고수가 대청에 모여들었다.

마차는 정의맹의 백호단주 남궁석을 태우고 온 것이었다. 패천맹주 집무전에 남궁석이 들어서자 패천맹 수뇌부의 눈이 남궁석에게로 향했다. 밤에도 쉬지 않고 달려온 듯, 남궁석의 얼굴에는 약간 피로한 감이 보였다.

또한 가문의 후계자이자 신오제 중의 한 사람, 자신의 조카를 잃은 자의 분노도 엿보였다.

하지만 그는 노련한 노고수답게 침착하였다.

"어서 오시오, 남궁 대인."

일에는 언제나 순서가 있는 법이다. 양측은 예의 섞인 말로 만남을 시작했다.

"이러한 일로 뵙게 되어 유감이오다, 양 맹주."

양청길과 남궁석이 서로 인사를 주고받았다.

"남궁인 부단주의 죽음에 저희 패천맹을 대신하여 깊은 조의를 표하는 바입니다. 한데 이곳까지는 어쩐 일로……?"

"길게 이야기하지 않겠습니다. 지난 정사연에서 저의 조카이자 정의맹 청룡단의 부단주 남궁인이 사망하였습니다. 그 일로 정사연은 중지되었지요. 그 후 정의맹에서는 면밀히 남궁인 부단주의 사체를 조사한 결과 하나의 결론에 이르렀습니다."

모든 사람의 시선이 남궁석에게 모여졌다. 남궁석은 그러한 사람들을 바라보다 한 명의 얼굴에 시선을 고정시켰다.

그리고 입을 열었다.

"천독림의 림주이신 독마 서린 어른이 맞으십니까?"

그는 독마 서린을 바라보고 있었다.

"내가 독마 서린이오. 왜 그러시오?"

"정녕 모르시겠습니까?"

"무슨 말이신지?"

"이 세상에 사람을 흔적없이 독살할 수 있는 독이 두 가지 있다고 들었소. 그리고 그중 하나는 당문의 무형지독, 그리고 다른 하나는 천독림의 독정, 맞습니까?"

"맞소."

순간 남궁석의 얼굴에 분노의 표정이 나타났다.

"남궁인 부단주가 귀 림의 독정에 목숨을 잃었소. 혀 밑의 파란 반점. 부인할 것이오?"

순간 서린의 얼굴이 굳어졌다.

"독정?"

"……."

집무전에 몰려든 사람들이 모두 서린을 쳐다보았다. 서린의 머리 속에는 몇 달 전 자신의 망나니 아들이 들고 나간 독정이 떠올랐다.

그런 서린을 일별하며 남궁석이 다시 입을 열었다.

"정의맹의 입장은 분명하오. 이는 의도적인 패천맹의 도발이었으므로 휴전이 깨어지게 됨은 패천맹의 잘못이오. 만약 아직도 패천맹에 무림의 평화에 대한 의지가 있다면 당장 천독림주를 정의맹으로 압송하시오. 이것이 정의맹이 현 상태를 유지하는 데 대한 최소한의 조건이오. 기한은 이달 보름까지로 하겠소."

들어줄 수 없는 조건이었다. 하지만 남궁석의 입은 굳게 다물어졌다. 패천맹주전을 물러나는 남궁석을 양청길의 명에 따라 진패천이 따라붙었다.

시간은 이미 자시… 바로 길을 떠나겠다는 남궁석을 만류하며 아침 길을 권하는 진패천의 청을 거절하고 남궁석은 밤길을 나섰다. 이곳은 호굴, 적진이었다. 저들이 정의맹의 요구를 거절한다면 가장 먼저 가까이에 있는 자신을 억류할 것이다.

어둠을 뚫고 길을 나서는 남궁석의 뒤를 진패천이 따라붙었다. 날이 밝을 때까지 전송하겠다는 진패천의 말에 남궁석도 순순히 고개를 끄덕였다.

진패천의 사람됨이야 정사를 떠나 무림에 널리 알려진 일, 그런 진패천이 옆에 있다면 최소한 이 밤에 그를 위협할 패천맹도는 없으리란 것이 그의 생각이었다.

어느새 찾아든 새벽 길 위에 일단의 인물들이 서 있었다.

"하면 남궁 대인, 편히 가시기 바랍니다."

"수고하셨소. 진 소협… 이런 일로 진 소협을 만나게 되어 아쉽기 그지없소."

"피를 흘리는 일이 없도록 잘 부탁드립니다."

"그 일은… 나의 일이 아니라 그쪽… 패천맹 수뇌부들이 결정할 일이지요."

　새벽빛이 스며들 무렵 진패천과 남궁석은 길 위에서 인사를 나누고 있었다. 남궁석의 일행이 다섯, 진패천은 달랑 호위 한 명을 데리고 남궁석을 전송하고 있었다.

　남궁석의 말에 진패천도 고개를 끄덕였다. 확실히 남궁인의 사인이 독정이라면 이 일은 패천맹에서 풀어야 할 것이었다.

　"하면… 웃으면서 다시 보기를 바라겠소. 저희는 이만 가리다."

　남궁석이 마차를 몰아 다시 길을 떠나기 시작했다. 어느새 밝아진 아침이 멀어지는 마차의 모습을 오랫동안 진패천의 시선 아래 잡아두었다.

　"그만 돌아가시지요."

　진패천을 수행한 수라마대의 무사가 진패천을 보며 입을 열었다. 어느새 남궁석의 마차는 진패천의 시야에서 사라지고 없었다.

　"돌아가자."

　진패천과 수행무사도 말 머리를 돌려 패천맹으로 향하기 시작했다.

　"어디 편찮으십니까?"

　패천맹으로 향해 반 시진을 달리던 진패천이 잠시 말을 멈추었을 때 수행무사가 진패천을 걱정스럽게 바라보며 입을 열었다. 진패천의 온몸에 땀이 비오듯 흘러내리고 있었던 것이다.

　북방의 아침은 땀을 흘릴 만큼 덥지 않다. 오히려 옷을 두껍게 입어야 하는 기온.

　"아니, 괜찮다… 새벽 길에 몸이 지쳤나? 이것 참, 무공을 익힌 자가 감기라……."

그러나 말과는 달리 진패천의 신형은 급격하게 흔들리고 있었다. 그리고 그러다 어느 순간,

쿵!

진패천의 신형이 말 위에서 힘없이 땅으로 꼬꾸라져 내렸다.

"부대주님!"

수행무사가 급히 말에서 내려 진패천을 안아 들었을 때 진패천의 숨은 이미 끊어져 있었다.

그리고 숨이 끊긴 진패천의 얼굴을 내려다보는 수행무사의 얼굴에는 당황이 아닌 다른 의미의 표정이 드리워져 있었다.

다음날 또 다른 소문이 무림을 발칵 뒤집어놓았다. 정의맹의 특사를 전송하러 나갔던 진패천의 죽음! 그리고 그 사인.

당문의 무형지독…….

전쟁은 피할 수 없어 보였다.

제31장
전야(前夜) I

철마 이제현의 대제자인 광마 소도성은 정의맹을 방문하고 있었다.

광마 소도성은 평소에는 온유하지만 한 번 분노하면 물불을 안 가리는 성격으로 알려져 있었다. 그의 별호도 그에 기인한 것이었다.

그가 정의맹주의 집무전에 들어섰을 때 사람들은 그가 결코 진패천에 뒤지지 않는 인물이라는 것을 알 수 있었다.

"패천맹의 요구 사항은 분명하오. 제 사제인 진패천의 죽음이 정의맹 차원의 보복 행위였는지, 아니면 단지 남궁세가의 일이었는지 관심이 없소. 단지 이 일과 연관된 인물들, 살인의 주체 남궁석과 독의 주인 당문의 문주 당선명을 이달 보름까지 패천맹으로 압송하시오. 그것이 무림의 평화를 지키는 최소한의 조건이오."

정의맹 총단 서쪽에 위치한 허름한 막사 앞마당에는 오늘도 무사들의 기합 소리와 공수의 전술을 연마하는 발자국 소리가 들려오고 있었다. 평소 정의맹 무사들은 자기 자신의 수련에 힘쓸 뿐 이렇게 집단적인 훈련을 하지 않는다.

무림의 싸움이란 적과 일 대 일로 맞서는 것이 대부분이기 때문이다. 간혹 많은 인원이 동원되는 싸움이라 하더라도 무림의 전투는 일대 일 싸움의 집합에 지나지 않았다.

한데 이곳 허름한 막사에서는 한 달 보름 전부터 전술 훈련에 여념이 없는 집단이 있다.

오늘도 그들은 온몸에 먼지를 뒤집어쓰고 공수에 걸친 진법 훈련에 여념이 없었다. 그간의 성과 덕분인지 오십여 인은 마치 한 몸처럼 움직여 이름난 명장의 눈에도 흡족할 정도의 움직임을 보이고 있었다.

"허허허, 단주, 이제 단원들의 움직임이 아주 좋아졌습니다."

"이게 다 막 노사님 덕분입니다. 감사드려요, 어르신."

막여와 설연이었다.

그들은 호정단을 하나의 잘 갈린 전투 집단으로 만들고 있는 중이었다. 호정단에 들어온 오십여 인의 단원들은 대부분 중소문파의 사람들이라 절세의 신공을 익히고 있지 않았다. 단지 그들에게는 투지와 용기가 충만할 뿐이었다.

그래서 막여와 설연이 생각해 낸 것이 관의 정규군과 같은 집단 전술 훈련이었다. 어차피 호정단의 임무는 최전선의 전방, 그렇다면 개개인의 무공보다도 전술적인 힘이 더 위력을 발휘할 수 있을 것이라는 판단에서였다.

그들의 의도대로 처음에는 관의 전술에 익숙지 않던 단원들이 한 달이 지나자 작은 신호에도 일사불란하게 움직이게 된 것이다.

"정지! 오전 훈련 끝! 모두 해산하여 식사를 마친 후 두 시진 후 다시 집결한다!"

팽정의 목소리가 들려왔다.

팽정의 가문인 하북팽가는 무림에 이름난 무가지만 관에도 여러 사람이 진출해 있기도 하다. 하여 팽정의 가문은 관의 전술과 진법에 능통했다. 그래서 팽정이 호정단의 전술 훈련을 전담하고 있었던 것이다.

"나와 계셨습니까, 단주, 그리고 어르신?"

"수고가 많으세요, 팽 대협."

설연이 팽정의 땀에 전 얼굴을 보며 입을 열었다.

"하하, 이게 다 전쟁에서 살아남고자 하는 일인데 열심히들 해야지요. 이제 제가 알고 있는 전술은 숙달되도록 익힌 듯합니다."

그때 언남성과 손진이 다가왔다.

"두 분도 수고가 많으셨어요."

"어이구, 말도 마십시오, 단주. 팽 형이 얼마나 몰아붙이는지 죽는 줄 알았습니다."

언남성이 너스레를 떨었다.

"허허, 이거 언 형, 그리 말씀하시면 섭하지요. 단원들이 가장 싫어하는 것이 언 형의 권법 수련 시간이라더군요."

팽정이 지지 않고 받았다.

"하하하, 이거 되로 주고 말로 받는 격인가?"

"자, 이만 들어가서 식사들 하지."

막여가 일행을 숙소 안으로 이끌었다.

숙소 안에서는 이미 호정단원들이 식사를 하고 있었다.

평소 설연은 단원들과 함께 식사를 하는 편이었다. 또한 팽정을 비롯한 언남성과 손진은 항상 단원들과 부딪치면서 무공 수련과 전술 훈련을 함께하였으므로 단원들의 호정단 수뇌부에 대한 신뢰는 대단하였다.

현재 정의맹 내에서 가장 잘 뭉친 단이라면 이제 누구나 호정단을 뽑을 터였다.

"그나저나 무림의 분위기가 심상치 않은 듯하네."

식사를 마친 막여가 입을 열었다.

"……?"

"이번 남궁인과 진패천의 죽음으로 그간 이어오던 휴전에 금이 가기 시작하는 모양이야. 양측에서 수용하기 어려운 조건들을 내세웠고. 서로에 대한 분노가 계속 쌓이고 있는 모양이야."

"그럼 이제 전쟁이 일어나는 겁니까?"

"글쎄, 그 사람들이 머리가 있는 사람들이라면 무림대전과 같은 파국으로 몰고 가지는 않을 터인데……."

"제 생각에는 결국 전쟁으로 갈 것 같습니다만."

공동의 손진이 입을 열었다.

"어떤 이유에선가?"

"무림은 결국 명예를 먹고사는 곳입니다. 결코 당문과 남궁세가, 그리고 천독림이 자신들 스스로 무릎을 꿇지는 않을 것입니다. 거기다 일을 당한 사람들이 양 파의 주력인 수라마대와 청룡단의 부단주입니다."

사람들의 고개가 끄덕여졌다.

"더하여 남궁세가와 철마 이제현이라면 양 진영의 주력 아닙니까?"

손진의 말은 정확했다.

만약 죽은 사람이 일개 청룡단원이나 수라마대의 단원이었다면, 또한 그들의 소속 문파가 철마나 남궁세가와 같은 곳이 아니었다면 작은 소동으로 마무리 지어질 수도 있는 문제였다.

하지만 남궁인과 진패천은 간단히 넘기기에는 너무 거물이었다. 더구나 거기에 연관된 인물들도 하나같이 양 맹의 주요 세력들이었다.

설연 등이 무림의 정세에 대한 이야기를 나누고 있을 때 맹주전에서 한 명의 전령이 달려왔다. 그리고 맹주전의 연락을 전했다.

"호정단주께서는 지금 즉시 맹주전으로 들라는 분부이십니다."

순간 사람들의 안색이 어두워졌다.

"알았어요. 지금 가죠."

설연은 자리에서 일어나 맹주전으로 향했다.

"이거이거 심상치가 않아."

팽정이 설연의 뒷모습을 보며 중얼거렸다.

"아무래도 일이 벌어질 듯하이. 일이 벌어지면 호정단이 제일선을 맡을 것인데."

막여의 안색도 순식간에 어두워졌다. 식사 후 나온 탁자 위의 차는 이미 식어 있었다.

설연이 도착했을 때 맹주전에는 원로원의 인물들을 포함한 정의맹의 수뇌부 모두가 모여 있었다.

설연이 들어섰을 때 그들은 한창 설전을 벌이고 있었다.

"맹주, 그냥 넘어갈 수 없습니다."

　청룡단주 광료신승이 눈을 부라리며 입을 열고 있었다. 그는 자신 소속의 청룡단 부단주의 죽음에 격분하고 있었던 것이다. 평소 그가 남궁인을 마음에 들어하지 않은 것과는 별개로 자신의 소속 단원이 해를 입은 것이다.

　"좀 기다려 봅시다. 아직 우리가 제시한 보름에는 열흘이나 남아 있습니다."

　"맹주, 저들은 결코 우리의 요구를 수용하지 않을 것이오. 오히려 우리 측을 추궁하려 하고 있지 않습니까. 진패천이 무형지독에 죽었다는 저들의 말은 믿기가 어려워요."

　"그렇다고 아직 기한이 남아 있는데 패천맹을 공격할 수도 없는 것 아닙니까? 일단 기다려 보아야지요."

　"그러다 만약 저들이 선공해 오면 어쩌겠습니까?"

　"……."

　장의현이 말을 잇지 못했다.

　"이봐요, 남궁 가주. 뭐라고 말 좀 하시오!"

　광료신승이 남궁가주 남궁룡을 돌아보았다. 이 자리에서 가장 발언을 강하게 할 수 있는 사람은 남궁룡이다. 그는 자신의 아들을 잃었다. 또한 진패천 죽음의 범인으로 지목되는 남궁석의 형이었다.

　하나 사건 이후 남궁룡은 침묵을 지키고 있었다. 그는 마치 말을 못 하는 사람처럼 입을 열지 않았다.

　패천맹에 제시한 천독림주의 압송 건도 제갈의현에 의해 제시된 조건이었던 것이다.

　"…저는."

　드디어 남궁룡이 입을 열었다. 사람들의 시선이 모아졌다.

"무림에서 이어지는 하나의 원칙만을 알고 있을 뿐입니다."

대청이 침묵에 휩싸였다.

"피는 피로, 목숨은 목숨으로."

"……"

"만약 저들이 기한 내 요구 조건을 이행하지 않으면 남궁세가만으로도 저들과 일전을 벌일 것이오. 저들이 되지도 않는 진패천의 죽음 운운하면서 자신들의 책임을 회피하려는 행동은 도저히 참을 수 없습니다. 석 아우가 진패천을 독살했다고요? 어느 바보가 자신이 의심받을 것을 뻔히 알면서 그런 일을 벌이겠습니까? 저들의 술수에 불과할 뿐입니다."

사람들은 남궁룡의 비장함에 어떠한 대답도 할 수 없었다.

제갈의현이 나선 것은 이때였다.

"남궁 가주의 마음은 충분히 이해합니다. 그리고 동의합니다. 무림인의 피는 피로 갚아야지요."

제갈의현까지 남궁룡의 의견에 동의하자 대청에 있는 사람들에게 전쟁은 피할 수 없는 것으로 인식되어지기 시작하였다.

"해서 이 자리에서는 저들이 우리의 조건을 듣지 않는다는 가정 하에 앞으로의 일을 논의해야 할 것입니다."

"군사의 말이 옳습니다. 아무 대책 없이 전쟁을 맞을 수는 없지요."

양청길이 제갈의현을 바라보았다.

"그럼 군사께서 앞으로의 전략을 말해 보시오."

"네, 맹주. 저는 이번 사건이 일어나자마자 바로 제이차무림대전이 일어날 경우를 대비해 초반 전략에 대해 고민하고 있었습니다."

사람들이 모두 제갈의현에게 시선을 모았다.

"그럼 현 무림의 정세를 먼저 말씀드리지요. 가지고 들어오너라!"

잠시 말을 끊은 제갈의현이 밖을 향하여 소리치자 맹주전 밖에 대기하고 있던 주작단원이 커다란 지도를 가지고 들어왔다. 지도에는 현재 패천맹과 정의맹 소속의 문파는 물론 상련의 세력권까지 자세히 표시되어 있었다.

"자, 이것을 보시지요. 여기에서 붉게 표시된 곳이 패천맹의 세력이고, 파랗게 표시된 것이 우리 정의맹의 판도입니다."

사람들이 제갈의현의 말을 따라 지도를 바라보았다.

"여러분이 보시다시피 이 지도는 아주 중요한 것을 의미하고 있습니다. 양 진영의 세력 분포를 자세히 보아주십시오. 지금 정의맹은 사천과 하남에 주 세력이 몰려 있고, 패천맹은 감숙과 호남에 주 세력이 몰려 있습니다. 그리고 서로 양 진영을 이어주는 곳에 호북성이 자리하고 있습니다."

제갈의현이 잠시 말을 끊었다.

제갈의현의 말대로 호북성은 양 진영 중간에 끼어 있었다.

"이 호북은 결국 최대의 격전지가 될 것입니다 호북을 차지하는 쪽은 자신의 양 세력권을 이어주는 교통로를 확보하는 것이고, 호북을 잃는 쪽은 두 개의 세력을 잇는 통로를 잃게 될 것입니다. 결국 호북을 얻는 쪽이 전쟁 초기에 유리한 위치를 점하게 되어 있습니다."

사람들은 제갈의현의 말에 고개를 끄덕였다.

호북을 잃는 쪽은 허리를 잘리게 될 것이다.

"저들도 분명 호북을 최우선적으로 노리게 될 것입니다."

"그렇다면 저희도 호북으로 일단 인원을 보내야 하는 것 아닙니까?"

"상식적으로 생각하면 그렇습니다."

"……?"

"하지만 전쟁은 상식적으로 움직여서는 결코 승리하기 어렵지요. 적도 예측을 하고 있을 테니까요."

"하면 군사의 생각은?"

양청길이 제갈의현을 돌아보며 물었다.

"먼저 저들이 호북을 노릴 경우 어느 세력을 이용하겠습니까?"

아무도 제갈의현의 말에 대답을 하지 않았다.

"저들은 분명 호남의 천독림과 장강수로연맹의 세력을 이용할 것입니다. 물론 총단에서 몇 명의 고수가 지원 나올 수는 있겠지요. 하지만 결국 호북 공략의 주 세력은 분명 호남 세력일 겁니다."

"이유는 무엇이오?"

광료신승이었다.

"보십시오. 저들이 감숙 총단에서 인원을 투입하려면 그들은 사천이나 섬서를 거쳐야 하는데 그 이동로가 너무 깁니다. 우리 정의맹의 석산 총단에서 이동하는 것과는 거의 십여 일 이상 차이가 나지요. 하지만 호남의 세력을 이동시킨다면 우리와 거의 같은 시간 안에 이동이 가능할 것입니다."

사람들이 제갈의현의 말에 고개를 끄덕였다. 어느 쪽에서 먼저 호북에 들어 적을 기다리느냐가 승패의 중요한 변수가 될 것이고 그러하다면 제갈의현의 말대로 패천맹은 호남 세력을 이동시킬 것이다.

"그럼 우리도 지금 즉시 호북에 선발대를 보내야 하는 것 아닙니까?"

광료신승이었다.

"그래야지요. 하나!"

"하나?"

"우리는 호북에 대한 공략을 다시 한 번 생각해 볼 필요가 있습니다."

"무슨 말씀이신지? 초기 호북의 확보가 전체 전세에 중요하다는 것은 군사께서 하신 말씀이 아닙니까?"

"그렇지요. 분명히 제가 그렇게 말씀드렸습니다."

"그런데?"

"하지만 돌려 생각해 봅시다. 왜 호북이 필요한가? 그것은 분리된 전력의 연결 통로이기 때문입니다. 만약 다른 연결 통로를 확보한다면? 그때는 호북의 전략상 가치는 사라지게 됩니다."

"그런 지역이 없지 않습니까?"

"있습니다."

사람들은 모두 고개를 갸웃거렸다. 양 세력의 중앙 호북 말고는 그러한 지역이 없었다. 모두들 제갈의현을 바라보았다. 그러자 제갈의현이 웃으며 한곳을 손으로 짚었다.

"아니, 그곳은 호남이 아닙니까?"

"그렇지요. 호남을 차지하면 호북은 필요가 없지요. 오히려 하남, 호남, 사천 삼면에서 감숙의 패천맹을 바라보게 되지요."

"하지만 그곳은 패천맹이 이미 세력을 확보한 곳인데……."

"앞서 말씀드리지 않았습니까? 호남의 패천맹 주력은 모두 호북으로 이동하게 될 것이라고. 우리는 그저 빈집으로 입성하면 되는 것이지요."

그제야 사람들은 고개를 끄덕였다. 확실히 주력이 빠진 호남 패천맹 지부는 큰 힘 들이지 않고 접수가 가능할 것이다.

"거기다 호남의 공격은 명분도 있습니다. 바로 이번 일의 원인을 제공한 천독림을 공격한다는······."

제갈의현이 남궁룡을 바라보았다.

남궁룡이 굳게 입을 닫은 채로 고개를 끄덕였다. 그리고 입을 열어 한 소리를 내뱉었다.

"좋소. 선봉은 남궁세가에서 서리다."

"그러셔야겠지요. 그런데······."

"그런데라니요, 군사?"

양청길이 제갈의현을 바라보았다.

"저희가 호남으로 주력을 이동시킬 동안 호북에 저들의 눈을 묶어둘 필요가 있습니다. 결국 누군가는 호북에 들어가야 한다는 것이지요."

"사지가 아닙니까?"

"사지이지요. 저들의 주력이 기다리고 있을 테니까요. 우리가 호남으로 이동하는 동안 저들의 눈을 잡아주고 후퇴해야 하는 것이니 쉽지 않습니다. 그동안 전투가 벌어질 것이고 적의 주력에 맞서야 하니 아마도 돌아오기 쉽지 않을 겁니다."

"하면 누구를······?"

"그것을 이제부터 논의해 주시기 바랍니다. 저는 여기까지만 말씀드리도록 하겠습니다."

제갈의현이 뒤로 물러섰다. 누가 사지로 갈 것인가? 아무도 그것에 대해 입을 여는 사람이 없었다.

자기가 가기 싫은 곳을 누구에게 가라고 할 수 있으랴. 하지만 이 경우 또한 결론은 이미 나 있었다. 가장 말없이 따를 수밖에 없는 곳, 중소문파들의 집합소. 바로 호정단이었다.

"역시 호정단이……."

아미의 성신 사태 류진화였다.

순간 화산 장문인 설장벽의 눈이 커졌다.

"호정단이라니요? 이제 결성된 지 채 한 달도 안 된 단입니다. 거기다 여기에 계신 여러분의 기피로 중소문파의 제자들만으로 구성되어 있습니다. 가장 강한 집단을 보내도 살아오기 어려운 곳에 가장 약한 집단을 보냅니까?"

설장벽은 설연을 주시했다. 아비를 잃은 조카를 사지로 보낼 수는 없다.

그러나 무림은 비정한 곳이다. 한 사람, 한 문파의 사정을 이해해 줄 수 있는 곳이 아니었다. 사람들은 버리기 쉬운 미끼를 택했고, 중론은 호정단으로 모아졌다.

"호정단주의 입장은 어떠시오?"

장의현이었다.

"맹의 지시라면 따라야지요. 하나……."

"하나, 무엇이오?"

"목숨을 걸어야 하는 만큼 그에 대한 보상도 따라야 합니다."

"원하는 것이 무엇이오?"

"호북에서의 모든 일에 대한 전권과 호북의 일이 끝나면 단의 움직임을 스스로 결정할 수 있는 결정권. 이상입니다."

"그것은……?"

사람들은 말문이 닫혔다. 설연의 말인즉 이번 한 번은 원하는 자리에서 죽어줄 테니 다음부터는 자신들이 죽을 자리를 자신들이 택하겠다는 말이었다.

맹주의 입장에서는 받아들이기 어려운 조건이다. 하지만 어차피 돌아오지 못할 가능성이 구 할인 사람들이라면……

"좋소. 호정단주의 조건을 수락하오."

"또 하나, 이번에 돌아올 경우 단원들을 위해 정의맹 무고를 개방해 주세요."

정의맹에는 주요 인력을 기르기 위해 각파에서 내어놓은 절기를 보관하는 무고가 있다. 하나 각파의 절기를 함부로 유출하기는 어려운 것. 원로원의 심사에서 허가된 자만이 들 수 있었고, 대부분이 중소문파 제자인 호정단원들은 대상에서 제외되어 있었다.

"좋소. 그리하리다."

"그럼 호정단이 이번 임무를 맡는 것으로 하지요."

설연은 말을 마치고 맹주전을 벗어났다. 더 이상 이곳에 남아 있을 이유가 없었다.

그 뒤로도 맹주전에서는 한참 동안 회의가 진행되었다. 호남 진격의 선봉은 남궁세가, 주 전력은 남궁석의 강력한 요청에 의하여 백호단으로 결정되었다.

설연이 호정단 전원을 소집한 것은 호정단원들이 격렬한 훈련을 마치고 막 휴식을 취하려던 늦은 저녁이었다.

그녀는 호정단의 수뇌부뿐만 아니라 일반 단원도 모두 모이게 하고 자세한 작전 내용을 말하진 않았으나 이번 일이 매우 위험하며 또한 맹의 무력적 지원 없이 격전을 치를 것이라는 것, 그리고 생존자 수를 손가락으로 꼽을 수밖에 없으리라는 것을 설명하였다.

"그래서 저는 지금 여러분에게 기회를 드리겠어요. 이번 일에서 빠지고 싶으신 분은 지금 이야기하세요. 맹에서도 그것에 대해서는 다른 말이 없을 거예요."

설연은 이번 일에서 생사를 점칠 수 없는 만큼, 각 개인에게 선택의 기회를 제공하는 것이다.

"참고로 말씀드리겠어요. 이번 일에서 생존해 돌아온다면 여러분은 맹의 무고에 들 수 있는 자격이 생길 거예요."

설연의 말에 단원들의 눈빛이 반짝였다. 이들은 대부분 중소문파 출신들이었고, 좀 더 높은 수준의 무공에 목말라 하고 있는 사람들이었다. 무인에게 무공은 생명과도 같다.

그러나 생명이 더 소중한 사람도 있는 법이다. 오십여 명의 단원 중 십여 명이 퇴단을 선택했다.

설연은 끝까지 웃는 낯으로 그들을 돌려보냈다. 이제 나머지 사람들은 설연과 호북에서 생사를 함께할 것이다.

설연은 단원들을 각자의 숙소로 돌려보낸 후 막여와 진승, 그리고 팽정, 손진, 언남성과 작은 탁자에 둘러앉아 있었다.

"알고는 있었지만 막상 이렇게 쓰임을 당하고 보니 그리 좋은 기분은 아니군요."

손진이 입을 열었다.

"어쩌겠나. 애초에 호정단은 다 이런 경우를 대비하여 만든 것 아닌가? 그것을 알고 지원한 것은 자네들이고."

막여가 사람들을 돌아보면서 말했다.

"그나저나 무력적인 지원은 아예 없는 겁니까?"

팽정이 설연을 돌아보며 물었다.

"네. 주작단에서 정보를 제공하기는 하겠지만 그 외의 무력 지원은
없습니다. 그러니……."

"……?"

"여러분 중에도 퇴단하실 분이 있으시면 어려워 말고 말씀하세요."

"그런 말씀 마십시오. 이곳에 지원할 때부터 한바탕 피바람은 각오
한 사람들이올시다."

팽정이 큰 소리로 설연의 말을 받았다.

"어르신, 그리고 진승 대협, 이번 일은 사실 정의맹의 일이라 두 분
께서는……."

"그런 말 말게나. 나중에 누구에게 무슨 소리를 들으려고."

막여가 웃는 낯으로 말하자 설연이 잠깐 얼굴을 붉혔다.

"어? 그게 무슨 얘긴데요?"

팽정이 주책없이 끼어들었다.

"아니아니, 뭐, 그런 게 있어. 자네는 깊이 알려 하지 말라구."

막여가 손사래를 치면서 팽정의 관심을 막았다. 팽정이 재차 물으려
할 때 문밖에서 번을 서던 호정단원이 들어섰다.

"난주, 화산 장문인께서 오셨습니다."

"백부님이? 알았어요. 제 방으로 모시세요. 곧 가지요."

"알겠습니다, 단주."

"자, 여러분, 그러면 오늘은 이만 하도록 하지요. 곧 맹주부에서 출
발일과 세부 일정을 알려올 것이니 일단 단원들의 훈련은 가급적 적게
시키세요. 몸을 푸는 정도로만."

"알았습니다, 단주."

설연이 자신의 방에 돌아왔을 때 설장벽과 고봉정이 그녀를 기다리고 있었다.

둘의 표정은 어두웠다.

"어째서 그리 쉽게 승낙한 것이냐?"

설장벽이 설연을 보자마자 아직 자리에 앉지도 않은 그녀에게 물었다.

"백부님, 어차피 호정단이 창단된 목적이 그것이에요. 거절할 수 있는 일이 아니었어요."

"하지만 사매, 조금 더 지원군을 얻어낼 수도 있었다."

"아니, 됐어요. 몇 명의 지원으로 상황이 바뀌지는 않을 거예요."

"설매, 차라리 내가 가겠다."

"말도 안 되는 소리 마세요. 사형은 백호단 부단주고, 호남으로 가서야지요. 저희 사정대로 움직일 수 있는 게 아니잖아요. 그리고 사형은 우리 화산의 희망이에요. 제가 가는 게 좋아요."

"연아, 이 백부는 지금이라도 네가 마음을 돌렸으면 한다. 그러면 내가 맹주전에 일러 이 문제를 다시 논의토록 하마."

"아니에요, 백부님. 제 생각은 변함없어요. 그곳으로 패천맹의 주력이 온다면……. 혹 사대호법이 올 수도 있으니…….."

"아, 내가 실수를 한 것이야. 너를 검사로 키우다니. 차라리 그냥…….."

"그런 말씀 마세요. 백부님이 아니었어도 저는 아마 검을 들었을 거예요. 제 스스로."

잠깐 세 사람 사이에 침묵이 흘렀다.

"그리고…….."

"……?"

"두 분께 한 가지 드릴 말씀이 있어요."

"무엇이냐? 어서 말해 보거라."

"백부, 그리고 사형."

설연은 한참을 망설이더니 결심을 굳힌 듯 입술을 깨물고는 입을 열었다.

순간 고봉정의 얼굴이 굳어지기 시작했다.

드디어 설연은 그가 가장 두려워하는 이야기를 하려는 것이다.

"사매!"

"미안해요, 사형. 하지만 어쩔 수 없어요. 이미 일이 그렇게 되어버린걸요. 백부님."

"뭔데 두 사람이 그러느냐? 어서 말해 보거라."

설연이 잠시 뜸을 들이다 결심한 듯 고개를 들었다.

"백부님, 소녀가 이번 호북행에서 돌아온다면… 그때는 제게 한 사람을 선택할 수 있게 해주세요."

"그게 무슨 말이냐?"

설장벽이 고봉정과 설연을 번갈아 바라보았다. 고봉정의 표정은 침울했다.

"백부님, 고 사형과 저는 혼인할 수 없습니다. 제 마음에는 이미 다른 사람이 들어 있어요."

"…이런."

"해서 이번에 돌아오면 그 사람을 찾아볼 생각입니다. 물론 부모님에 대한 혈채는 그와 상관없이 받아내겠습니다. 백부님, 백부님의 기대를 알고 있어요. 하지만……"

“이게 어찌 된 일이냐? 너도 알고 있는 일이었더냐?”

설장벽이 고봉정을 바라보았다.

“짐작은 하고 있었습니다.”

“그런데 너는 가만히 있었더냐?”

“…….”

“못난 놈들. 하지만 아직은 나도 대답을 미루겠다. 네가 돌아오면 그때도 그 생각인지 들어보고 그때 다시 이야기하자.”

“백부님, 제 생각은 바뀌지 않을 거예요.”

“나중에, 나중에 이야기하자.”

설장벽이 일어서서 설연의 방을 나섰다.

“사매…….”

고봉정이 설연을 안타까운 시선으로 바라보았다.

“사형, 죄송해요. 하지만 아시죠, 제 마음을? 설연이 사형을 얼마나 좋아하는지.”

“그래, 안다.”

침울하게 대답을 한 고봉정도 설연의 방을 나서서 멀리 앞서 가는 설장벽을 따라붙었다.

“네놈은 도대체 무엇을 한 게야, 연이 마음 하나 못 잡고?”

설장벽이 자신의 곁에 와 선 고봉정을 나무라는 눈으로 바라보았다.

“너와 연이가 맺어지면 우리 화산이 무림의 북두에 올라설 수 있는 것을 몰랐더냐?”

“잘 알고 있습니다, 사부.”

“한데 일을 이 지경으로 만들어?”

“죄송합니다, 사부. 하나…….”

"……?"

"사부, 이제 그만 사매를 놓아주세요. 어린 시절부터 검 속에서 살아온 사매입니다. 이제라도 사매가 행복을 찾을 수 있다면 저는 그리해 주고 싶습니다."

"못난 놈."

두 사제가 다시 발걸음을 옮겼다.

"누구인지는 알고 있느냐?"

"…네."

"누구냐?"

"들어보셨을 겁니다. 황벽이라고. 사매와 무인도에서 삼 년을 함께 한 사내입니다."

"뭐라? 그 어부를 말하는 것이냐?"

"네, 지금은 상련에 들어 있는 걸로……."

"상련?"

"네, 이번 상련의 행사에 동참한 것으로 알고 있습니다."

"믿을 만한 놈이냐?"

"믿을 수 있는 친구입니다. 제가 보기에 무공도 현 무림에서 당할 자가 없을 겁니다."

"뭐?"

설장벽이 믿을 수 없다는 듯이 고개를 돌렸다.

"이번 상련의 행사에서 패천맹의 잔마를 물리쳤습니다. 행사의 실질적인 우두머리였다고 들었습니다."

"흐음, 아주 물렁텅이는 아닌 모양이군."

"강하지요. 누구보다. 사매를 잘 지켜줄 겁니다."

“바보 같은 놈.”

고봉정을 보고 하는 소리였다.

“어쩌겠습니까, 이십여 년의 세월로도 바꾸지 못한 사매의 마음을 삼 년 만에 바꾼 사내인 것을요.”

“바보 같은 놈.”

“예, 사부. 제가 좀 바보 같기는 하죠.”

설장벽은 고봉정의 눈에서 물기를 보고는 입을 다물었다.

그날 밤 고봉정은 한 명의 여인을 찾아갔다. 그녀는 설장벽의 친딸, 설국이다. 설국은 비록 무공은 약했지만 성격이 밝고 명랑해서 화산에서 귀여움을 독차지하는 여인이다.

설장벽은 항상 밝게 자라는 설국을 보면서 설연에 대한 안쓰러움을 더욱 키워왔던 것이다.

그래서 화산제일의 후기지수인 고봉정의 배필로도 자신의 딸인 설국을 제쳐 놓고 설연을 앞세웠던 것이다. 설국은 설연보다 두 살 아래였다.

“사형, 어쩐 일이세요, 제 방에?”

설국이 불쑥 찾아든 고봉정을 바라보았다.

“사매, 언니의 이야기는 알고 있겠지?”

“네, 이번에 호북으로 간다고요. 상당히 위험하고…….”

“아니, 그 이야기 말고 그 황벽이라는.”

“사형, 결국 언니가 말을 했군요. 아버님도 아시나요?”

“그래, 알고 계신다.”

“결국 그렇게 되었군요. 유감이에요, 사형.”

"아니, 어차피 그렇게 될 일이었다. 무인도에서부터 죽 느끼고 있었지. 그리고 그 사람은 사매의 얼굴에 웃음을 찾아준 사람이니 자격도 있다. 그러니……."

"……?"

"이제는 그가 설연 사매를 지켜야 할 것이다. 사매."

"네, 사형."

"지금 즉시 이곳을 나가 상련으로 가거라. 가서 그를 만나거라. 그리고 최대한 빨리 그를 설연 사매가 있는 곳으로 데려가라. 그라면 이번 호북행에서 사매를 지켜줄 수 있을 것이다."

"그가 그렇게 강한가요?"

"강하다."

"사형보다 더?"

"나는 그의 적수가 아니다. 어쩌면 설연 사매도 나보다 강할 거야."

"그런……."

"그러니 어서 그에게 가라. 시간이 없다. 이제 열흘 후면 정의맹과 패천맹 사이의 기간이 다한다. 그때 그가 설연의 옆에 있기를 바란다."

"알겠어요, 사형. 제가 가지요. 그리고 꼭 데려오겠어요."

그 다음날 새벽 설국이 정의맹 총단을 떠나 상련으로 향했다.

그때가 허승이 금령과 막 혼인을 하던 그날이다.

제32장
전야(前夜) II

허승의 신혼 생활은 과연 깨가 쏟아지는 듯했을
까? 금령은 만약 이러한 물음을 자신에게 하는 사람이 있다면 아마도
그와 사생결단을 내려 할 것이다.

일단 신혼 첫날밤부터 문제가 많았다.

축하주를 엄청나게 마신 허승이 제정신을 못 차리고 신방에 들어온
것까지는 보아줄 만하였다. 어찌 어찌 하여 둘이 옷을 벗고 한 침상에
들 때까지도 그런대로 견딜 만하였다.

하지만 신혼 첫날밤 신혼방 문을 뚫고 들어오는 시퍼런 작살의 날은
차마 견디기 힘들었다.

엽강이 신혼방을 훔쳐본다는 구실로 자신의 작살로 문에 구멍을 내
다가 일어난 일이었다.

그날 이후 엽강은 금령에게서 따뜻한 차 한 잔, 밥 한 그릇 얻어먹기

힘들었다.

하지만 어찌 신혼 날이 첫날 한 날뿐이랴 하는 금령의 기대는 그 다음날부터 부서져 내리기 시작하였다.

산더미 같은 업무가 허승을 기다리고 있었던 것이다.

금적산은 기다렸다는 듯이 허승에게 모든 일을 맡겼고, 허승은 별을 보고 출근해서 별을 보고서야 퇴근했다.

금적산이 어쩌다가 금령에게 외손자 이야기를 할라 치면 금령은 한결같은 대꾸로 금적산을 머쓱하게 만들었다.

"하늘을 봐야 별을 따지요."

그리고는 날카로운 눈길로 금적산을 노려보곤 하였던 것이다.

상련은 어느덧 안정을 찾고 있었다. 이제 슬슬 떠날 준비를 해야겠다는 생각을 하고 있는 황벽에게 뜻밖의 사람들이 찾아온 것은 바로 그때였다.

황벽은 그날도 숙소 앞에 있는 정원을 보며 언제 이곳을 떠날 것인가를 고민하고 있었다.

그때 정문을 지키는 장 무사가 황벽을 찾아왔다.

"황 대협, 황 대협을 찾아오신 분들이 있습니다."

"나를요?"

"네, 황 대협."

황벽은 고개를 갸웃거렸다. 자신을 찾아올 만한 사람이 없었다. 아니, 어쩌면 있을 수도 있었다.

그의 사부와 진승이 있었던 것이다.

"어떤 사람들이었습니까?"

"한 명의 여자와 두 명의 남자 분이었습니다만……."

이러면 또 어려워졌다. 그런 인원의 구성이라면 모르는 사람이라는 뜻이었다. 혹 사부나 진승이 살림을 차리기 전에는.

"일단 이리로 모셔오도록 하시지요."

"네. 알겠습니다, 황 대협."

그리고 잠시 후 장 무사가 세 명의 손님을 데리고 들어왔다.

역시 모르는 사람들이었다.

황벽의 안내로 대청에 오른 조자아는 조용히 황벽을 바라보았다. 황벽의 남자다운 얼굴과 단단해 보이는 체격이 눈에 들어왔다. 하지만 이 남자가 정말 잔마 진양을 물리치고 오행마를 은거하게 만든 인물인가 할 정도로 평범한 모습이기도 했다.

"어떻게… 아니, 누구신지……?"

"이렇게 불쑥 찾아뵈어 죄송합니다, 황 대협."

조자아가 조용히 입을 열었다.

"저는 하오문의 조자아라 합니다. 그리고 이 두 사람은 각각 좌우 호법인 주술과 최광이라 합니다."

"황 대협을 뵙게 되어 영광이오."

두 사람이 황벽에게 포권을 취해 보였다.

"하오문에서 오셨군요. 그런데 저하고 하오문은 특별히 만날 일이 없는 듯한데……."

"네, 황 대협. 그렇지요. 이렇게 불쑥 황 대협을 찾아뵌 것은 다름이 아니라……."

"말씀하시지요."

"황 대협을 저희 하오문에 초빙하고 싶어서입니다."

조자아가 황벽의 얼굴을 살피며 조심스럽게 말을 꺼냈다.

"저를요? 무슨 일로……?"

"단도직입으로 말씀드리겠습니다. 저희는 황 대협을 저희 하오문의 태상호법으로 모시고 싶습니다."

"……."

"어차피 꺼낸 말이오니 다 말씀드리지요. 사실 저희는 황 대협을 오래전부터 보아왔습니다."

"저를요? 오래전부터요?"

"네, 그렇습니다. 황 대협이 허승 총순찰과 노룡촌에서 만나는 시점부터 보아왔으니까요."

"……?"

"저희들은 정의맹의 청부로 허승 총순찰의 뒤를 따랐습니다."

"아, 당신들이……."

"네, 그때부터 황 대협을 눈여겨보게 되었습니다. 그리고 황 대협의 무공을 이렇게 욕심내게 되었습니다."

황벽은 고개를 끄덕였다.

나중에 들은 말이지만 낭인대도 정의맹의 사주로 그들을 막아섰던 것이다.

그 낭인대에 자신들의 행적을 알린 것이 아마도 하오문이리라.

"먼저 저희 하오문에 대해서 말씀드리지요. 아시겠지만 저희 하오문이라는 것이 가장 미천한 신분의 사람들로 구성된 문파입니다. 그저 어려운 사람끼리 서로 의지해 살고자 만든 단체가 이제는 하나의 문파가 된 것이지요."

황벽도 하오문에 대한 것은 알고 있었다.

“그런데 역시 출신의 벽은 높더군요. 비록 저희들의 정보력이 천하를 덮고 있지만 정의맹이나 패천맹 모두 저희를 이용만 하려 하지 저희를 자신들과 동등한 단체로 대해주지를 않습니다. 그리고 저희가 약간의 힘을 기르게 되면 여지없이 두 맹의 공격을 받아 겨우 키워놓은 무력을 잃기가 상례였지요.”

황벽은 고개를 끄덕였다. 패천맹이나 정의맹에서 하오문이 무력까지 갖추는 것을 용납하기는 어려웠을 것이다.

“해서 저희들은 언제나 그들의 눈치를 살필 수밖에 없었습니다. 그래서 언제나 강력한 무(武)를 소유하기를 간절히 바라고 있었지요. 그러다 황 대협을 발견하게 되었던 것입니다.”

“그러셨구려.”

“그리고 황 대협의 무공이라면 하오문을 하나의 독립된 무림 단체로 거듭나게 해주실 수 있으리라고 본 것입니다. 하여 이렇게 외람되이 찾아뵌 것입니다.”

“하나 저는 한 문파에 속할 마음이 없는데…….”

“알고 있습니다. 저희도 황 대협께서 저희 문파에 상주하거나 완전히 하오문에 귀속되기를 바라는 것은 아닙니다. 단지…….”

“……?”

“황 대협의 이름을 저희가 사용할 수 있게 해주시기를 바라는 것입니다. 이미 황 대협의 무명은 천하를 진동시키고 있습니다. 하니 황 대협께서 하오문의 태상호법 자리만 승낙하신다면 그 이후는 저희들이 알아서 처신하겠습니다.”

“흠…….”

“대신 황 대협께는 전국에 있는 하오문도를 통제하실 수 있는 권한

을 드리도록 하겠습니다. 태상호법으로 임명되시는 순간 전 하오문도
가 황 대협의 수족이 될 것입니다."

"내가 만약 하오문을 삼키려 한다면……?"

"그러지 않을 분이라는 것을 잘 알고 있습니다. 저에게도 그 정도의
사람 보는 안목은 있지요."

"제 이름만으로 그리 큰 효과가 있겠소?"

"적어도 하오문을 상대할 때 한 번은 더 생각하겠죠."

"난 내 일도 바쁜 사람인데……."

"부탁드립니다. 대신 황 대협도 전국의 정보를 한눈에 보시게 될 것
입니다."

"흠, 잠시 생각해 봅시다."

황벽의 자리에서 일어나 정원으로 내려섰다. 그리고 천천히 정원을
돌며 생각에 잠겼다.

"그래, 그러면 되겠군 그래. 하오문의 정보력은 놓치기 어렵지."

황벽이 결심이 선 듯 다시 대청에 올랐다.

"세 분, 잠시만 기다려 주시오. 내 소개해 줄 분이 있소이다."

"누구를?"

"잠시 기다리시오."

그러더니 황벽은 휑하니 자리를 떠났다.

그리고 일각 후 한 사람을 데리고 돌아왔다. 황벽이 데리고 온 사람
은 바로 낭인대주 이형(李亨)이었다.

"이분을 알고 계시겠지요?"

황벽이 조자아에게 물었다.

"네, 알고 있습니다. 바로 낭인대주이신 이형 대협이 아니신지요."

"맞소이다. 이 대협, 이분이 바로 하오문주이신 조자아 여협입니다. 두 분, 인사 나누시지요."

황벽의 소개로 두 사람이 자리에서 일어나 서로 예를 취했다.

두 사람은 인사가 끝나자 자리에 앉으며 황벽을 쳐다보았다. 무슨 뜻이냐는 것이었다.

"이건 순전히 제 생각입니다만… 하오문이 필요한 것은 무력이지요?"

"네, 맞습니다."

"이 대협, 낭인대가 필요한 것은 무엇이오?"

"…일과 거처, 그리고 정보."

"그렇지요. 그래요. 그래서 두 분을 제가 만나게 한 겁니다. 사실 낭인대나 하오문이나 무림에서 제대로 대접받지 못하는 것 같소이다. 한데 두 집단은 의외로 서로에게 필요한 것을 가지고 있습니다."

조자아와 이형이 고개를 끄덕였다.

"예를 들어 이번 우리 일행을 쫓는 일에도 정의맹은 낭인대와 하오문을 고용했소이다. 즉, 두 개의 문파가 가지고 있는 것들이 어떤 일을 할 때, 득히 무림의 일을 할 때는 다 필요하다는 이야기이지요."

조자아와 이형이 다시 고개를 끄덕였다.

"한데 왜 그냥 그러고 계십니까? 서로에게 필요한 것이 있다면 서로 협력하거나 합치거나 뭐 그러면 되는 것 아닙니까? 자자, 나는 빠질 테는 두 분 이야기 한번 나누어보세요. 그리고……."

"……?"

"이야기가 잘되면 물론 제 이름을 하오문에서 사용해도 된다는 전제이지만 제가 잠시 두 분께 부탁드릴 게 있으니 저를 좀 보시고. 그럼 대화를 나누시오."

황벽이 일어서서 자신의 방으로 들어가 버렸다.

갑자기 황벽이 빠져 버리자 잠시 침묵이 흘렀다. 어느 정도 시간이 흐르자 두 사람은 진지하게 이야기를 나누기 시작하였다.

그렇게 한 시진이 지나고, 그들이 황벽을 찾았다.

"그래, 서로 이야기는 잘되었습니까?"

"네, 황 대협. 덕분에 서로에게 필요한 것들을 찾을 수 있었습니다. 감사드립니다."

조자아가 고개를 숙였다.

"일단 두 개의 집단이 합치는 것은 어렵다는 결론입니다. 워낙 성격이 달라서요. 하지만 서로 긴밀한 관계를 유지할 수는 있을 것 같습니다. 낭인대는 무력을, 하오문은 정보를. 이렇게 힘을 합치면 이제 어디에 내어놓아도 하오문과 낭인대를 업신여길 수 있는 문파는 많지 않을 것입니다."

이형이 둘 사이에 이루어진 내용을 황벽에게 말했다.

"좋습니다. 그러면 저의 부탁을 말씀드리지요."

이번에는 황벽이 입을 열었다.

"이미 낭인대가 투입된 일입니다만 그 북두회, 아참, 우리 일행을 쫓으셨다니 중조산의 일을 아시겠군요."

"네, 알다 뿐인가요. 중조산의 후방을 맡은 것이 바로 저희 하오문이었습니다."

순간 황벽의 낯빛이 변했다.

"하면 하오문도 북두회요?"

“아닙니다. 그런 것은 아니고 단지 청부를 받았을 뿐입니다.”

“청부를 누구에게요? 이미 정의맹에서 청부를 받았다지 않았습니까?”

“예. 그런데 대협 일행을 추적하는 도중 그 북두회의 칠성이라는 사람으로부터 다시 청부를 받게 되었습니다. 거절할 수 없더군요.”

황벽이 고개를 끄덕였다.

“알겠소이다. 내 부탁은 바로 그 칠성이라는 자가 속해 있는 조직을 찾아봐 달라는 것이오?”

“그러지요.”

“그리고 아무래도 산서의 낭인대는 일단 하오문과 지리적으로 가까운 곳으로 옮기는 게 좋겠소. 언제 낭인대의 무력이 필요할지 모르니.”

“알겠습니다, 황 대협. 그리하지요.”

“자자, 그럼 기념으로 이제 나가서 술이나 한잔씩 합시다.”

황벽의 말에 이형과 조자아가 함께 일어나 황벽의 방을 나섰다. 이후 무림에 하나의 소식이 퍼졌다.

낭인대와 하오문이 맹을 맺었으며, 그 뒤에 떠오르는 신진고수 황벽이 있다는 소문이었다.

이후 그동안 하오문을 업신여겨 여러 분란을 일으키던 무림문파들은 하오문을 조심스럽게 대하기 시작하였다. 조자아의 예상은 적중하였던 것이다.

그리고 그때부터 무림에 본격적으로 황벽이라는 이름이 알려지기 시작하였다.

*   *   *

정의맹 석산 총단과 사천 총단, 패천맹 감숙 총단과 호남 분타를 서로 선으로 이으면 호북의 천사평이라는 곳에서 만나게 된다. 그동안 양 맹은 천사평에 대한 독점을 시도하지 않았다.

양 맹 모두에게 지리적 요충지로서의 가치가 있어 한쪽에서 독점하려 한다면 휴전이 깨어질 염려가 있기 때문이었다.

하나 휴전이 깨어질 위기에 처한 지금은 바로 그 천사평이 최대의 격전지로 부상하고 있었다. 천사평을 차지하는 곳이 개전 초기 승기를 잡을 수 있다는 것은 삼척동자도 아는 사실이었던 것이다.

호북성 균현에는 무당이 존재하고 있었다. 하지만 무당은 천사평과는 많이 떨어져 있어 패천맹과 정의맹이 전략적으로 노리는 천사평과는 마치 다른 성에 있는 것이나 마찬가지였다.

설연이 다시 맹주전에 들른 것은 그녀가 호정단의 호북행을 수락한지 오 일 만이었다.

제갈의현은 이미 세부적인 이차무림대전에 대한 계획을 세워놓고 있었다. 설연이 맹주전으로 들었을 때 맹주전에는 원로원 수뇌들도 함께 모여 있었다.

"오, 어서 오시오, 설 단주."

맹주인 장의현이 반갑게 설연을 맞아들였다.

설연은 포권을 취해 보인 후 수뇌진들 앞으로 다가갔다.

"설 단주, 이제 서로 간의 유효 기간이 칠 일 앞으로 다가왔소. 이제 호정단이 호북으로 출발해야 할 것 같소이다."

"세부적인 사항을 말씀하시지요."

"일단 호정단은 천사평에 하루 정도면 닿을 수 있는 곳까지 오 일 내에 전진하시오. 그리고 근처 야산에서 잠복하시기 바라오. 아마도 조심스럽게 움직인다 하여도 적의 눈에 띌 것이니 평상시 훈련한 대로 움직여도 되리다. 그렇다고 너무 쉽게 적에게 노출되어서는 안 되오."

"알겠습니다."

"그리고 만약 대전이 발발한다면 즉시 전서를 날릴 터이니 천천히 후퇴하시어 맹으로 회군하면 됩니다."

"천사평까지는 안 가도 되는 것인가요?"

"그렇소. 전쟁 발발 전 저들의 호남 분타 인원의 이동이 시작될 것이오. 그리고 전쟁이 발발되면 즉시 저들이 천사평을 점령할 것이고, 우리는 적의 빈 공간인 호남 분타를 접수하게 될 것이오. 적이 우리 계획을 알아차리는 것은 채 하루가 안 걸릴 것이오. 그러면 그들은 결코 눈앞의 적을 살려 보내려 하지 않을 것이오. 아마도 후퇴하는 길은 혈로가 될 것이오."

"이미 예상했던 일입니다. 그럼 내일 새벽 출발토록 하지요."

"무운을……."

"무운을……."

맹주전에 모여 있던 수뇌부들이 분분히 일어서 설연의 무운을 빌었다. 설연은 고개를 끄덕여 인사를 한 뒤 맹주전을 빠져나왔다.

"마음이 좋지 않습니다. 화산 장문인께서는 아예 오시지도 않았군요."

소림의 대비 선사였다.

"어쩔 수 없지요. 누군가는 가야 할 일인데……."

"그래도 설 시주의 아버님도 지난 무림대전에서 초기에 목숨을 잃었는데 그녀까지……."

"그녀가 호정단주로 지원할 때부터 정해진 일입니다. 살아 돌아오기만을 바랍시다."

"아미타불."

소림 대비 선사의 불호성이 장내에 울려 퍼졌다.

맹주전을 나서는 설연을 문밖에서 설장벽이 기다리고 있었다.

"이제 가려느냐?"

"네, 백부님."

"정말 가는구나, 이 녀석."

"죄송해요, 백부님."

"그래, 반드시 살아 돌아오너라. 천사평이겠지?"

"하룻길 정도 전에서 머무를 생각입니다."

"그러면 맹에서 닷새는 가야 하는 거리군."

"네."

"연아, 하남 인근까지만 후퇴하거라. 이 큰아비가 나가 맞을 것이다."

"백부님, 하지만……."

"아니다. 맹이 안 나선다면 화산만이라도 나서서 맞이하겠다."

"알겠습니다, 백부님. 그럼. 내일 인사는 못 드리고 갈 것 같습니다."

"그래, 그래라."

설연이 몸을 돌려 총총히 호정단의 숙소로 돌아갔다. 설장벽이 그런 설연의 모습이 보이지 않을 때까지 보고 있었다.

설연이 돌아오자 모든 호정단원들이 다시 연무장에 모였다. 설연이 그들을 바라보면서 앞으로 나섰다.

"내일 새벽 맹을 나섭니다. 혹 인사할 곳이 있다면 미리 오늘 해두세요. 그리고 내일 출발을 위한 준비를 오늘 저녁 모두 마치시기를 바랍니다. 출발 후 머물 기간은 대략 십여 일에서 보름여. 건량을 준비하시고 그때까지 돌아오지 못한다면……."

그 뒷말은 하지 않아도 누구나 아는 것이었다. 단원들이 흩어지자 설연과 막여, 그리고 진승, 팽정, 언남성, 손진만 남았다.

"드디어 내일인가?"

막여가 입을 열었다.

"자자, 우리 술이나 한잔할까? 혹시 마지막일지도 모르는데."

팽정이 가라앉은 분위기를 띄우려는 듯 짐짓 큰 소리로 말했다.

"그러지. 오늘은 잠도 올 것 같지 않은데."

손진이 팽정의 말을 받았다.

"그럼 한잔하실 분들은 그리하시고 저는 이만 들어가 쉬겠습니다."

설연이 인사를 하고는 자신의 숙소로 발걸음을 옮겼다.

모두가 설연의 뒷모습을 바라보며 혀를 찼다.

"젠장, 위에서는 여자 한 명 보내놓고 마음이 편할까?"

"휴, 언제 무림에서 여자, 남자 따졌는가?"

"하긴 그래. 어르신도 한잔하실려는지요?"

"됐네. 나도 이만 들어가 쉬겠네. 젊은 자네들이나 많이 마시게나. 너무 많이 마시지는 말고. 내일 늦는 일이 없도록 해."

"하하하, 걱정 마십시오, 어르신. 그러면 우리는 가세."

팽정 등이 연무장을 나가자 이제는 막여와 진승 두 사제만이 남게
되었다.

"사형이 있었으면 좋았을 것을요."

"그래, 그놈이 있어야 하는데……."

"설 낭자에게 무슨 일이 생기면 사형이 가만히 있지 않겠지요?"

"아마 나를 죽이려 들 게다."

"그럼 설 낭자는 꼭 지켜야겠습니다, 사부. 제자에게 안 죽으시려
면."

"이놈이!"

두 사람도 투닥거리며 자신들의 거처로 돌아갔다.

다음날 새벽 오십여 명의 인원이 정의맹을 소리없이 빠져나갔다. 총
단 정문을 지키는 무사는 미리 연락을 받았는지 아무 소리 없이 문을
열어주었다.

새벽의 어둠 속으로 사라지는 그들을 망루 위에서 이번에는 설장벽
과 고봉정이 바라보고 있었다.

"저번에는 네가 떠나는 것을 보더니 이번에는 연이가 떠나는 것을
보는구나."

"설 사매는 무사할 겁니다, 사부. 걱정 마세요."

"그래, 그래야지. 백호단은 언제 떠나느냐?"

"내일입니다. 일단 호북에 들어 적의 눈을 어지럽힌 후 패천맹의 호
남 분타가 움직였다는 소식을 듣는 순간 호남으로 향할 것입니다."

"그래, 비록 주력이 빠진 곳이지만 항상 조심하도록 하거라."

"네, 사부."

“자, 들어가자.”

두 사람이 몸을 돌려 다시 총단 안으로 사라졌다.

설장벽의 약간 뒤에서 걷고 있던 고봉정은 사부의 어깨가 많이 작아져 있다는 것을 불현듯 깨달았다.

* * *

설연 일행은 하루 만에 하남을 벗어나 호북에 들어서고 있었다. 그들은 산길로만 이동하였으므로 일반인들의 눈에는 잘 띄지 않고 있었다.

요기는 건량으로 해결하였고, 필요한 경우가 아니면 민가를 돌아서 전진해 나가고 있었다.

그들이 정의맹을 떠난 지 하루가 지났을 때 호북의 작은 마을에서 전서가 날아올랐다. 전서는 북서쪽을 향해 날아가더니 감숙성 패천맹 총단으로 들어갔다.

전서를 최종적으로 손에 쥔 사람은 혈뇌자였다.

“으음, 드디어 일이 시작되었군 그래. 이제 장단을 맞추어주어야 할 차례인가? 아무래도 맹 전체 회의를 소집해야겠군. 그나저나 철마 그 늙은이를 남게 하려면 상당히 힘들겠어. 사천에서 써먹어야 하니 보낼 수도 없고…….”

혈뇌자가 혼잣말을 중얼거리며 문을 나서 맹주전으로 향했다.

패천맹 맹주전에 거마들이 모여들었다. 상련의 일로 칩거 중이던 왕분까지 모습을 드러냈다.

그리고 오랫동안 맹에 발걸음을 않던 흑막의 막주 중양종이 그의 제자인 혈종을 데리고 나타났다.

바야흐로 패천맹 최고의 수뇌들이 모습을 드러낸 것이다.

"자, 자리에 앉읍시다."

"이제 기일이 육 일 앞으로 다가왔소. 아마 전쟁을 피하기는 어려울 듯하외다. 따라서 군사께서 개전 초기의 전략을 설명드릴 것이니 잘들 따라주시기 바라오."

양청길이 사람들을 돌아보며 입을 열었다.

양청길의 지목을 받은 혈뇌자가 자리에서 일어났다.

"일단 이번 개전 초기의 최대 요지는 호북 천사평입니다. 아시다시피 정의맹의 석산 총단과 사천 총단, 우리의 호남 분타와 감숙 총단을 잇는 길이 만나는 곳이지요. 저들도 이곳의 중요성을 알고 있을 것입니다. 선점이 중요하지요."

사람들의 고개가 끄덕여졌다.

"첩보에 의하면 이미 정의맹 선발대가 출발하였다고 합니다."

"그러면 우리도 서둘러야 하는 것 아니오?"

흑막의 막주 중양종이었다.

"서둘러야지요. 해서 호남 분타의 출전을 요구합니다. 이곳 감숙에서 천사평까지는 거의 열흘 길, 호남에서는 오 일 길이니 지금 전서를 날려 최대한 빨리 호북에 진입하는 것이 중요합니다. 그리고 기간 내에 요구 조건이 해결되지 않으면 바로 천사평을 접수하여 정의맹 하남과 사천의 연결선을 끊습니다."

"좋은 계획이오. 하면 총단에서는 아무도 안 가는 것이오?"

"아닙니다. 원로원에서 몇 분의 고수 분이 지원을 나가야겠지요. 경공을 최대한 펼치면 오 일 내에 도착이 가능할 것입니다.”

“내가 가겠소.”

철마 이제현이었다.

혈뇌자는 기다렸다는 듯이 입을 열었다.

“부맹주께서는 아니 되십니다.”

“뭐요?”

“부맹주, 제 말을 들어보십시오. 이번 천사평의 전투는 시작에 불과합니다. 결국 주전은 고립된 사천을 공략해 들어가는 것이 될 것입니다. 부맹주께서는 사천으로 가셔야 합니다. 맹주께서 총단을 비우시고 사천으로 가실 수는 없지 않습니까?”

혈뇌자의 말에 이제현이 뒤로 물러섰다.

“내가 성급했소이다. 군사의 말을 따르리다.”

“하면 천사평에는 누가…….”

“중앙종 흑막 막주께서 맡아주시기 바랍니다. 데려갈 인원도 재량껏 선택하시고요.”

“알았소.”

“그럼 이것으로 다 되었습니다. 이제 기다리는 일만 남았군요.”

혈뇌자의 말에 모두들 침묵 속으로 빠져들었다.

드디어 제이의 무림대전이 코앞으로 다가온 것이었다. 결국 두 개의 죽음과 호남, 사천의 풍운이 칠성의 예언처럼 시작된 것이다.

*　　　*　　　*

칠성이 다시 일성을 대면하고 있었다.

“그래, 일이 잘되어간다고?”

“네, 할아버님. 이미 정의맹의 주력은 호남으로 방향을 틀었고 패천맹의 호남 분타는 호북으로 들어가고 있습니다.”

“그래, 이번에 노리는 것은?”

“일단 패천맹의 호남 분타가 괴멸될 것인데 그곳은 바로 패천사룡의 배출 문파인 천독림과 장강수로채의 본산이지요.”

“흠, 그럼 너무 정의맹 쪽으로 전력이 기우는 것이 아니냐?”

“개전 초기에만 그렇고 이후에는 사천의 정의맹 세력이 무너질 것입니다. 사천에는 아미와 당문이 있지요. 신오제의 문파입니다.”

“결국 신오제와 패천사룡의 대결을 이끌어낼 수 있겠군. 자신의 문파에 대한 복수심이 가득 찰 테니.”

“그렇지요. 거기에 천사평에서 설연마저 죽는다면 고봉정도 나설 것입니다.”

“그렇겠지.”

“결국 제이차무림대전은 우리의 계획대로 신오제와 패천사룡 출신 문파의 괴멸로 막을 내릴 것입니다. 나머지 세력은 결국 북두회의 이름으로 흡수되거나 없애야겠지요.”

“그래, 이번 계획은 정말 어느 때보다도 가능성이 많구나. 이제 정말 우리 가문이 무림에 우뚝 서는 일만 남았구나.”

“다 할아버님께서 고생하신 덕입니다.”

“아니, 아니야. 네 아비와 숙부의 노력 덕이지.”

두 사람의 대화는 그 뒤로도 한참을 이어졌다.

*　　　*　　　*

황벽이 설국을 만난 것은 설연이 정의맹을 떠난 하루 뒤였다. 그녀는 열흘 길을 오 일 만에 주파한 것이었다.

이번에도 장무사를 통하여 기별이 왔다.

"저, 황 대협."

그때 황벽은 막 잠에서 깨어나려고 하는 때였다. 문밖에서 들리는 소란스러움이 황벽의 잠을 깨운 것이었다.

"무슨 일이오, 장 무사?"

"예, 대협을 찾는 분이 계십니다."

"또?"

"네."

"어디 계시오?"

"바로 이곳에 계십니다."

황벽은 채 얼굴도 씻지 못한 채 설국을 보게 되었다. 얼굴을 단장하지 못한 것은 설국도 마찬가지였다. 지난 오 일간의 강행군으로 그녀의 몰골은 말이 아니었다.

"누구신지?"

황벽이 처음 설국을 보고 한 말이었다.

"황벽, 황 대협이 맞으시나요?"

"그렇습니다만… 누구신지?"

"빙화 설연을 아세요?"

순간 황벽은 한쪽 가슴이 무너져 내리는 충격을 받았다.

"당신은 누구요?"

황벽의 눈에서 서늘한 한기가 느껴졌다. 그제야 설국은 사형 고봉정이 황벽에 대해 한 말이 사실임을 알 수 있었다. 그는 고수였다. 눈빛만으로도 상대를 제압하는.

"저는 설국이라고 해요. 설연 언니의 사촌 동생이죠."

"아, 그래요? 이거 죄송합니다. 몰골이……."

황벽에게서 좀 전에 보여준 그 눈빛은 바로 사라지고 당황한 순박한 시골 총각의 눈빛이 드러났다.

그에게 설국은 처음 만나는 설연의 친척이었던 것이다.

'첫인상이 중요한데… 젠장.'

황벽은 세수도 못한 얼굴로 설국을 맞은 것이 못내 한스러웠다. 그러한 황벽의 모습에 설국이 가볍게 웃음을 지었다.

'이러한 모습에 언니가 반한 것인가?

설국은 설연의 마음을 알 수 있을 것 같았다. 황벽에게서는 화산의 남자 문도들이 가지고 있지 못한 허술함이랄까, 순수함이 있었던 것이다.

"괜찮아요, 황 대협. 제 몰골도 그리 좋지만은 않은데요 뭐."

그제야 황벽은 설국의 행색이 명문정파 장문인의 딸이 보일 수 있는 행색이 아님을 알아챘다.

'그렇다는 것은?

"설매에게 무슨 일이 있소?"

황벽의 어투가 굳어졌다. 그러자 다시 분위기가 바뀌었다. 그는 다시 절세고수의 기운을 풍기기 시작했다.

하지만 이번에는 설국도 그리 놀라지 않았다.

"황 대협, 무림에 풍운이 이는 것은 알고 계시나요?"

"남궁인의 죽음 말이오?"

황벽은 삼 일 전 하오문의 조자아를 통해서 남궁인의 죽음과 이에 따른 무림이 긴장 상태를 전해 들었다.

설국이 고개를 끄덕였다.

"알고 있소. 한데 그게 설매와 무슨 연관이……?"

"언니를 사랑하세요?"

직접적인 질문에 황벽은 말문이 막혔다. 하지만 이미 황벽은 그녀에 대한 마음을 숨기지 않기로 결심하고 있었다.

"그렇소."

시원한 대답이 그의 입에서 나왔다.

"한데 왜 섬에서 언니를 혼자 보냈죠?"

"그때는… 그때는 용기가 없었소."

"그러면 이제는 있나요?"

"최소한 그녀에게 내 마음을 말할 준비는 되어 있소. 자, 이제 무슨 일인지 말해 보시오."

설국이 입술을 꼭 깨물었다.

"먼저 좋은 소식을 알려 드리죠. 언니는 아버님과 고 사형에게 황 대협을 사랑한다고 이미 말했어요."

순간 황벽은 머리를 망치로 맞은 것처럼 흔들거렸다.

'그녀가 나를 사랑한다……'

서로 사랑하는 사람이 서로에 대한 마음을 확인하는 것처럼 기쁜 일이 있을까. 그것이 비록 타인을 통해서일지라도.

"됐소. 안 좋은 소식은?"

좋은 소식이 먼저라면 안 좋은 소식이 뒤따르리라.

"혹 언니가 정의맹 호정단주가 되었다는 것을 알고 계세요?"

"……?"

"모르시는군요. 이번 무림대회에서 언니가 정의맹 호정단주가 되었어요. 한데……."

"한데……?"

"이번 남궁인의 죽음으로 촉발된 무림의 긴장은 곧 전쟁으로 이어질 것이에요. 한데 언니의 호정단이 위험한 임무를 맡게 되었어요. 적을 유인하는 것이 목적인데……."

"얼마나 위험한 것이오?"

"구 할은 목숨을 건지기 어려울 것이에요."

꽝!

순간 황벽이 앞에 있는 책상을 내려쳤다.

"왜 그녀가 간 것이오? 정의맹에 그리 사람이 없소?"

"애당초 호정단의 역할이 그런 것이었어요. 그걸 알고 지원했으니 어쩔 수 없었어요. 그리고……."

"그리고?"

"언니는 하루빨리 부모님의 원한을 풀고 황 대협에게 갈 수 있기를 바라고 있어요. 호정단은 패천맹의 원로원에 숨은 자들을 만나기 가장 좋은 위치죠."

"그렇다고 그녀를 그런 곳으로……? 한데 이곳은 어떻게?"

"사형이 보냈어요. 이제 언니는 황 대협의 여자이니 황 대협이 지켜야 한다는 말을 전하라고 했어요."

순간 황벽이 자리에서 일어났다.

"엽강! 이형! 오삼!"

자신의 방에서 늦잠에 취해 있던 세 사람은 집이 무너질 듯한 소리에 옷도 제대로 입지 못하고 문밖으로 나왔다.

"아, 왜 그래?"

"무슨 일이오, 사형?"

"무슨 일입니까, 황 대협?"

세 사람이 황벽을 쳐다보았다.

"짐 꾸려라! 지금 즉시 떠난다!"

"아, 그게 뭔 소리여? 어디로 가는데?"

엽강의 잠이 덜 깬 목소리에 황벽이 설국을 바라보았다.

"어디로 가야 하오?"

일행이 길을 떠난 것은 그로부터 반 시진도 되지 않아서였다. 허승과 금령, 그리고 금적산은 갑작스런 황벽의 인사에 당황했으나 곧 사정을 듣고는 련에서 가장 좋은 말을 내주었다.

"다녀오마."

황벽이 허승을 보고 말했다. 상련 총단의 정문 앞이었다.

"조신해라."

"그래, 곧 오마. 가자."

짧은 인사를 남기고 다섯 필의 말이 먼지를 일으키며 떠나갔다. 곧 그들의 모습이 허승의 시야에서 사라졌다.

"아, 연인을 위한 저 죽음을 무릅쓴 사랑의 행이라……."

옆에서 금령이 감동한 눈으로 사라져 가는 황벽을 바라보고 있었다.

그리고는 옆에 있는 허승을 노려보았다.

"황 대협은 저렇게 사랑하는 사람을 위해 사지로 가는데 오라버니는 뭐지요?"

허승이 슬슬 금령의 눈을 피했다.

"매일 할아버지랑 지내시는 게 그렇게도 좋으세요? 차라리 할아버지와 혼인하지 그러셨어요?"

그러더니 몸을 획 돌려서 문안으로 사라졌다.

"이봐, 금매! 금매!"

허승이 금령을 부르며 그 뒤를 급하게 따라갔다.

일행은 바람같이 앞으로 달려나갔다.

"아, 이게, 이게 뭐 하는 짓이여. 아침도 못 먹고."

말을 하던 오삼이 황벽과 눈을 마주치더니 움찔하며 입을 다물었다. 그들은 황벽의 성화에 미처 아침을 먹기도 전에 출발하였던 것이다.

반나절을 달려 관도에 있는 작은 마을로 들어서서야 그들은 아침 겸 점심을 해결하기 위해 작은 반점을 찾아들었다.

"어서 옵셔!"

아직 점심 전에 이렇게 많은 손님이 든다는 것은 오늘 일진이 제법 괜찮다는 것을 의미한다.

그것이 평소 이 반점의 점소이인 노반의 생각이었다.

"이리로."

점소이의 안내를 받은 일행이 창가로 자리를 잡고 앉았다.

"무엇을 드릴까요?"

"어, 여기는 무엇을 잘하지?"

"소면."

"예?"

"어?"

황벽이 오삼의 말을 자르면서 소면을 시키자 점소이와 오삼이 동시에 헛바람을 켰다.

"소면이 빨라."

황벽의 말이었다.

순간 오삼과 점소이의 표정이 동시에 일그러졌다.

"아, 사형, 아, 뭐, 그러든지. 야, 소면 다섯!"

오삼이 점소이에게 괜히 화풀이를 하였다. 점소이가 그들을 한 번 스윽 보더니 주방으로 걸어가며 소리쳤다.

"소면 다섯!"

점소이의 어투에는 불만이 가득하였다. 아침부터 단체 손님이 들어 운이 좋다고 생각했는데 겨우 소면 다섯이라니.

"단원들은 믿을 만하오?"

황벽이 설국에게 물었다.

"몇 명을 제외하고는 모두 중소문파 출신이라 무공이……."

약하다는 소리였다. 황벽이 한숨을 내쉬었다. 뭐 하나 믿을 만한 것이 없었다.

"단지… 막여라는 분이 있어 조금 마음이 놓입니다."

"어?"

"사부가?"

황벽과 오삼이 동시에 설국을 쳐다보았다.

"방금 막여라고 하였소?"

"그래요. 막여라고 남궁세가에 계시던 어른인데 이번에 호정단에 드셨지요. 설 언니와도 잘 아는 것 같고. 한데 사부라니요?"

"나와 이 오삼 사제의 사부이시오."

황벽이 짧게 말했다. 그리고는 한숨을 내쉬었다. 사부라면 믿을 만했다. 한시름 놓인 것이다. 그때 점소이가 소면을 가지고 나왔다.

탁!

점소이가 감정이 섞인 손짓으로 소면을 탁자에 내려놓았다.

"어? 이놈, 그릇 부서지겠다!"

오삼이 점소이를 나무랐다.

"걱정 말아유. 나무로 만들어 튼튼하니까."

점소이가 남 걱정 말라는 듯이 한마디 하고는 자리로 돌아갔다.

"원참, 그놈, 성격 하고는."

오삼이 한마디 하고는 소면을 그릇째 들고 먹기 시작했다. 어지간히 배가 고팠던 것이다. 상련에 있을 때는 쳐다보지도 않던 소면을 게 눈 감추듯 먹어치웠다.

다른 사람들도 빨리 식사를 마치고는 자리에서 일어섰다. 탁자 위에 몇 문의 동전이 남겨져 있었다.

"야, 소금 쳐라!"

방금 나온 문안에서 들리는 소리를 뒤로하고 일행은 다시 말 위에 올랐다.

그들이 다시 속력을 내어 한 시진 이상 달렸을 때, 그들의 앞에 약초꾼 차림의 일단의 인물이 나타났다.

길을 막고 선 그들로 인해 황벽 등이 말을 세웠다.

"누구냐?"

엽강이 작살을 꼬나 들며 앞으로 나섰다.

"황벽 대협 일행이시오?"

"그렇다. 너희들은 누구냐?"

"인사드립니다. 하오문도 설산이라 하옵니다."

이때 황벽이 앞으로 나서며 입을 열었다.

"하오문도라고 했나?"

"예, 태상호법."

그들은 이미 황벽이 하오문의 태상호법이 되었다는 사실을 알고 있었다. 비록 하오문에서 이름만 빌린 것이었지만.

"무슨 일이냐?"

"문주님으로부터 황 대협을 안내하라는 전갈을 받았습니다."

"하오문주로부터?"

"예!"

"우리가 어디로 가는지 알고 있느냐?"

"호북 천사평으로 가신다 들었습니다. 저희들이 다니는 산길을 이용하시면 관도를 따라 가시는 것보다 하룻길을 절약할 수 있을 겁니다, 태상호법."

하오문주 조자아는 황벽을 보러 상련에 갔다가 허승에게 황벽의 소식을 들은 것이었다.

그래서 호북을 잘 아는 문도에게 황벽 일행의 길잡이를 전서로 말해 놓았던 것이다.

"말이 있소?"

황벽이 하오문도를 보고 입을 열었다.

"네, 태상호법."

"앞장서시오. 부탁하리다."

황벽의 부탁에 설산이라 불리우는 하오문도가 한 마리의 말에 올라 타 일행을 안내하기 시작하였다.

설산이 알고 있는 길은 정말 험했다. 하지만 그만큼 빨리 전진할 수가 있었다. 그래서 일행이 정의맹 총단을 지나치고 있을 때는 설연이 정의맹을 떠난 지 삼 일이 지나지 않았을 때였으며, 양 맹이 서로에게 요구한 날짜에 나흘이 남아 있을 때였다.

*　　　*　　　*

설연 일행의 행군 속도도 빨랐다. 그들은 관도를 바람같이 달려 예정보다 하루 먼저 목적지에 도달하였다.

그들은 천사평까지 하루 거리인 조그만 야산에 숙영지를 구축하기 시작하였다. 비록 길어야 사흘을 넘기지 않을 곳이었지만 그들은 꼼꼼하게 숙영지를 구축하였다. 만약의 기습에 대비한 것이었다.

전서구는 수시로 설연에게 날아들어 맹의 소식을 전하고 다시 일행의 소식을 가지고 날아갔다.

단원들이 숙영지를 구축하는 모습을 한쪽에서 설연과 막여가 지켜보고 있었다.

"남궁세가와 백호단이 호남으로 방향을 틀었답니다."

"좀 늦은 것인가?"

"그런 것 같습니다, 어르신. 아마도 패천맹이 눈치채지 못하도록 최대한 일정을 늦춘 듯합니다."

"저들은 어떻다는가?"

"최종적으로 이틀 전에 목격되었고 장소는 천사평에서 이틀 거리였다고 합니다."

"그럼 도착하였겠구먼."

"아마도."

"자, 그럼 우리에게 이틀이 남은 셈인가?"

"네, 어르신."

둘은 잠시 말없이 서 있었다.

"설 낭자."

"네, 어르신."

"이곳에서 살아 돌아간다면 벽이를 한 번 찾아가 보시게."

"……."

"내 나이가 들어 느끼는 것이지만 삶이란 생각보다 길지 않다네. 좋아하는 사람들과 웃고 살기에도 바빠."

"……."

"그러니 황벽을 찾아가 보게. 상련이라면 그리 먼 곳도 아니지 않나?"

"그럴 생각입니다. 꼭."

막여가 설연을 돌아보며 밝게 웃으며 고개를 끄덕였다. 설연도 막여를 보면서 가볍게 웃음 지었다.

'내가 꼭 지켜주마. 내 목숨을 걸고라도. 나야 살 만큼 살았으니.'

"자, 거의 다 된 것 같으니 우리 가서 식사라도 하고 세부적인 계획을 다시 세워보세. 가능하면 한 사람이라도 더 살아 가야 할 테니."

"네, 어르신."

막여와 설연이 천천히 식사가 준비되는 숙영지 가운데로 걸어갔다.

이제 시간은 하루 반나절이 남아 있었고, 황벽은 설연과 삼 일 거리에 있었다.

패천맹의 주 세력은 천사평을 겨누고 있었고, 정의맹의 주 세력은 호남의 패천맹 지부를 겨누고 있었다.

천사평에 이른 패천맹의 인원은 오백을 넘어서 육백에 육박하고 있
었다. 호남 패천맹 지부에서 칠 할의 인원이 천사평으로 이동한 것이
다.
그리고 그곳에는 감숙에서 최단 거리로 이동한 흑막주 중양종과 그
의 제자 혈종, 그리고 잔마 진양, 독수 등애, 수룡왕 양의가 합류하고
있었다.
바야흐로 제이차무림대전이 시작된 것이다.

제33장
개전(開戰)

날이 밝았다. 천독림의 림주 서린도, 남궁석과 당
문의 문주 당선명도 움직이지 않았다.

패천맹과 정의맹 양 진영의 하늘은 날아오르는 전서로 가득 찼다.
각 맹은 산재한 소속 문파에 소집령을 내렸으며, 제이차무림대전을 알
렸다.

호남성 북동부에 악양이 위치해 있었다. 악양에는 그 유명한 동정호
가 있었고, 장강수로연맹의 주요 거점이기도 하였다.

악양에서 이틀을 걸려 서쪽으로 이동하면 조산이 나온다. 호남의 기
후가 온화한 관계로 조산은 항상 수림에 휩싸여 있었다.

이 조산이 바로 패천맹 호남지부의 총본산이었다. 이곳에는 항상 천
독림과 장강수로연맹의 정예가 천여 명 상주하고 있었다.

특히 천독림의 경우 대부분의 문도를 이곳 조산에 상주시켰는데 그
것은 그들의 본거지인 운남이 중원에서 너무 멀리 떨어져 있기 때문이
었다.

하지만 이곳 조산은 지금 조용하였다. 항상 많은 인원으로 북적대던
조산은 마치 철 지난 들판마냥 썰렁하기까지 하였다.

그 조산을 바라보는 일단의 인영들이 나타난 것은 하루 전이었다.

남궁룡은 멀리 조산이 마주 보이는 곳에서 패천맹 호남지부를 바라
보고 있었다. 그의 눈에는 분노의 불꽃이 일렁이고 있었다.

속으로 차기 정의맹주로 생각하고 있던 남궁인이 죽은 것이다.

그것도 패천맹의 손에. 그들이 요구에 응하지 않은 것이 오히려 다
행이었다. 지금부터 철저히 그 빚을 받아낼 터였다.

눈을 돌려 바라본 곳에는 백호단과 남궁세가의 무사 오백여 명이 몸
을 숨기고 있었다. 그들이 이곳에 도착한 지는 이미 하루가 지났고 정
의맹 총단에서 전서를 받은 지는 반나절이 지나고 있었다.

날이 어두워지면 그는 들어갈 것이고 호남성 조산의 패천맹 분타는
오늘 재로 남을 것이다.

그리고 호남은 남궁세가의 수중에 들어올 것이다.

'이놈들, 한 놈도 살려 보내지 않으리라.'

남궁인의 목숨 값으로는 이들을 모두 죽여도 모자랐다. 고개를 돌린
남궁룡의 시선에 멀리 고봉정과 능소개가 들어왔다.

그들을 보자 남궁룡의 마음이 다시 아려왔다. 저들과 함께 신오제라
불리우며 정의맹의 새로운 세력으로 떠오르던 아들이 이제는 없는 것
이다.

그의 손에 힘이 들어갔고, 끝없는 살의가 조산을 향해 뿜어졌다.

고봉정과 능소개는 발에 채이는 낙엽을 이리저리 발끝으로 흩뜨리고 있었다. 그들도 밤을 기다리고 있었다.

“오늘 밤 피가 많이 흐르겠지?”

능소개가 고봉정을 보며 입을 열었다.

“그렇겠지.”

“막을 수는 없었을까?”

“글쎄, 나도 정말 이런 일이 발생하지 않기를 바랐는데…….”

“설연 낭자가 걱정이야.”

고봉정은 능소개가 설연을 언급하자 다시 마음 한구석이 싸늘해져 왔다.

‘괜찮을 거야, 황벽이라면. 한데 설국 사매가 시간을 맞추었을까?’

한번 일어난 생각은 꼬리에 꼬리를 물고 늘어졌다. 그는 고개를 흔들어 잡념을 떨쳐 버리려 했다.

오늘 밤 그는 전투를 앞두고 있는 사람이었다. 정신을 집중시킬 필요가 있었디. 그에게는 책임져야 할 식구가 있는 것이다. 백호단이라는.

이런 대규모 전투에서 지휘관의 실수는 일반 무사들의 죽음과 직결된다. 따라서 잡념이 들면 안 되었다. 잡념은 곧 백호단을 위험에 빠뜨릴 것이다.

‘집중하자. 그래, 오늘은 이곳에…….’

고봉정도 멀리 보이는 조산을 바라보았다. 이제 곧 날이 어두워지면 백호단을 조산으로 몰아갈 것이다. 그리고 패천맹의 담을 넘을 것이다. 거기서부터 제이차무림대전은 시작될 것이다.

고봉정이 힘 주어 칼을 잡았다. 그리고 오늘은 온전히 백호단의 부단주로서 존재하기로 마음먹었다.

"어, 이거 으슬으슬 추워지는데."

장뢰가 한쪽에 서 있는 동료 중광을 보며 손으로 양쪽 팔을 문질러대었다. 창은 손잡이를 땅에 댄 채 어깨에 기대어놓은 상태였다.

"아, 빨리 끝내고 들어가서 딱 한 잔만 하고 잠자리에 들었으면 좋겠다."

이번에는 중광이 말을 받았다.

"그래도 우리는 운이 좋은 거야. 며칠 전에 호북으로 간 사람들은 아마 이슬을 맞으며 자야 할걸."

"그건 그래. 그리고 이번에는 호북에서 큰 전투가 있을 거라더군. 이곳에 남아 있게 된 게 행운이지."

장뢰와 중광은 운남에서 농사를 짓던 사람들이었다. 그들은 무림대전이 열리던 때에도 농사를 짓고 있었다. 그러던 것이 무림대전이 휴전에 들어간 어느 날 천독림의 고수들이 새로운 식구를 모집한다는 소식에 그동안 자신들의 평생 직업이었던 농사를 때려치우고 천독림에 든 것이었다.

일반적으로 농사를 짓던 사람은 천독림과 같은 무인 단체에 들기가 어려웠다. 하지만 천독림에서도 이렇게 번을 서거나 할 일반 무사의 수요가 생겨났다. 무림대전에서 너무 많은 식구들을 잃은 것이다.

그래서 농사꾼인 장뢰와 중광도 천독림의 식구가 될 수 있었다.

그들은 천독림에 든 후 이 년 동안 운남 천독림 본거지에서 무공을 배웠다. 어려서부터 수련한 천독림의 신진고수들과는 달리 그들에게는 기본적인 내용의 무공과 간단한 독을 사용할 수 있는 방법이 전수되었다.

그리고 이 년이 지난 후 그들은 긴 거리를 이동하여 이곳 호남의 패천맹 분타에 오게 된 것이었다. 비록 매일 이렇게 번을 서는 게 일인 그들이었지만 그들은 이 생활에 만족하고 있었다. 일 년 내내 농사를 지어도 가족들의 배를 곯리는 날이 많았던 지난날에 비하면 지금은 그래도 좀 나은 편이었다. 그들에게 지급되는 급료는 모두 운남에 있는 가족에게 보내졌다.

그의 가족들은 최소한 배는 주리지 않고 살 수 있을 것이다.

그들은 천독림에서도 림의 정식 무사로는 인정하지 않는 사람들이었다. 천독림이 무림에 어떤 행사를 할 때 그들은 항상 제외되었다. 그들은 이렇게 번을 서는 것으로 자신들의 임무를 다했고, 천독림도 그 이상은 바라지 않았다.

그래서 이번 호북 천사평행에서도 제외되어 이곳 호남 분타를 지키고 있었던 것이다.

호남 분타의 앞에는 강이 하나 있었는데 이 강은 흘러서 악양의 동정호로 들어가는 물길이었다.

강에는 배를 댈 수 있는 커다란 접안 시설과 배를 머물게 할 수 있는 수채가 들어서 있었는데 이는 장강수로연맹의 사람들이 기거하는 곳이었다.

이번 천사평 전투에는 장강수로연맹의 많은 고수도 육로를 통해 이동한 것으로 알려지고 있었다.

현재 주력이 빠진 호남 분타는 천독림의 장로 독로(毒老) 관추와 장강수로연맹의 장승채 채주 오거가 지키고 있었다.

장뢰와 중광이 서서히 굳어오는 몸을 이리저리 움직여 녹이고 있을 때 장뢰의 눈에 앞에서 무언가 검은 물체가 움직이는 것이 들어왔다.

"어, 벌써 교대하러 오나? 아직 이각 정도 시간이 남았는데……."

"오늘 오조가 인심 좀 쓰려나 보지."

중광이 장뢰의 말을 받았다. 하지만 움직이는 듯하던 검은 물체는 더 이상 움직이지 않았다.

"어이! 뭐 해, 왔으면 빨리 교대 않고? 추워 죽겠어! 빨리 들어가서 몸 좀 녹여야겠어!"

중광이 꾸물대고 있는 눈앞의 사람에게 소리칠 때였다.

불쑥 하나의 칼이 어둠 속에서 나타났다. 그리고는 여지없이 중광의 목을 날려 버렸다.

"어? 어? 누구냐?"

장뢰의 다음 말은 입 밖으로 나오지 못했다.

'적이다!'

선봉을 맡은 것은 남궁세가의 무인들이었다. 자신들의 소가주를 잃은 그들의 전의는 번을 서는 장뢰와 중광을 한칼에 날리기에 충분하였다.

짙은 살의와는 별개로 그들의 움직임은 조용하고 빨랐다. 그래서 최초로 적의 침입을 알리는 종소리가 울렸을 때에는 이미 고봉정이 이끄는 백호단이 장뢰의 시신을 지나고 있을 때였다.

백호단은 이번 전투의 중군이었다.

고봉정과 능소개는 전각들을 지나치며 패천맹 호남 분타의 중심을 향해 진격하고 있었다.

앞을 막아서는 적은 거의 없었다. 한둘 건물에서 나오다가 그들을 보고는 다시 건물로 숨어들었다. 하지만 숨어든 사람은 여지없이 남궁세가의 무인들에 의해 목이 잘리었다.

"이건 너무 심한데."

능소개가 인상을 찌푸렸다.

"이들 중 제대로 반항할 수 있는 사람이 몇이나 될까?"

고봉정도 지금의 이 상황이 별로 마음에 들지 않았다. 적의 저항은 거의 없다시피 했다. 아마도 지금 죽어가고 있는 사람들은 천독림이나 장강수로채에서 지난 무림대전이 끝난 후 끌어 모은 양민들이 대부분일 것이다.

하지만 분노에 찬 남궁세가의 무인들에게는 모두 패천맹도일 뿐이었다.

관추와 오거가 잠을 자다 말고 들려오는 비상 종 소리에 자신의 숙소에서 옷을 입고 밖으로 나왔을 때는 이미 남궁세가의 선발대뿐 아니라 남궁석과 고봉정, 그리고 능소개가 이끄는 백호단의 본진도 호남 분타 중앙에 집결하고 있었다.

관추와 오거가 본청 앞에 집결한 정의맹 무사들의 앞에 몸을 드러냈다. 정의맹 무사들 앞에는 남궁룡과 남궁석이 서 있었다.

"누구냐?"

관추가 이미 불타고 있는 건물들을 바라보며 입을 열었다.

"남궁룡이라 한다. 너는 천독림의 관추이겠지?"

관추가 남궁룡이라는 말에 고개를 끄덕였다. 남궁룡이라면 이런 독수를 마다할 사람이 아니었다. 더군다나 그의 아들이 죽은 상태였다.

“그렇소. 내가 관추요.”

“손을 써라.”

남궁룡의 짧은 한마디가 떨어졌다.

관추는 자신이 죽지 않고는 이 상황이 끝나지 않을 것임을 알고 있었다. 관추가 두어 발짝 앞으로 나섰다.

“이 상황을 벗어나고자 할 마음은 없소. 그러나 한마디 하고 싶은 말이 있는데…….”

“해보아라.”

“먼저 남궁인 소가주의 죽음이 우리 천독림의 독정에 의한 것이라는 소문을 들었소. 사실이오?”

“허, 정말 뻔뻔하구나. 자신들이 한 일을 오히려 나에게 묻는 것인가?”

“남궁 가주, 독은 우리의 것인지 몰라도 독을 쓴 사람은 우리가 아닐 것이라는 것은 생각해 보지 못했소?”

“말도 안 되는 소리! 독정은 결코 천독림 밖으로 벗어날 수 없는 물건이다. 독정이 사용되었다는 것은 천독림이 관여했다는 것과 다름없다. 그리고…….”

“그리고?”

“천독림이 독을 사용하지 않았다고 해도 마찬가지. 독정을 만든 죄를 물을 것이다.”

“오만하구려. 사람들이 남궁세가가 뛰어난 전력에도 불구하고 정의맹의 태두로 올라서는 데는 한계가 있다고 하더니 과연 그러하구려.”

순간 남궁룡의 얼굴이 씰룩였다.

시간을 끌 일이 아니었다. 베면 그뿐인 것을.

남궁룡이 칼을 빼어 들었다. 관추가 마주 나서다가 한마디 덧붙였다.

"가주, 아시다시피 이곳에 있는 무사들은 무림대전 이후 모집된 양민이 대부분이오. 내가 베이는 걸로 마무리 지어주시오."

"패천맹의 녹을 먹은 자는 개 한 마리라도 베어질 것이다!"

남궁룡의 입에서 싸늘한 노성이 흘러나왔다.

"독하구려. 패천맹을 마의 집단이라 부르는 것이 무색할 만큼. 오시오!"

순간 남궁룡의 검이 관추를 향해 날아갔다. 시퍼런 검기가 관추의 미간을 향해 떨어져 내렸다. 하지만 관추도 천독림의 장로였다. 그의 손이 푸르스름하게 변하더니 독장이 손에서 뻗어나갔다. 남궁룡은 호흡을 정지하고 몸을 틀어 관추의 독장을 피했다.

그리고 재빨리 몸을 돌려 관추의 다리를 베어갔다. 관추가 공중으로 몸을 날렸다. 남궁룡은 기회를 놓치지 않았다.

고수 간의 싸움에서 몸을 허공으로 노출시키는 것은 치명적인 실수이다. 관추의 하반신을 노리던 남궁룡의 검이 직각으로 꺾이며 허공으로 비상했다. 검에서 시퍼런 검기가 뿜어졌다.

관추의 몸은 미처 피할 사이도 없이 아래에서 위로 그어졌다. 그리고 땅으로 떨어져 내렸다. 관추는 더 이상 숨을 쉴 수 없게 되었던 것이다.

이때 고봉정은 장승채의 채주 오거와 맞서고 있었다. 오거는 커다란 도를 사용하고 있었다.

그는 고봉정을 맞아 연신 뒤로 물러나고 있었다. 비록 오거가 한 채의 채주였지만 신오제 중 첫째를 다투는 고봉정을 맞을 수는 없었던 것이다.

"끝이오!"

고봉정의 한마디와 함께 고봉정의 검에서 벼락치듯 검강이 오거를 향해 날아들었다. 오거는 급히 자신의 도를 들어 날아오는 검강을 막아갔다.

하지만 고봉정의 검강은 오거의 도와 몸을 그대로 갈라놓았다. 오거의 몸이 땅으로 쓰러졌다. 관추의 뒤를 따른 것이었다.

"역시!"

능소개가 고봉정의 검에 감탄하는 듯한 탄성을 자아냈다. 하지만 그 다음 소리는 그의 말이 감탄이 아님을 알려주었다.

"무식해!"

고봉정의 무지막지한 검을 보고 한 말이었다.

전투는 새벽까지 계속되었다. 정박해 있던 장강수로채의 배들은 모두 불탔다. 그리고 조산에는 정의맹의 깃발이 나부꼈다.

패천맹은 호남을 잃은 것이다. 그와 함께 조산에 옮겨놓은 천독림의 독들도 소실되었다. 패천맹에도 천독림에게도, 그리고 장강수로채에도 뼈아픈 손실이었다.

관추와 오거가 남궁룡과 고봉정의 검 아래 쓰러질 때 두 개의 전서구가 밤하늘로 날아올랐다.

전서는 각각 감숙의 패천맹 총단과 천사평에 나가 있는 천독림의 주력에게 전해졌다.

천사평에도 전운이 깃들고 있었다.

남궁세가와 백호단이 패천맹 호남지부를 공격하기 시작했을 때 천사평 외곽에 머물던 패천맹의 주력은 천사평으로 몰려들고 있었다. 그들은 이미 하루 거리의 정의맹 호정단에 대한 정보를 입수하고 있는 상태였다.

호정단 뒤에는 정의맹 본단이 있을 것이다. 그들이 천사평에 들기 전에 천사평을 점령하고 유리한 지세에서 적을 맞아야 한다는 것이 중양종의 생각이었다.

새롭게 재편된 혈사대와 그 대주 혈종이 선봉에 있었다.

패천맹도들은 구름처럼 천사평을 덮어갔다. 그리고 당황했다. 정의맹이 오지 않은 것이다. 신속히 천사평을 점령한 후 수뇌부들이 중양종의 천막으로 몰려들었다.

"이게 어찌 된 일일까요?"

수룡왕 양의가 입을 열어 중양종을 바라보았다.

"글쎄, 군사의 예측이 틀린 것인가? 분명 하루 거리에 적의 선봉이 진을 친 것을 확인했다고 했는데. 휴전이 깨어짐을 안 즉시 이곳으로 와야 할 사람들이 오지 않았다?"

아무도 입을 열지 못했다.

즉시 패천맹 총단으로 전서를 날리는 것 이외에는 기다릴 수밖에 방법이 없었던 것이다. 그리고 날이 밝았을 때 그들은 자신들이 정의맹의 기계에 당했다는 사실을 깨달았다.

호남 분타에서 날린 마지막 전서를 받은 것이다.

호남 멸(湖南滅).

정의맹은 주력이 떠난 호남으로 들어간 것이다.

"허, 성동격서라……."

"생존자는 있답니까?"

수룡왕 양의가 이를 갈며 물었다.

"독로 관추 장로가 남궁룡의 손에, 장승채주 오거가 고봉정의 손에 당했다는군. 그리고 그들은 호남 분타를 소거했다네. 생존자는 없을 것이네."

중양종의 말에 모두들 침묵을 지켰다.

"어찌하시겠습니까?"

천독림의 등애 역시 눈에 불길이 일고 있었다. 호남 분타에 있는 천독림 식구들과 그들의 독이 고스란히 날아간 것이다.

"이번에는 제갈의현에게 혈뇌자가 당한 것 같으이. 이리되면 이 천사평도 별 쓸모가 없지. 우리는 이제 사천, 호남, 하남 삼면에서 적을 맞아야 할 것이야."

중양종의 말에 모두의 얼굴이 어두워졌다.

'후퇴.'

감숙으로의 후퇴가 모두의 머리 속에 드리워졌다. 이 인원으로 정의맹 주력을 삼면에서 맞을 수는 없는 것이었다.

"감숙으로의 후퇴는 어쩔 수 없네."

중양종이 머리 속에 있던 생각을 입 밖으로 내었다.

"하지만 이대로……."

수룡왕 양의였다.

"물론 이대로는 안 되지. 저들은 미끼를 던지고 주력을 호남으로 돌렸네. 그들이 지금 출발하여 이곳으로 온다 해도 빨라야 오 일. 던진 미끼는 물어주어야지."

등애와 양의가 동시에 고개를 끄덕였다. 이대로 빈손으로 돌아갈 수는 없었다. 최소한 이곳에 들어와 있는 정의맹 선발대의 목은 가져가야 했다.

"그들이 이미 이러한 것을 계획하고 있었다면 아마도 적의 미끼가 호남이 떨어지는 동시에 후퇴를 시작할 것이네. 일부는 적을 정면으로 들이치고 일부는 빠른 길로 우회, 후방을 차단한다. 잔마께서 수고를 해주셔야겠습니다."

중양종이 잔마 진양을 바라보았다.

"그럽시다."

진양이 고개를 끄덕였다. 중양종이 그런 잔마를 보며 자리에서 일어났다.

"그럼 잔마 어르신이 혈사대를 이끌고 잔도를 통해 적의 후방으로 가주십시오. 나머지는 나를 따라 정면으로 적을 들이친다. 서둘러라. 적이 아직 움직이지 않았을 것이다."

"이곳은?"

"어차피 천사평은 버린다. 모두 간다. 적의 목을 베는 즉시 감숙으로 돌아갈 것이다."

중양종의 말에 따라 모든 사람들이 밖으로 나와 말에 올랐다. 그리고 설연 등이 머물고 있는 곳을 향해 말을 달렸다.

숙영지는 모두 정리되어 있었다. 이제 호남으로부터의 전서만 받으면 후퇴를 시작할 것이다. 그리고 적의 추격도 함께할 것이다.

설연은 어둠이 서서히 걷혀가는 산의 풍경을 바라보며 아침을 맞고 있었다. 채 날이 밝기도 전에 단원들을 깨워 숙영지를 정리하고 후퇴 준비를 마쳤다.

하지만 아직 전서가 날아오고 있지 않았다.

"어차피 이제는 가는 일만 남았구먼."

설연의 옆에 막여가 와 섰다.

진승과 팽정, 그리고 손진과 언남성은 단원들을 챙기고 있었다.

"네, 어르신. 이제 시작이네요."

"너무 걱정 말게. 다 잘될 것이야."

"그래야지요. 그래도 한편으로는 마음이 좋지 않아요. 저들을 사지에 몰아넣은 것 같아서."

설연이 진승 등을 돌아보며 입을 열었다.

"어차피 누군가 했어야 하는 일이고 이번에 돌아가면 그만한 대가가 있겠지."

"어르신이 곁에 계셔서서 큰 힘이 돼요. 없으셨다면 이렇게 버티기 어려웠을 거예요."

"다 늙은 늙은이가 뭘."

"아니에요. 정말이에요. 어르신이 왜 이 호정단에 들어오셨는지 알고 있어요. 감사합니다."

"그런 말 말게. 얼른 가서 황벽이나 찾아보자고. 고얀 놈, 나왔으면 바로 오지 않고."

설연이 웃으며 막여를 돌아보았다.

누군가에게 공통으로 공유할 수 있는 것이 있다는 것은 좋은 일이었다. 그들에게는 황벽에 대한 추억이 공유되고 있었다.

정오의 햇살에 아지랑이가 오를 무렵 전서가 도착했다.

그리고 전서와 동시에 멀리 천사평으로 이어진 관도에 뿌연 먼지가 일기 시작하였다.

"적입니다!"

손진이었다. 손진은 단원을 점검한 후 척후로 나가 있었다. 그의 얼굴에는 땀이 흥건하였다.

그가 얼마나 빨리 달려왔는지 보지 않아도 알 수 있었다.

"인원은?"

"삼백 정도입니다!"

"그들의 총인원이 육백에 육박했으니 퇴로를 막았다는 뜻이군요."

언남성이었다.

설연이 자리에서 일어났다.

"자, 이제 우리도 출발해요. 전 단원들에게 전하세요. 이제부터의 목적은 오로지 살아남는다는 것. 살아남으면 맹에서 보는 것으로. 그럼 출발하세요."

호정단 오십여 명이 말에 올라 하남을 향해 출발하였다.

올 때도 빨랐지만 갈 때는 더욱 빨리 가야 할 것이다. 이제는 목숨을 걸고 달리는 길이었다.

길옆으로 늘어선 나무들이 설연의 시야에 나타났다가 사라지곤 하였다.

선두에는 팽정이 있었고 설연의 주위에는 진승과 막여가 호위하듯 따라붙었다. 나머지 단원들은 그들의 뒤를 이 열로 따르고 있었다.

첫 번째 공격은 화살이었다. 무림의 화살은 작은 대신 강전이었다. 무림인에게 큰 화살은 거추장스러웠다. 먼 거리보다는 가까운 거리에서 적을 쏘아 맞출 수 있는 살이 작은 화살이면 족했다.

화살이 호정단원 한 명의 가슴에 꽂히고 그 단원이 말 아래로 떨어져 내린 것은 그들이 숙영지를 출발한 지 반나절이 지나지 않아서였다. 설연 등은 작은 산을 끼고 돌아 관도로 들어서고 있었다. 선두가 멈추어 섰다.

그들의 앞으로 커다란 칼을 든 사내와 한 손에 가죽 장갑을 낀 사내가 막아섰다.

수룡왕 양의와 독수 등애였다. 그들은 중양종보다 멀리 돌아 일행의 앞을 막아선 것이었다.

뒤에는 중양종이 서서히 거리를 좁히며 압박해 들어올 것이다. 어차피 그들에게는 오 일 정도의 시간이 있었다.

미끼를 물어뜯기에는 충분한 시간이었다.

"호, 이거이거, 우리가 데려온 인원이 부끄러운걸."

등애가 자신들의 등 뒤에 서 있는 백여 명의 사람들을 돌아보며 입을 열었다. 그들은 천독림과 장강수로채의 인원 중 일급무사 백여 명을 추려 앞서 온 것이었다.

"자자, 어느 분이 책임자이신가?"

등애가 여유있는 표정으로 설연 등을 바라보았다. 그의 표정은 이미 다 잡은 먹이를 바라보는 맹수의 표정이었다.

"제가 이 일행의 책임자인 설연이에요."

설연이 일행의 앞으로 나섰다. 그 뒤로 막여와 진승이 붙어 섰다. 팽정과 손진, 그리고 언남성은 좌우로 넓게 벌려 서고 있었다.

　비록 적이 백여 명이지만 이 정도면 양호하다고 설연은 생각했다. 첫 상대치고는 백여 명의 적은 그리 많은 게 아닌 것이다.

　"호, 이번에 정의맹 호정단에 화산의 빙화 설연이 단주로 임명되었다더니 호정단인가 보군."

　"정의맹도 사람이 없나 보군. 겨우 오십여 명의 오합지졸에 그 우두머리가 여인이라……."

　양의가 말을 받았다.

　"나는 독수 등애이고 이쪽은 수룡왕 양의라는 사람이오."

　등애가 자신과 양의를 동시에 소개했다.

　"이번에 당신의 사형이 패천맹 호남 분타에서 우리 두 사람의 소속 문파를 쓸었다고 하더군. 비록 주력이 빠진 곳을 노린 것이었지만."

　설연은 말없이 서 있었다.

　"그래서 우리는 이곳에서 빚을 좀 받아야겠소. 물론 이곳도 주력이 빠진 것은 마찬가지인 것 같지만."

　"받아가실 수 있다면 받아보시지요."

　"호, 정말 빙화, 빙화 하더니 대단한 호기요. 자, 이를 어떡한다?"

　등애가 양의를 놀아보았다.

　"……?"

　"이건 인원으로 밀어붙이려니 영 체면이 서질 않아서."

　그제야 양의가 고개를 끄덕였다.

　"자, 이렇게 합시다. 아무나 나와서 내 십 초를 받아내면 반나절의 시간을 주겠소. 마음 같아서는 그냥 보내주는 것으로 하고 싶지만 나만 있는 것도 아니니."

　설연이 망설이지 않고 앞으로 나섰다. 시간이 중요했다.

"호, 직접……."

등애가 의외라는 듯이 설연을 바라보았다.

설연은 이미 말에서 내려 등애 앞에 서 있었다. 설연의 전신에서 무럭무럭 진기가 솟아오르기 시작하였다.

"좋아, 좋아. 과연 호정단주답군. 자칫 방심할 뻔했어."

등애가 설연에게서 피어오르는 심상치 않은 기운에 정색을 하며 가죽 장갑을 벗었다.

그의 푸른 오른손이 드러났다.

"독수요. 조심하시오, 단주."

막여가 뒤에서 소리쳤다. 설연은 고개를 끄덕여 막여의 말을 받았다.

"조심하시오. 내 손은 남녀를 가리지 않소."

등애가 앞으로 나서며 설연을 보고 말했다. 설연이 고개를 까딱여 대답을 대신하였다. 그리고 검집째 검을 들은 손을 흔들어 오라는 표시를 하였다.

등애는 순간 잠시 당황했다. 기가 막힌 것이다. 등애의 이름을 듣고도, 그의 손을 보고도 저렇듯 침착한 태도를 보이는 설연에 숨겨져 있던 자존심이 얼굴을 드러냈다.

등애가 바람처럼 설연에게 날아들었다. 그의 손에서는 이미 독장이 뻗어 나오고 있었다. 아마 스치기만 해도 살이 타 들어갈 것이다.

순간 검집에 있던 설연의 검이 뽑혀졌다 싶은 순간 달려드는 등애의 목으로 한줄기 빛이 날아갔다.

"억!"

창!

신음과 무언가 부딪치는 소리가 동시에 울렸다. 등애가 다섯 걸음이나 뒤로 물러나 있었다.

"무섭군. 무서운 검이야. 도대체 무엇이지?"

등애가 자신을 물러나게 한 검에 대한 물음을 던졌다. 아마 자신의 본능이 아니었다면 그의 목은 이미 땅을 구르고 있을 것이다.

설연이 펼친 것은 절대오검의 제일초 출(出)이었다.

대답없이 서 있는 설연을 바라보며 등애가 다시 진기를 끌어올려 다가서기 시작하였다. 그는 처음 공격 때와는 달리 신중하게 다가서고 있었다. 설연의 발검으로부터 이어지는 쾌검은 그가 처음 보는 위력적인 것이었다.

설연에 대한 그의 선입견은 사라진 지 오래였다. 이제 설연을 무시하던 마음의 자리를 무사의 투혼이 대신하고 있었다.

설연은 천천히 다가서는 등애를 보면서 이번에는 검을 검집에서 뽑아 들었다. 그리고 천천히 매화검법의 기수식을 펼쳤다.

등애는 설연의 좌측으로 빠르게 신형을 옮기며 독장을 날렸다. 설연이 가볍게 검을 흔들어 날아오는 독장을 쳐냈다. 시꺼먼 독연이 검기에 흐트러졌다. 그 독연 속으로 다시 하나의 장력이 숨어서 날아들었다.

설연은 몸을 하늘로 솟구쳐 장력을 피해냈다. 그 틈을 비집고 등애가 설연의 밑으로 파고들며 공중에 떠오르는 설연을 향해 두 손으로 장력을 뻗어냈다.

꽝!

순간 천지를 뒤흔드는 폭음이 들렸다. 설연과 등애가 각각 다섯 걸음씩 물러나 있었다.

"이건 정말……."

등애는 당혹해하고 있었다. 비록 설연이 어린 나이에 호정단의 단주에 올랐지만 자신의 독장을 이리 쉽게 대할 것이라고는 생각지 못했던 것이다.

자신은 누가 뭐래도 패천사룡의 하나인 독수 등애였다. 하지만 설연의 검 앞에서 독수 등애라는 말은 그 위력을 발휘하지 못하고 있었다.

양의도 처음에는 싱겁게 끝나리라 예상했던 둘의 대결이 길어지자 홍미가 생기기 시작하였다. 무인의 호기심이 발동한 것이다.

장내는 급변하고 있었다. 이번에는 설연이 먼저 들어가고 있었다. 그녀의 검에서 이십사절기의 매화검법이 쏟아졌다. 등애가 황급히 몸을 날려 설연의 검을 피해갔다.

그리고 십 초가 막 지나는 시점, 설연의 검이 매화검법에서 벗어나 다른 하나의 초식을 펼치고 있었다.

"절(切)!"

순식간에 강맹한 기운이 등애가 만드는 수장의 사이를 가르며 들어왔다.

"헉!"

등애가 기겁을 하며 뒤로 물러섰다. 등애의 가슴에 길게 칼자국이 생겨 있었다. 약간의 피가 배어났다. 만약 조금만 늦었다면 그의 가슴이 갈라졌을 것이다.

"이건 뭐냐?!"

등애의 입에서 호통이 나오고, 주위에 있던 천독림의 고수들이 등애를 에워쌌다.

"물러나라!"

등애의 호통에 천독림의 고수들이 자신들의 자리로 돌아갔다.

"십 초가 지났군요. 그럼 약속대로… 전진!"

설연의 목소리에 두 사람의 비무에 정신을 놓고 있던 호정단원들이 설연을 따라 달리기 시작했다.

"그만둬라!"

그들의 앞을 막아서는 맹도들을 양의가 저지했다. 약속은 약속이었다. 하지만 비록 지금은 이곳을 벗어날지 몰라도 오래지 않아 다시 잡힐 것이다. 그리고 그때는 지금처럼 쉽게 벗어나기 어려울 것이다.

"괜찮은가?"

양의가 등애에게 다가갔다.

등애가 얼굴을 찡그리며 고개를 들었다.

"지독하군. 겉의 상처보다도 검 속에 숨어 있는 검기에 내상을 입을 뻔하였어."

"그 정도인가?"

"만약 오십 초 정도만 지나면 내 목이 떨어졌을 것이네."

"무섭군. 화산이 어떻게 저런 여걸을 길러냈을까? 더군다나 오제에 가려 이름도 잘 알려지지 않지 않았나?"

"오제나 패천사룡이 한 수 접어야 할 실력이네."

"아, 그럼 이제 정말 몰아야겠군."

"몰아야지."

"흑막주님은?"

"저기 오고 계시는구먼."

그들의 고개가 돌아간 곳에 먼지를 일으키며 일단의 인영들이 다가서고 있었다. 중앙종이었다.

“어찌 되었나?”

중앙종이 다가오며 두 사람에게 물었다.

“송구합니다. 길을 터주었습니다.”

“무엇… 왜?”

“십 초의 약속을 하였습니다.”

중앙종이 고개를 끄덕였다.

“그중 인물이 있었나 보이. 독수의 십 초를 견디다니.”

“아닙니다. 오히려 제가 패했습니다.”

“뭐? 자네 지금 뭐라 했나?”

“막주, 제가 패했습니다. 강자가 있습니다. 아무래도 전력을 기울여야 할 것 같습니다.”

“독수가 패해? 천하의 독수가? 이것 참.”

중앙종은 믿을 수 없다는 듯이 두 사람을 쳐다보았다. 하지만 두 사람의 얼굴에 나타난 표정에서 중앙종은 그들의 말이 사실임을 알 수 있었다.

“그래, 그랬단 말이지? 흠.”

“죄송합니다.”

“아니야, 아니야. 그런 고수의 존재를 모른 우리의 잘못이지. 하긴 이 사지에 아무나 넣었을 리가 없지.”

“그래, 얼마면 추격이 가능하겠는가?”

“그들에게 반나절을 약속했습니다.”

“반나절이라……. 이봐, 지도를 가져와 봐!”

중앙종이 고개를 돌려 부하들에게 소리쳤다. 중앙종의 소리에 흑막의 고수 한 명이 지도를 들고 앞으로 나섰다.

“닷새의 여유 중 이미 하루가 지났고 내일이면 이곳 비수평원에서 그들을 만날 수 있겠구나.”

“비수평원에서 하시렵니까?”

“그래, 그러지.”

“알겠습니다.”

흑막의 막주가 등애와 양의를 돌아보았다.

“자, 자네들도 이제 가지. 비수평원에서 그들을 잡아야겠어. 적의 원군이 있다 하더라도 잔마와 혈사대에서 막을 것이기는 하나 비수를 지나면 더 이상 추격은 곤란해. 석산에 너무 가깝거든.”

“알겠습니다, 막주. 따르지요.”

“그래, 어서 가자고. 빚은 갚아야지.”

중앙종이 앞서 달려나가자 그 뒤를 등애와 양의가 따르고, 다시 패천맹의 고수 사백여 명이 뒤를 따르기 시작하였다.

정의맹 석산 총단에서 천사평까지 일직선으로 그으면 그 정중앙에 비수라는 작은 강을 만날 수 있다. 비수는 황하의 한 지류였는데 그 주위로 넓은 농지가 잘 발달하여 사람들이 농업으로 생업을 이어가기 쉬웠다.

그런데 그러한 지역에도 농사를 짓기 어려운 곳이 있었다. 사람들은 그곳을 비수평원이라 불렀다. 비수평원은 갈대밭이 만여 평에 걸쳐 펼쳐져 있었고, 곳곳에 늪지가 발달해 있어 농사를 짓기에는 어려운 곳이었다. 또한 늪지로 인해 사람들의 왕래도 그리 많지 않았다.

그곳 비수에서 패천맹은 설연 일행을 맞이하기로 한 것이다.

설연 일행은 천사평으로 출발할 때는 비수평원을 지나지 않고 관도로 우회하였지만 이번에는 평원을 가로지르기로 하였다. 그곳만 지나면 바로 정의맹의 세력권인 하남을 바라볼 수 있었기 때문이다.

비수의 늪지는 도망을 하는 쪽이나 추격을 하는 쪽이나 동일한 어려움을 요구할 것이니 관도로 가는 것보다 불리한 점은 없었다.

그래서 두 무리의 인영이 비수평원을 향해 반나절 간격으로 달려나가고 있었다.

제34장
막아서는 자

황벽 일행이 설연과 이틀 거리에 있을 때 이차무림 대전이 터졌다. 정의맹은 예상과 달리 주력을 호남으로 세웠고 호남의 패천맹 세력은 괴멸하였다.

천사평에 몰려 있던 패천맹의 감숙 퇴각은 누구나 예상할 수 있는 일이었다. 삼면에서 적을 맞을 수는 없는 것이다.

하지만 그들은 떠나기 전 정의맹이 내어놓은 미끼만은 물고 가려 하고 있었다.

하오문의 정보력은 무서웠다. 정의맹과 패천맹의 움직임을 낱낱이 파악하고 있었던 것이다.

황벽은 그들이 지난 무림대전을 무사히 치러낸 이유를 알 수 있을 것 같았다. 비록 무력은 부족했지만 정보력만큼은 강호제일이라 해도 과언이 아니었다.

그 하오문의 정보를 통해 추격을 받고 있는 설연 일행이 비수평원으로 향한다는 소식을 전해 들은 것이 오늘 아침이었다.

비수평원은 황벽이 있는 곳으로부터 하룻길이었다. 일행은 비수평원를 향해 전속력으로 달려나가기 시작하였다.

하지만 그러한 일행을 막아서는 인물들이 있었다.

"저건 뭐야?"

엽강의 입에서 신경질적인 목소리가 튀어나왔다.

멀리 비수평원으로 통하는 마지막 관문인 야트막한 산길 초입에 백여 명의 인영이 진을 치고 있었던 것이다.

"뭐야? 관군인가? 왜 길을 막고 난리야?"

점점 가까워지는 인영들을 보는 일행의 마음은 무거웠다. 한시가 급한 상황이었다. 쓸데없는 일에 잡혀 있을 시간이 없었다.

"워, 워."

인영들의 십 장 앞에서 일행이 멈추어 섰다. 그러자 길을 막은 인영들 사이에서 한 명이 걸어나오며 소리쳤다.

"이 길은 막혔소! 불편하더라도 돌아서 가시기 바라오!"

"어? 이거 어디서 많이 본 옷들인데?"

엽강이 백여 명의 인원 중에 몇몇 흑의인이 섞여 있는 것을 보고 입을 열었다.

"혈사대군."

황벽이 엽강의 말을 받았다. 그들은 지난날 노룡촌에서 부딪쳤던 혈사대와 동일한 복장을 하고 있었다.

"이런 이런, 이놈들이 길을 막고 있었군 그래. 어서 뚫어야지?"

엽강이 황벽을 보며 말했다.

"이게 누구신가?"

이때 일행을 알아보는 사람이 있었다. 목소리가 들려옴과 동시에 두 사람이 좌우로 갈라지는 사람들 사이로 걸어나왔다.

잔마 진양과 혈종이었다.

"귀찮게 되었군."

잔마 진양의 중얼거리는 소리에 혈종이 진양을 보고 물었다.

"아는 사람들입니까?"

"알지. 잘 안다네. 자네도 들었을 것이야. 상련의 일. 저자들이 그때 그 일행이라네. 도대체 이곳에는 무슨 일이지?"

"그럼 저들이 그 위온을 그리한……."

"그래. 저 중 저 작살을 들고 있는 자가 위온 대공자에게 손을 댄 엽강이라는 자일세."

진양의 말에 혈종이 엽강을 바라보았다.

"저자가 그리 강합니까?"

"강하지. 하지만 문제는 그가 아니야."

"네?"

"그 옆에 있는 저자, 황벽이라 하지. 나도 감당하지 못했다네."

순간 혈종의 눈이 커졌다. 진양도 감당 못한 고수라……. 혈종의 시선이 황벽에게 향했다.

꽉 다문 입술, 깊은 눈, 만약에 웃음이라도 지으면 순박한 시골 청년처럼 보일 것 같은 얼굴. 하지만 황벽은 지금 굳어 있었고, 굳어 있는 황벽의 얼굴은 상대에게 긴장감을 일으켰다.

"또 보는구려."

황벽이 진양을 보고 입을 열었다.

"그렇군. 또 보는군. 무슨 일인가?"

"패천맹이 한 무리를 쫓고 있다 들었소."

"그들을 아나?"

"그들 중 내 사부와 사제가 있소."

순간 진양의 얼굴이 일그러졌다. 다른 일로 이곳을 지난다면 어찌 말로 풀어볼 요량이었다. 하지만 그들은 자신들이 쫓고 있는 일행을 맞으러 가는 것이었다.

'이런이런, 일이 꼬이는구나.'

진양은 잠시 자신의 진영을 돌아보았다. 백여 명의 무사가 손에 칼을 들고 있었다.

'그래, 저들은 겨우 여섯에 지나지 않는다. 이 인원이라면……'

"미안하군, 황 소협. 길을 열어드리기가 어렵겠군. 미안하지만 그냥 돌아가야 할 것 같은데."

"열지 않겠다면 뚫겠소."

"황 소협, 소협의 무공은 잘 아나 우리는 백여 명의 정예, 쉽지 않을 것이네. 돌아가시게."

"뚫겠소."

황벽의 말은 단호했다. 이때 옆에 있던 혈종이 나섰다. 그는 진양이 이렇게 정중히 말하는데도 고집을 부리는 황벽이 마음에 들지 않았다. 그리고 그의 강함은 소문으로 들었을 뿐 자신이 본 것도 아니었다.

"이런 버릇없는 놈! 존장이 말을 하면 들을 것이지."

"이건 뭐야?"

황벽의 옆에 있던 엽강의 눈꼬리가 올라갔다.

"난 혈사대주 혈종이라 한다. 목숨만은 살려줄 테니 그만 돌아가라."

"이런 애송이가?"

순간 엽강의 손에서 작살이 떠났다. 순간 작살이 혈종을 향해 날아들었다. 혈종이 미처 피할 사이도 없이 칼집째 들어 작살을 막아갔다.

"억!"

신음 소리가 허공에 울려 퍼졌다.

혈종의 신형이 십여 보나 뒤로 물러났다. 그의 입가로 피가 흘러내렸다.

"죽고 싶지 않으면 옆으로 물러나 있어, 애송이."

엽강이 입가에 피를 흘리며 겨우 신형을 세우는 혈종을 보며 입을 열었다. 혈종의 얼굴이 분노로 붉게 물들었다.

"이보게, 진정 피를 흘릴 셈인가? 겨우 여섯으로 백여 명을 당할 것 같은가?"

진양이 다시 황벽을 보며 입을 열었다.

"당신 같으면 사부가 죽어가는데 가만있겠소?"

진양은 순간 할 말을 잃었다. 사부가 죽어간다면 자신도 당연히 길을 뚫을 것이다. 진양은 고개를 좌우로 흔들었다.

"그렇군. 하지만 나는 자네가 이 인원으로 우리를 뚫고 지나갈 수 있으리라고는 생각지 않네."

"백이든 천이든 앞을 가로막으면 죽을 것이오."

황벽이 검을 뽑아 들었다.

"가자!"

황벽이 뒤를 돌아보며 입을 열었다. 엽강과 오삼, 그리고 이형이 설산과 설국을 가운데에 놓고 빙 둘러쌌다.

황벽이 말에 박차를 가했다.

"막으면 벨 것이다!"

큰 소리로 외치면서 황벽이 앞으로 달려나갔다. 일행이 황벽의 뒤를 바싹 따라붙었다.

"막아라!"

진양의 입에서도 호통이 터져 나왔다. 순간 선두에 서 있던 혈사대원 하나가 황벽을 향해 뛰어들었다.

"컥!"

하지만 그는 곧 땅에 떨어졌다. 황벽의 검이 어느새 그의 몸을 지났던 것이다.

다시 십여 명의 인물이 황벽에게 달려들었다. 황벽의 검이 허공에 그어졌다. 그럴 때마다 패천맹의 사람들이 하나둘씩 땅에 몸을 눕히기 시작하였다.

하지만 일행의 전진은 저지되고 있었다. 패천맹의 무사들은 일행을 둥그렇게 둘러싸기 시작하였다. 그리고 사방에서 공격해 들어왔다.

황벽 일행은 강했다. 황벽이 검을 한 번 휘두를 때마다, 엽강의 작살이 하늘을 날아오를 때마다, 오삼이 도를 휘두를 때마다 패천맹도들은 갈대처럼 쓰러져 나갔다. 어느새 관도 위에는 이십여 구나 되는 패천맹도들의 시체가 나뒹굴고 있었다.

그러나 그중에서도 패천맹도들을 가장 무섭게 하는 사람은 이형이었다. 이형은 황벽이나 엽강, 어쩌면 오삼보다도 무공이 낮을지 몰랐다.

하지만 그는 이런 난전에서 세 사람을 압도했다.

그는 백전을 치른 낭인대주였던 것이다. 그는 마치 한 마리의 늑대처럼 패천맹도들 사이를 뛰어다녔다. 살기가 줄줄 흐르는 이형의 형상은 마도라는 패천맹도들도 감당하기 어려울 정도였다.

"잠시 멈추어라!"

진양의 말에 양측에서 모두 손을 놓았다. 드러난 전장은 참혹했다. 패천맹도 삼십여 명이 길에 쓰러져 있었다. 단 네 명에 의해 채 반 시진도 안 돼 발생한 일이었다.

"강하군, 정말 강해. 자네나 일행 모두. 하지만……."

진양이 인상을 쓰며 입을 열었다.

"그렇다 해도 자네들을 보낼 수 없네. 물러나 진을 펼쳐라!"

순간 패천맹도들이 삼십여 보 뒤로 물러나 진을 펼치기 시작하였다. 예로부터 진은 다수의 약자가 소수의 강자를 상대할 때 사용할 수 있는 가장 좋은 방법이었다.

"오직 막기만 해라! 길을 막기만!"

진양의 목소리가 허공에 울려왔다.

"당신까지 벨지 모르오!"

황벽이 진양을 보며 입을 열었다.

"어차피 이 길이 뚫리면 살 필요가 없네!"

진양이 그런 황벽을 보며 말했다.

"내가 가지."

엽강이 진을 형성한 패천맹도들을 향해 달려들었다. 하지만 곧 다시 뒤로 튕겨져 나왔다. 진에서 강한 반탄력을 느낀 것이다. 칠십여 명의 무사가 펼치는 진은 일반 군사가 펼치는 진과는 차원이 달랐다. 엽강의 창을 밀어내고 있는 것이었다.

"뭐야, 이건?"

엽강의 얼굴이 찡그려졌다. 무림에 나와 처음으로 맞이하는 진에 그는 당황하고 있었다.

"시간이 없어요."

설국의 안타까운 목소리가 황벽의 귀에 들려왔다.

황벽도 시간이 없다는 것을 알고 있었다.

"우두머리만 벤다."

황벽이 엽강을 바라보며 입을 열었다.

"내가 진을 흔들 테니 그때 설 소저와 설산을 데리고 길을 빠져나가시오. 엽강 자네는 저 혈종이라는 자를, 나는 진양을 맡지."

황벽의 말에 모두 고개를 끄덕이면서도 황벽이 무슨 수로 진을 흔들지 모두 의구심을 가지고 있었다.

순간 황벽이 천천히 앞으로 나서며 검을 빼 들어 가슴 앞에 세웠다.

그리고 그의 검끝에 천천히 진기가 모여들기 시작하였다.

"저 양반 저거, 결국 사고 치는군."

뒤에서 오삼이 중얼거렸다.

"그게 무슨 말이에요?"

설국이 오삼을 보면서 물었다.

"보면 압니다. 비키랄 때 비키지. 자, 우리는 준비나 합시다."

일행이 오삼의 말에 앞으로 달려나갈 준비를 마치자 황벽의 검이 휘둘러졌다. 순간 황벽의 검끝에서 둥그런 진기의 덩어리가 진을 향해 날아들었다.

"검환?"

순간 진양의 경악에 가까운 함성이 터졌다.

꽈광!

천지를 진동하는 소리가 터져 나왔다. 그리고 순식간에 진이 흔들렸다. 패천맹도 십여 명이 피를 뿌리면서 날아갔다. 진 사이에 작은 길이 뚫린 것이다.

"지금!"

황벽의 외침이 들렸다.

그 짧은 순간 일행이 순식간에 진에 난 길을 향해 달려나갔다. 하지만 엽강과 황벽의 방향은 달랐다.

그들은 각기 진양과 혈종을 향해 날아갔다.

엽강의 창이 멍하니 서 있는 혈종의 양미간을 노리고 달려들었다. 혈종은 작살이 날아오며 내는 바람 소리에 퍼뜩 정신이 들었다. 하지만 이미 작살은 자신의 이마를 파고들고 있었다.

혈종의 신형이 맥없이 허물어졌다. 흑막의 대제자가 죽은 것이다.

이때 진양도 황벽의 검을 힘겹게 받고 있었다. 황벽은 이초 절(切)로 진양을 몰아치고 있었다.

'이런 괴물 같은 놈.'

진양은 황벽이 괴물처럼 느껴졌다.

좀 전에 진을 가른 황벽의 검공은 막대한 공력을 소모하는 것이었다. 그런데도 황벽은 전혀 지친 모습 없이 진양을 몰아붙이고 있었다.

"마지막!"

황벽의 입에서 함성이 터졌다. 그리고 황벽의 검이 없어졌다.

진양이 없어진 황벽의 검에 당황해할 때 진양의 전신에서 피가 솟아났다. 지난번에는 옷이었지만 이번에는 몸이었다.

삼초 환(幻)이었다.

“큭!”

진양이 신음성을 내며 무릎을 꿇었다.

“알고는 있었지만 정말 강하구나. 하지만 비수평원에서는 쉽지 않을 것이다.”

그리고 진양이 길게 몸을 뉘였다.

진을 통과한 일행이나 패천맹의 무사들 모두 잠시 할 말을 잃었다.

진양과 혈종. 패천맹 최절정고수 두 사람이 순식간에 목숨을 잃은 것이다.

“가자.”

황벽이 엽강을 돌아보며 입을 열었다. 그리고 떠나는 자신들을 바라보는 패천맹도들을 향해 큰 소리로 외쳤다.

“올 때도 막는다면 그때는 모두 베어주겠다!”

그 말을 뒤로하고 황벽이 말을 몰아나갔다. 그 뒤로 다섯 필의 말이 따랐다.

멍하니 서서 멀어지는 황벽 일행을 바라보던 패천맹도들은 쓰러진 혈종과 진양의 시신을 수습해 철수하기 시작했다.

그들은 돌아오는 황벽을 맞을 자신이 없었던 것이다.

중앙종은 눈앞에 넓게 펼쳐진 갈대 숲을 바라보고 있었다. 그리고 그 시선 끝에 오십여 명의 인영이 갈대 사이로 달려나가는 것이 들어왔다.

“경치 좋구먼.”

중앙종이 팔자 좋은 소리를 늘어놓았다. 그의 주위에는 등애와 양의가 서 있었다.

“자, 이제 사냥을 시작해 볼까?”

중양종이 얼굴에 미소를 지으며 두 사람을 바라보았다. 중양종의 입장에서 두 사람은 그리 기꺼운 존재가 아니었다. 그들 패천사룡은 너무 빨리 커버렸다.

만약 무림대전이 벌어지지 않았다면 진패천을 포함한 패천사룡이 수년 내에 자신들의 권력을 위협했을 것이다. 그리고 종래에는 패천맹을 손아귀에 넣었을 것이다.

하지만 진패천은 죽었고, 그리 강하다던 패천사룡이 오늘 적을 막는 데 실패하고 자신의 말을 듣고 있는 것이다. 이래 저래 중양종은 기분이 괜찮은 상태였다.

‘흐음, 이번 이차무림대전은 정말 제때 일어났단 말이야? 역시 하늘은 내 편인가 보군.’

중양종은 속으로 흐뭇한 기분을 만끽하였다. 이미 사냥감은 사정거리에 들어섰고, 이제 자신은 이 패천사룡이라는 애송이들에게 자신의 사냥 실력을 보여주기만 하면 되는 것이었다.

하시만 그때 그는 자신의 대제자 혈종이 세상을 떠난 것을 모르고 있었다.

“자, 가지. 저 갈대 숲에 매복을 펼쳐라!”

그의 말에 오백여 명의 인원이 갈대 숲을 넓게 포위하며 달려나갔다. 사냥이 시작된 것이다. 중양종도 천천히 말을 달려 갈대 숲으로 들어갔다.

“늙은이, 기고만장하는군.”

양의가 입을 열었다.

“어쩔 수 없지 않나. 내가 놓쳤으니.”

“능구렁이 같으니라구. 언젠가는…….”

“자자, 그만 가세. 우리도 한몫은 해야잖나.”

등애가 화가 머리끝까지 오른 양의를 달래 중앙종이 나아간 방향으로 전진하기 시작하였다.

설연 등은 길을 재촉하였다. 옆에 키 높이까지 자란 갈대는 보기에는 좋았으나 쫓기는 자에게는 좋지 않았다. 매복이 쉬웠고 화공도 대비해야 했다. 다행히 중간중간 늪지가 있어 흔적을 숨기거나 화공에 대비할 수 있을 것 같았다.

“이곳만 벗어나면 바로 하남을 바라보게 된다. 모두 힘을 내라.”

팽정이 단원들을 돌아보며 입을 열었다. 이곳까지의 일정은 정말 운이 좋다고 할 만큼 순조로웠다.

그들 중 적의 화살을 맞은 한 명 외에 낙오자는 없었다.

“이거 일이 너무 쉬운 거 아닙니까?”

진승이 막여를 보며 입을 열었다.

“아니야. 이 갈대 숲이 관건이다. 저들은 분명 이곳을 노리고 우리를 그냥 놓아두었을 거야.”

“막 어르신의 말이 맞아요. 이곳은 정말 위험하군요.”

설연이 어느새 막여 등에게 다가와 있었다.

“자, 조금이라도 빨리 이곳을 벗어나야 합니다. 이곳만 벗어나면 하남입니다. 하남에는 저희 백부님이 나와 계실 거예요.”

“설 장문인이?”

막여가 설연을 바라보았다.

“네. 떠나기 전에 하남 경계까지만 오라 하셨어요. 안 되면 문도들이라도 이끌고 오시겠다고.”

“그랬구먼. 자, 어서 가지.”

막여가 일행을 재촉했다. 설장벽이 나와 있다면 그들의 생존 확률은 훨씬 높아지는 것이었다.

그들은 다시 갈대 숲으로 난 작은 도로로 달려나갔다.

“컥!”

“억!”

막 굽이진 길을 돌려는 순간 몇 마디의 신음성과 함께 두 명의 단원이 말에서 떨어졌다. 말에서 떨어진 그들은 목과 가슴에 화살과 암기를 맞고 죽어 있었다.

“조심! 적이다!”

팽정의 외침을 따라 사방에서 화살과 암기가 날아왔다. 사람들은 저마다 무기를 꺼내 들고 활과 암기를 막으며 계속 전진했다.

어느 순간 비처럼 퍼부어대던 화살과 암기의 공격이 끝나자 이번에는 갈대 숲에서 불쑥불쑥 적이 나와 긴 창으로 말이나 사람을 공격하고는 사라졌다. 말이 쓰러져 땅에 떨어진 단원들에게는 여지없이 적의 공격이 이루어졌다.

하지만 일행은 말 머리를 돌릴 수 없었다. 낙오된 동료를 돌보기에는 상황이 너무 급박했다.

“악!”

다시 한 번 신음 소리가 들렸다. 또 한 명의 단원이 당한 것이다. 적은 모습을 드러내지 않았다.

적은 숨어 있었으며, 단원들은 죽어갔다.

금세 열 명의 단원이 목숨을 잃었다. 이제는 사십여 명이 길을 가고 있었다. 갈대 숲이 끝나면 관도가 이어진 초지가 나온다. 일행은 일단 그곳까지라도 갈 수 있기를 바랐다.

초지에서는 숨어서 활과 암기를 날릴 수 없을 것이다.

하지만 기다리던 초지에 다다랐을 때 기대만큼 상황이 좋지는 않았다. 그곳에는 어느새 일단의 인물들이 진을 치고 있었던 것이다.

갈대 숲을 다 빠져나왔을 때 남아 있는 인원은 삼십여 명에 불과했다. 피와 땀으로 범벅이 된 그들을 이백여 명의 수하와 중양종이 초지가 시작되는 곳에서 기다리고 있었다.

"어서들 오시오. 기다리고 있었소."

중양종이 앞으로 나서며 설연 일행을 맞았다.

"먼 길 오시느라 수고 많았소."

중양종의 어투에서는 조롱의 기운이 느껴졌다.

"누구냐?"

팽정이 앞으로 나섰다.

"오, 하북팽가의 자제이시구려. 난 중양종이라 하오만."

"중양종!"

"흑막주!"

일행의 입에서 탄성이 터져 나왔다.

"허허허, 이거 참, 나를 아시는 분이 이리 많다니 영광입니다. 그래, 우리 비마대 부대주를 곤란케 했다는 설 시주가 어느 분이시오?"

설연이 앞으로 나섰다.

"제가 바로 호정단 단주 설연이에요."

"아, 설 소저이셨구려. 이름은 많이 들었소."

중양종이 설연을 빠히 쳐다보며 입을 열었다.

"이야기를 듣기로는 화산의 빙화는 차갑기가 얼음보다 더해서 나비가 날아들지 않는다더니 그 소문은 아무래도 헛소문인 듯하오. 이리 아름다우시니."

중양종이 빙글거리며 설연의 심기를 건드렸다.

하지만 설연은 끄떡도 하지 않았다.

"듣기로 패천맹 흑막주의 무공은 손이 아니라 입에서 나온다더니 과연 입만 살아 있군요."

순간 중양종의 얼굴이 시뻘게졌다.

"큭, 저 노인네, 한 방 먹었군."

양의가 등애를 보며 미소를 지었다.

"허, 젊은 처자가 이리 입이 거칠어서야 어디 시집이나 가겠소?"

"입만 거친 게 아니라 검도 거칠지요. 오시겠어요?"

중양종이 뒤로 몸을 뺐다.

"내 어찌 어린 처자와 검을 섞겠소. 명색이 강호의 원로인데."

"하면……?"

"자사, 실 낭자, 우리 말로 한번 풀어봅시다."

"……?"

"어차피 이곳에서 설 낭자 일행이 벗어나기란 어려운 일입니다. 하니 그만 무기를 버리시지요. 내 일행의 목숨만은 보장하리다."

중양종이 설연의 전신을 바라보며 입을 열었다.

"호의는 감사하나 저는 막주의 검을 받아보고 싶군요."

말을 마친 설연이 갑자기 검을 뽑아 들고 흑막주를 향해 휘둘렀다. 그러자 예의 그 흰 빛줄기가 흑막주를 향해 날아들었다.

"엇!"

흑막주가 갑자기 날아든 검기에 놀라 몸을 틀었다. 하지만 이미 검기는 그의 뺨을 스치고 지나갔다.

가는 실핏줄이 중앙종의 얼굴에 생겨났다.

"이 계집이 정녕 뜨거운 맛을 보아야 눈물을 흘리겠구나! 쳐라!"

중앙종은 벌게진 얼굴로 주위를 돌아보며 소리쳤다.

"원형진을!"

설연의 입에서도 큰 소리가 터져 나왔다.

그러자 서 있던 호정단원들이 둥그렇게 원형으로 둘러섰다. 원형진이었다. 그동안 정의맹에서 수없이 연습한 방어진이었다.

패천맹의 공격이 시작되었다. 호정단원들은 그간 연습한 대로 잘 방어해 나갔다. 간혹 깊숙이 들어오는 패천맹도들은 여지없이 설연의 검에 죽임을 당했다.

"이런 이런! 더 몰아붙여라! 창을 써!"

흑막주가 악에 받쳐 소리쳤다. 그러자 후면에 물러나 있던 창을 든 패천맹도들이 앞으로 나섰다. 그리고 호정단을 몰아붙이기 시작하였다.

"컥!"

긴 창을 이용한 공격에 호정단원 하나가 말에서 떨어져 내렸다. 이어서 다시 몇 명의 호정단원이 창 공격을 견디지 못하고 떨어져 내렸다.

"뚫고 지나가야 하네."

막여가 설연의 옆으로 다가와 입을 열었다. 설연이 고개를 끄덕였다.

"저와 막 어르신이 선두에 서서 길을 뚫겠어요. 진 대협과 팽 대협이 후미를 맡아주세요. 그리고 손 대협과 언 대협이 중앙에서 단원들을 이끌어주세요."

"알았습니다."

설연의 말에 진승 등이 자리를 이동하였다.

"돌파 대형으로!"

팽정의 외침에 호정단원들이 마름모 꼴로 진형을 변형했다. 그 선두에는 막여과 설연이 서 있었고 좌우에는 손진과 언남성, 그리고 후미에는 진승과 팽정이 서 있었다.

"자, 가요!"

설연의 외침과 함께 호정단이 앞을 가로막고 있는 패천맹도들을 향해 부딪쳐 갔다. 설연이 검을 뽑아 절대오검의 절(切)을 펼쳐 냈다. 순간 앞에 있던 패천맹도들이 좌우로 갈라지며 길이 생겨났다. 일행이 잠시 보인 길 속으로 뛰어들었다.

"저, 저, 뭣들 하느냐? 쫓아라!"

다급한 중양종의 음성이 들려왔다. 설연 등은 어느새 패천맹의 방어막을 거의 뚫고 있었다.

"이제 우리가 나서야 하나?"

양의가 등애를 바라보았다.

"마음 같아서는 저 늙은이 애간장 녹는 것을 더 보고 싶지만 지금이 아니면 놓치겠는걸."

말을 마친 등애와 양의가 서서히 앞으로 걸어나와 설연 일행에게 다가갔다.

설연 일행은 패천맹의 벽을 거의 뚫고 있었다. 이제 조금 더 나아간다면 이들이 쳐놓은 그물을 벗어날 수 있을 것 같았다.

설연과 막여가 치고 나가는 힘이 워낙 강해 일행과의 사이가 약간 벌어졌다 싶은 그 순간 양 옆을 책임지고 있던 언남성과 손진은 자신들의 옆으로 파고드는 날카로운 기파를 느꼈다.

양의와 등애가 각각 언남성과 손진이 맡고 있는 진의 옆구리를 파고든 것이었다.

멈칫하는 사이 두 사람은 이미 일행의 반을 갈라놓고 있었다. 양의와 등애에 의해 갈라진 진 사이로 패천맹도가 밀려들었다. 순간 후미 쪽의 호정단이 패천맹도들에게 포위되었다.

손진과 언남성이 양의와 등애를 향해 달려들었다.

선두에 섰던 막여와 설연이 후미가 포위당한 것을 알고 말 머리를 돌렸다. 그리고 어떻게든 고립된 후미를 연결시키기 위해 겹겹이 싸인 포위망을 향해 돌진하였다. 하지만 인의 장막으로 둘러싸인 포위망은 쉽게 뚫리지 않았다. 장기전으로 들어간 것이다.

진승과 팽정이 피투성이가 된 채 포위망 속에서 도를 휘두르고 있었다.

"단주, 어서 가시오!"

"사부, 어서 먼저 가요! 곧 따라갈게요!"

팽정과 진승이 선두에서 말을 돌려 포위망을 뚫고 자신들에게 다가오려는 막여와 설연에게 소리쳤다.

다시 돌아온다면 그들조차 위험해질 것이다. 자신들을 포기한다면 두 사람의 능력으로 충분히 길을 뚫고 탈출할 수 있을 것이다.

"합!"

다시 한 번 설연의 검이 하늘을 갈랐다. 다시 포위망에 약간의 틈이 생겨났다. 설연의 입가에서는 피가 흐르고 있었다. 두 번째 펼치는 절(切)

은 설연에게 내상을 요구했다.

"어서 이리로!"

갈라진 약간의 틈으로 설연과 막여가 진승과 팽정을 불렀다.

"이익!"

두 사람이 힘을 내어 앞으로 내달렸다. 그리고 순식간에 설연, 막여와 합류했다. 그리고 다시 말 머리를 돌려 앞으로 달리기 시작했다.

등애와 양의는 설연 등이 앞으로 치고 나가자 그들을 따라붙으려 하였다. 하지만 그들을 막는 사람들이 있었다. 언남성과 손진이었다.

"물러나라! 베겠다!"

양의가 검을 뽑아 들고 두 사람에게 소리쳤다.

"베고 지나가시오!"

손진과 언남성도 검을 고쳐 잡았다.

"어쩔 수 없군."

양의가 손진에게 달려들자 등애는 언남성에게 달려들었다.

그 순간에도 설연 등은 앞으로 내달리고 있었고, 패천맹도들이 빠르게 그들을 추격하고 있었다.

어느 순간 전장에는 네 사람만이 남게 되었다.

먼저 움직인 것은 양의의 검이었다. 양의의 검이 무섭게 손진의 허리를 가르며 날아들었다.

"이익!"

손진이 옆구리를 파고드는 양의의 검을 쳐냈다.

징!

검과 검이 맞부딪치며 강한 쇠성을 내었다. 부딪친 곳에서 불꽃이 일었다. 다시 양의가 몸을 한 바퀴 돌려 횡으로 손진을 그어갔다. 손진이 검을 세워 횡으로 그어지는 양의의 검을 막았다. 다시 한 번 칼과 칼이 부딪치는 소리가 나며 손진이 다섯 걸음이나 뒤로 물러났다.

그의 입에서는 선혈이 흐르고 있었고, 손아귀는 찢어져서 피가 흐르고 있었다.

"그만 물러나지?"

양의가 다시 검으로 손진을 겨누며 입을 열었다.

"물러나면 보내줄 텐가?"

"휴, 정말 그건 아니군. 어쩔 수 없이 베어야 하나?"

"베고 가시오."

"그러지."

양의가 검을 머리 위로 치올렸다. 도를 사용할 때의 기수식. 하지만 손진은 양의의 자세에서 거역할 수 없는 힘을 느꼈다.

양의의 검이 위에서 아래로 그어졌다. 손진이 온 힘을 다해 힘겹게 머리 위에서 그 검을 막아갔다.

하지만 양의의 검은 손진의 검을 누르며 계속 손진의 머리를 향해 내려왔다. 그리고 어느 순간 눈에 보이지 않을 만큼 빠르게 검이 손진을 갈랐다. 손진이 쓰러진 것이다.

양의가 고개를 돌려 등애와 언남성을 보았다. 등애도 언남성을 일방적으로 밀어붙이고 있었다. 언남성은 겨우겨우 등애의 독수를 막아내고 있었다.

"악!"

그러던 어느 순간 등애의 손이 언남성의 등을 할퀴고 지나갔다. 언남성의 등이 독으로 시커멓게 타 들어갔다.

"이익!"

언남성이 마지막 남은 힘을 모아 등애에게 일권을 날렸다. 하지만 힘이 없었다. 등애는 여유있게 언남성의 일권을 피한 후 비틀거리는 언남성에게 바싹 다가섰다. 그리고 그의 독수가 언남성의 목을 잡아갔다.

"컥!"

목을 잡힌 언남성은 그 자리에서 즉사했다. 그의 목에는 독에 의해 녹은 검은 손자국이 남아 있었다.

"이거 생각보다 오래 걸렸는걸?"

"빨리 가봐야겠어. 자칫하면 놓칠 것 같은데. 어서 가지."

두 사람은 경공을 펼쳐 설연 일행이 간 곳으로 몸을 날렸다.

설연과 막여, 그리고 진승과 팽정은 정신없이 앞으로 말을 몰고 있었다. 뒤에는 이제 십여 명의 호정단원이 따를 뿐이었다. 그 뒤를 패천맹도들이 맹렬하게 추격하고 있었다. 작은 다리가 그들의 앞에 나타났다. 제법 깊이가 있는 계곡을 잇는 다리는 폭이 겨우 마차 하나 지나갈 만하였다.

일행은 순식간에 다리를 건넜다.

"아악!"

순간 화살이 날아와 또 한 명의 호정단원이 다리 아래로 떨어졌다. 진승이 몸을 돌려 날아오는 화살을 쳐냈다. 진승이 잠시 지체하는 동안 일행은 다리를 다 건너고 있었다.

"진승, 어서 건너와라!"

막여가 진승을 불렀다. 패천맹의 추격군이 무섭게 다리를 엄습해 오고 있었다.

"가시오, 사부!"

"진승!"

"사부, 이곳에 남겠소! 적어도 일각은 버틸 수 있을 것이오!"

"안 돼요, 진 대협! 어서 오세요! 같이 가야 해요!"

설연의 목소리가 계곡에 울려 퍼졌다. 진승이 고개를 가로저었다. 그리고 막여와 설연을 바라보았다.

"아니오! 적을 막으려면 이 다리가 가장 좋아요! 그리고 제 도가 또한 이곳에 가장 어울립니다! 늙은 사부나 여인에게 맡길 수 있는 일이 아니지요! 가요, 사부! 설 낭자!"

"진승!"

"진 대협!"

막여와 설연이 안타깝게 진승을 불렀다.

"어서 가요! 그리고 오삼과 황 사형에게 안부나 전해주세요!"

말을 마친 진승이 돌아서서 다리의 중앙에 버티고 섰다. 적이 파도처럼 다리를 향해 달려오고 있었다.

막여와 설연이 말 머리를 돌려 다시 관도를 달리기 시작했다. 팽정과 이제 아홉밖에 남지 않은 호정단원이 그 뒤를 따랐다.

다리를 향해 몰려들던 패천맹도들은 갑자기 좁아진 다리에 걸음을 멈추었다. 그리고 그들은 다리 중앙에 서 있는 진승을 보았다.

진승은 도를 뽑아 들고 다리 위에 서 있었다. 도갑은 이미 다리 아래로 버렸으며 도의 손잡이와 손이 머리를 묶었던 끈으로 묶여 있었다.

"와라!"

진승이 패천맹도들을 보고 소리쳤다. 이것을 신호로 패천맹도들이 몰려들었다. 다리가 좁았으므로 세 명 이상이 함께 공격을 하지 못했다.

진승의 도가 휘둘러질 때마다 도기가 하늘을 가르고 패천맹도들이 쓰러졌다. 진승의 온몸은 곧 피투성이로 변했다.

그의 도기가 점점 줄어들고 패천맹도는 끊임없이 몰려들고 있었다. 다리 위에 이미 십여 명의 패천맹도들의 시신이 널브러져 있었다.

"멈춰라!"

갑자기 패천맹도들의 뒤에서 한 소리가 들렸다.

"뭐 하는 거냐, 한 놈에게?"

중앙종이었다. 중앙종은 눈을 들어 진승을 바라보았다. 진승은 피에 절은 야수처럼 눈빛을 번뜩이고 있었다.

"기개는 좋다만……."

중앙종이 앞으로 나섰다.

"누구를 위해 남았지? 결국 죽는 놈만 손해일 텐데."

중앙종이 진승을 똑바로 바라보았다.

"쓸데없는 말 말고 오기나 해라!"

진승이 중앙종을 보고 도(刀) 끝을 까닥였다.

"흐흣, 역시 세상에는 가끔 이렇게 멋 부리다 죽는 놈이 있단 말이야? 자기 목숨 하나 돌보지 못하면서 남의 목숨을 위해 남다니. 이래서 세상은 재미있어."

중앙종이 진승을 보고 미소를 띠며 칼을 빼 들었다.

"너 같은 놈이 이해하지 못하는 것이 있는 법이다, 세상에는."

"허헛, 그놈, 기개는 좋구나. 내 제안을 하나 하지."

"……."

"과거 진회라는 사람이 있었다. 우연한 기회에 내가 목숨을 구해준 적이 있었지. 그는 나에게 무조건 한 가지 부탁을 들어준다고 약속했었다. 그리고 그 약속을 지켰지. 그는 그가 바다에 빠져 죽을 때까지 혈사대주로 살다 죽었다. 원래 살인하기를 싫어하는 친구였는데. 하나 약속을 더 중하게 생각했던 것이지."

진승이 중양종을 물끄러미 바라보았다.

"자, 이제 너에게 제안하지. 내 한 가지 부탁을 무조건 들어주면 너를 살려준다. 어떤가?"

중양종은 진승에게 살려줄 테니 복종하라는 말을 어렵게 돌려서 이야기하고 있는 것이었다. 중양종은 진승과 같은 사람을 알았다.

진승과 같은 사람은 한 번 약속을 하면 끝까지 지키는 사람이었다. 그런 사람은 심복보다도 오히려 쓸모가 많았다. 과거의 혈사대주 진회처럼.

"미친놈."

진승의 입에서 중양종의 기대와는 전혀 상반되는 소리가 흘러나왔다. 진승이 중양종을 노려보았다.

"야, 이 미친놈아, 그걸 말이라고 하냐? 쓸데없는 말 말고 오기나 해라! 그런 잔대가리가 통할 내가 아니다!"

진승의 말에 중양종의 머리에서 김이 나기 시작하였다. 언제 자기가 남에게 이런 대우를 받아본 적이 있었던가?

"이, 이놈, 죽인다!"

"글쎄, 어서 오라니까! 떠들지 말고!"

순간 중양종의 몸이 하늘을 날았다. 어느새 그의 손에는 검이 들려 있었다.

진승은 중양종의 검에서 뿜어지는 진기가 지금까지와의 패천맹도들과는 차원이 다르다는 것을 온몸으로 느끼고 있었다.

"익!"

진승이 마지막 남은 진기를 짜내 중양종을 맞아갔다.

"역!"

하지만 물러난 것은 역시 진승이었다. 진승의 진력은 고갈되어 있었고, 만약 정상이라고 했더라도 진승은 중양종의 상대가 아니었다.

진승의 입에서 꾸역꾸역 피가 흘러나오고 있었다. 등애와 양의가 도착한 것은 바로 이때였다.

"이놈, 어디 한번 견뎌봐라!"

중양종이 진승을 향해 몸을 날렸다. 진승은 눈을 감았다. 더 이상 도를 들 힘이 없는 것이었다.

'사부, 고마웠소. 평생의 잡부로나 살 인생이었는데 이리 당당한 무인으로 죽게 해주는구려. 오래오래 사시오.'

진승이 마음속으로 막여에게 작별 인사를 할 때 진승의 귓가에 중양종의 검이 바람을 가르는 소리가 들려왔다.

'이제 끝이군.'

진승은 조용히 마음을 가라앉혔다.

퍼억!

하지만 중양종은 진승의 목을 베지 않았다. 그가 벤 것은 진승의 도를 든 오른팔이었다.

진승이 오른팔로부터 밀려드는 고통에 얼굴을 찌푸렸다.

"이런, 이거 내 검이 잘못 나갔군. 머리를 베려는데 어깨를 베다니 내가 늙었나?"

중양종은 진승을 놀리고 있는 것이었다. 그는 자신에게 내뱉은 진승의 말을 잊지 않고 있었다. 최대한 잔인하고 고통스럽게 이놈을 보내리라.

"이놈, 네가 무인이냐!"

진승이 중앙종을 노려보았다.

"허, 고통 속에서도 자존심을 차린단 말이지? 좋아, 좋아. 난 언제나 인간의 인내의 한계가 궁금했지."

중앙종이 검을 다시 들어 올리며 입을 열었다.

"짜증나는군."

등애가 중앙종을 보며 중얼거렸다.

"정말 미친 늙은이라니까. 같은 패천맹 사람이라는 게 부끄럽다. 이러니 사도니 마도니 하는 소릴 듣는 것이지. 당연하지. 당연해."

양의도 중앙종의 행동에 혀를 찼다. 하지만 여기서 그의 행동을 말릴 사람은 아무도 없었다.

현 시점에서는 그가 이 조직의 우두머리였다.

진승은 다가오는 중앙종을 노려보고 있었다.

"어디를 베어주랴? 왼팔? 아니면 다리? 아니아니, 이 더러운 세상 보이지 않게 눈을 도려주마."

중앙종의 검이 진승의 눈을 향해 겨누어졌다.

"야, 이 미친놈아! 잘 있어라! 하지만 내 하나만 약속하지! 네놈도 편히 죽지 못할 것이다! 사부가, 사형이, 그리고 오삼이 이 사실을 안다면 너는 내가 당한 고통의 수백 배를 당할 것이다! 오늘부터 너는 그들에 대한 두려움 속에 살아야 할 것이다! 이곳에 있는 모든 사람을 죽여 이 사실을 덮어두기 전에는!"

다음 순간 진승이 하나 남은 왼손으로 도를 들어 순식간에 자신의 목을 베었다. 그리고 그의 몸이 기우뚱해지더니 다리 난간에 허리를 걸치는 듯하다가 다리 아래로 떨어져 내렸다.

"이, 이, 이놈이……!"

중양종은 스스로 죽음을 택한 진승에 대한 분노에 몸을 떨었다. 그놈은 아직 더 고통을 받아야 했다. 자신의 앞에서 어서 빨리 죽여달라고 빌다가 개처럼 죽어가야 했다. 자살은 너무 편한 방법이었다.

중양종이 들고 있던 검으로 다리 난간을 내려쳤다. 나무로 된 난간이 반으로 갈라졌다.

"어서 적을 쫓아라! 한 놈도 살려 보내지 않으마!"

중양종이 뒤에 서 있는 패천맹도들을 재촉하였다. 패천맹도들이 다시 다리를 건너 설연 일행을 추격하기 시작하였다.

등애와 양의도 고개를 절레절레 흔들며 그들의 뒤를 따르기 시작했다.

설연 일행은 빠르게 비수평원을 벗어나고 있었다. 이제 앞에 있는 산을 돌아나가면 더 이상 적의 추격은 없을 터였다.

'조금만 더.'

하지만 설연의 바람은 이루어지지 않았다. 갑자기 산속에서 화살이 비 오듯 날아들어 그들의 전진을 방해한 것이었다. 숲 속으로 뛰어들어 복병을 처리하기에는 뒤에서 오는 적의 속도가 너무 빨랐다.

추격대는 이미 그들을 시야에 놓고 있었다.

막여가 설연을 보고 말했다.

"어쩔 수 없소. 여기서 적을 맞을 수는 없소. 설 소저, 뚫고 갑시다."

"하지만 단원들이……."

"여기서 머물다가는 다 죽소. 갑시다."

막여의 말에 설연도 고개를 끄덕였다. 여기서 섰다가는 다 죽을 수밖에 없다. 희생이 있더라도 뚫어야 한다.

"마지막 고비예요! 이곳만 지나면 돼요! 전진!"

설연의 말과 함께 살아남은 아홉 명의 호정단원이 설연과 막여, 그리고 팽정의 뒤를 따랐다.

다시 화살이 비 오듯 쏟아졌다. 일행은 무기를 휘둘러 화살을 쳐내며 앞으로 전진했다. 하지만 속력은 느렸다. 그 와중에 두 명의 호정단원이 다시 목숨을 잃었다.

"거의 다 왔어요!"

설연의 외침이 들려왔다. 이제 거의 화살의 사정권에서 벗어나고 있었다.

하지만 이때 우렁찬 한마디 말과 함께 검이 날아들었다.

"거기까지."

양의였다. 어느새 다가온 양의가 설연을 향해 검을 뻗어낸 것이었다. 설연이 양의의 검을 퉁겨내었다.

그사이 패천맹도들이 들이닥치고 있었다.

설연 등은 걸음을 멈추었다. 더 이상의 도망은 의미가 없었다.

양측은 관도에서 서로를 마주 보고 섰다.

"정말 대단해. 여기까지 오다니."

중양종이 앞으로 나섰다.

"진승은 어떻게 되었나?"

막여가 물었다.

"진승?"

"……."

"아, 다리 위에서 죽은 그 자식? 최대한 고통스런 죽음을 선사하려

했는데 팔 하나 자르니 그냥 자살하고 말더라고.”

중앙종의 아무렇지도 않은 대답에 막여의 눈에서 분노가 흘러나왔다.

“이놈!”

“가만있자. 오, 네가 그 녀석이 말하던 사부인가? 죽으면서 그러더군. 앞으로 내가 두려움에 떨면서 살아야 한다고. 자신의 사부, 사형, 그리고 뭐 오삼이라던가? 무섭다고 하더군. 내가 떨 만큼. 어디 한번 볼까?”

중앙종이 검을 뽑으며 앞으로 나섰다. 막여도 도를 뽑아 들고 중앙종을 맞서갔다.

둘의 눈빛이 허공에서 엉키는가 싶은 순간 이미 도와 검이 부딪치고 있었다. 중앙종은 막여의 막강한 도력에 그가 진승과는 차원이 다른 고수라는 것을 알게 되었다. 그의 검이 신중해졌다.

그리고 침착하게 막여의 도를 막아가기 시작하였다. 막여의 마음은 초조했다. 여기서 빨리 중앙종을 베지 못하면 시간이 갈수록 일행의 안전은 불리해질 것이다.

막여는 속전속결을 노려야 했다. 하지만 중앙종은 얄미울 정도로 침착하게 대응하고 있었다.

‘살을 준다.’

막여가 입술을 앙다물었다.

중앙종은 막강한 힘으로 휘두르는 막여의 강력한 도기를 피하며 순간적으로 막여의 허점을 찾아냈다. 두고 볼 중앙종이 아니었다.

중앙종은 그 허점 속으로 자신의 검을 밀어 넣었다. 그의 검이 막여의 왼팔을 잘라갔다. 하지만 막여는 피하지 않았다. 막여의 왼팔이 중양종의 검에 노출되는 순간 그와 동시에 오른손에 든 막여의 도가 중양종의 허리를 잘라갔다. 순간 중양종은 깜짝 놀랐다. 막여의 왼팔을 베면 자신의 허리를 내어주어야 할 판이었다.

"이놈!"

중양종의 입에서 한 소리가 터져 나왔다. 그러자 중양종의 몸이 기이하게 움직였다. 막여의 왼팔을 잘라가던 기세 그대로 다리로 땅을 차며 공중에 거꾸로 선 것이었다. 중양종의 검은 막여의 왼팔을 깊게 잘랐고 중양종의 허리를 노리던 막여의 도는 빈자리를 베었다.

"우욱!"

순간 막여가 오른손으로 왼 어깨를 감싸 쥐며 뒤로 물러나 주저앉았다.

"어르신……!"

설연이 달려들어 막여의 상처를 살폈다. 막여의 잘린 어깨에서는 끊임없이 피가 흘러나오고 있었다.

"자자, 이제 그만 하지."

중양종은 이 지루한 추격전을 이쯤에서 접어야 한다고 생각했다. 이곳은 하남과의 경계. 신속한 정리가 필요한 지점이었다.

'잔마가 올 때가 되었는데……'

중양종이 이 길의 끝에서 후미를 막고 있을 잔마를 생각했다. 그들에게 주어진 닷새의 여유는 이틀이 남아 있을 뿐이었다. 이제는 감숙으로의 후퇴를 생각해야 했다. 더 이상 지체한다면 삼면에서 적을 맞을 것이다.

이때 멀리 관도 끝에서 먼지가 일며 일단의 인영이 보이기 시작했다.

"오는군."

중양종은 잔마 일행이 오는 것이라고 생각했다.

"시간을 잘 맞추는군."

그때 설연 일행도 혹시 구원군이 아닌가 하는 바람에 모두 먼지가 이는 쪽으로 고개를 돌렸다.

"아아, 지원군이라는 기대는 말라고. 저들은 자네들의 후미를 막고 있던 우리 일행이니까."

중양종의 말에 설연 등은 온몸에서 기운이 빠져나가는 것을 느꼈다. 저들까지 패천맹도라면 더 이상 버틸 수 없을 것이다.

하지만 항상 세상에는 예상외의 일들이 존재하고 지금도 그러했다.

제35장
해후(邂逅)

그들은 화살처럼 빠르게 달렸다. 아무도 입을 열지 않았다. 입을 여는 한 호흡의 시간조차도 아까웠다. 지금 저 너머 비수평원에서는 사람들이 죽어가고 있을 것이다. 그리고 그들은 일행의 생애에 아주 중요한 의미를 가지는 사람들이었다.

황벽의 옆으로 나무들이 지나갔다. 얼굴에 스치는 나뭇가지는 이미 얼굴을 여러 차례 할퀴어 생채기를 냈다.

진양 일행과의 난전으로 인해 가뜩이나 혈인으로 변해 있던 일행이 먼지와 땀으로 뒤덮여 사람의 형상으로 보이지 않았다.

'조금만 더……'

일행의 마음속에 한결같이 담겨 있는 기원이었다.

일행이 하나의 산모퉁이를 돌 때 대치하고 있는 두 개의 집단이 보였다.

"저기다!"

황벽의 입에서 격한 음성이 새어 나왔다. 그리고 점점 대치하고 있는 두 개의 집단이 선명해지기 시작하였다.

막여의 팔이 잘린 것은 그때였다. 황벽 등의 출현에 그들은 잠시 싸움을 멈춘 듯했다.

"엽강, 작살을!"

황벽이 바로 뒤에서 달리고 있는 엽강에게 손을 내밀었다. 엽강은 아무 소리 없이 작살을 황벽에게 넘겨주었다.

중양종은 달려오는 인물들이 진양 일행이라고 생각하고 있었다. 하지만 그들의 모습이 점점 구체화되어 눈에 들어오자 그가 기다리던 사람들이 아니라는 것을 알 수 있었다. 인원이 너무 적었다. 진양이라면 백여 명의 사람이어야 했다.

하지만 달려오는 자들은 많아도 열을 넘지 않았다.

"저건 뭐야?"

중양종이 신경질적으로 입을 열었다. 저 길의 끝에는 진양이 지키고 있고, 진양이 다른 사람을 보냈을 리 없다.

"뚫린 것인가?"

중양종의 마음이 급해졌다. 진양 이외의 사람이 관도를 달려온다는 것은 진양이 뚫렸다는 것을 의미한다.

"정리해야겠군."

중양종이 마음을 굳히면서 막여를 부축하고 있는 설연 등을 바라보았다. 그리고 뒤에 대기하고 있는 패천맹도들을 향해 입을 열었다.

“정리해라. 한 명도 살려 보내지 마라.”

그리고 그들보다 앞서 자신이 검을 빼어 들고 설연과 막여에게 달려들었다.

그때, 하나의 작살이 중앙종을 향해 날아들었다.

막 설연 등을 베어가려던 중앙종은 섬뜩한 느낌에 고개를 옆으로 돌렸다.

멀리 달려오는 일행에게서 하나의 빛이 자신을 향해 빠르게 날아오고 있었다.

“창?”

물체는 멀리 보인다 싶은 순간 어느새 중앙종의 면전에 다다라 있었다. 그 빠름과 기세에 중앙종이 몸을 뒤로 빼며 검을 휘둘렀다.

까강!

쇠와 쇠가 부딪치는 소리가 울려 퍼졌다.

작살이 중앙종의 검에 맞아 옆으로 흘러 땅에 꽂혔다. 중앙종은 작살을 막은 충격에 다섯 걸음이나 뒤로 밀렸다. 손아귀에 찢어지는 듯한 통증이 느껴졌다.

‘뭐야, 이건?’

중앙종은 당황했다.

저렇게 멀리서 날아온 작살이 어찌 자신을 밀리게 할 수 있는가? 중앙종이 밀려나자 패천맹도들도 앞으로 나가려던 몸을 멈추어 세웠다.

그리고 일단의 인영들이 달려들어 설연과 막여의 앞을 가로막았다.

“황 가가!”

설연이 입에서 기쁜 함성이 터져 나왔다.

황벽은 온통 피투성이가 되어 있는 막여와 그런 막여를 부축하고 있는 설연을 바라보았다. 설연의 눈에 물기가 맺혔다.

"황 가가……."

"설매, 무사했구나."

황벽은 설연이 무사하자 한숨을 내쉬었다. 다행히 늦지 않은 것이었다. 그러다 막여의 잘려진 왼쪽 어깨를 보게 되었다. 설연의 응급조치에도 피는 멈추지 않고 있었다.

"왔느냐?"

막여도 황벽을 보며 입가에 웃음을 지었다. 고통이 배어 있는 웃음이었다.

"어쩌다……?"

"실력이 없으면 베이는 것이 무림이지."

막여가 툴툴거리며 황벽의 말을 받았다.

"누가……?"

"소란 떨지 마라. 일단은 이곳을 벗어나는 것이 우선이다."

엽강은 재빨리 작살을 주워 들고 황벽과 함께 일행의 앞을 막았다. 나머지 사람들이 일행을 빙 둘러싸 보호하고 뒤로 후퇴할 준비를 하였다.

"이런 이런, 누구 맘대로 가겠다는 것이지?"

잠시 황벽 일행과 설연 등의 조우를 지켜보고 있던 중앙좀이 앞으로 나서며 입을 열었다.

"너는 누구지? 잔마 진양은 어찌 되었나? 그 길로 왔다면 만났을 터인데……."

"넌 누구냐?"

황벽이 짧게 되물었다.

“예의가 없는 놈이군. 나이도 어려 보이는데 어른에게 반말이라니……. 궁금하다니 가르쳐 주마. 나는 흑막 막주 중앙종이라 한다. 너희를 저승으로 인도할 사람이기도 하고. 한데 네놈은 누구냐?”

“황벽!”

“황벽? 오, 그 황벽? 그런데 네가 어떻게… 이곳에?”

“네가 사부를 베었나?”

황벽이 또다시 중앙종의 물음에 대답하지 않고 물었다.

“사부? 아, 저 노인이 사부였나? 그래, 내가 베었지. 오늘 정말 일진이 희한하구나. 제자가 죽더니 사부의 팔을 베고 이제 또 그 사부의 제자를 만나다니…….”

중앙종의 말에 황벽이 막여를 돌아보았다. 무슨 말이냐는 뜻이었다.

“진승이 죽었다. 그의 손에.”

짧은 막여의 말이었지만 황벽과 오삼의 귀에는 또렷하게 들려왔다.

“진승이 죽었다고요?”

오삼이 막여의 앞에 들이닥쳤다.

“그래. 혼사서 직을 맞았다. 시간을 벌기 위해.”

“이런, 뼈빠지게 달려왔는데……. 이놈들!”

오삼이 패천맹의 사람들을 노려보았다. 그의 눈에서 시퍼런 살광이 뻗어 나왔다. 하지만 중앙종은 오삼의 모습에 신경 쓸 여유가 없었다.

다시 돌려진 황벽의 눈에서 그는 두려움을 느꼈던 것이다. 그리고 불현듯 죽어가던 진승이 한 말이 생각났다.

“네가 진승 사제를 죽였다고?”

황벽이 한 자 한 자 끊어 씹듯이 중앙종에게 물었다. 중앙종은 잠시 두려움을 느낀 자신에 대한 반발감으로 반항하듯 입을 열었다.

"그래, 내가 죽였지. 한 팔을 자르고 눈을 파내려는데 자살해 버리더군. 너무 나약했어. 그 녀석도 저 늙은이도."

순간 황벽이 검을 뽑아 들었다.

"넌 얼마나 강한지 보자!"

그리고 중양종의 대답도 기다리지 않고 말 위에서 몸을 날려 중양종을 쳐 나갔다. 황벽의 검에서 시퍼런 검기가 뻗어 나왔다.

중양종은 너무나 빠른 황벽의 공격에 들고 있던 검을 얼떨결에 들어 막아갔다. 하지만 황벽의 검은 마치 물길을 거슬러 오르는 연어와 같이 중양종의 검을 뚫고 들어왔다.

"억!"

중양종의 입에서 신음이 터져 나왔다.

그리고 그의 어깨에서 피가 솟구쳤다. 팔이 잘린 것이다. 등애와 양의의 놀람은 컸다. 비록 그들이 중양종을 좋아하는 것은 아니지만 그의 무공은 알고 있었다.

중양종은 패천맹 내에서도 열 손가락 안에 드는 고수였다. 그런 그의 어깨를 저 황벽이라는 사내는 일합에 날려 버린 것이다.

"좋지 않군."

등애가 입을 열었다.

"아무래도 그렇지? 보통 인물이 아니야."

"이제 맹도들을 물려야 할 것 같으이. 저들이 왔다는 것은 잔마께서 뚫리셨다는 것이고, 그러하다면 정의맹의 구원군도 언제 이곳에 들이닥칠지 모르는 상황이네. 구원군이 온다면 이번에는 우리가 쫓겨야 할 것이네."

"아무래도 그렇지? 저런!"

말을 하던 양의가 눈을 부릅떴다.

일 검에 중앙종의 팔을 자른 황벽이 몸을 빙그르르 돌리더니 다시 한 번 검을 쳐냈다. 한데 이번에는 검이 보이지 않았다. 단지 사방에 청색의 검기만이 난무했다. 그리고 중앙종이 쓰러졌다. 그의 온몸에 가는 검흔이 거미줄처럼 나 있었다.

"이건… 우욱!"

중앙종이 말을 다 하지 못하고 무릎을 꿇었다.

"환(幻)이라 하지. 약한 건 너군. 일 검을 못 견디다니……."

"으윽, 죽여라!"

중앙종의 입에서 신음이 흘러나왔다. 전신의 상처에서 고통이 밀려들기 시작한 것이다.

"아니, 이제 그만두지. 어차피 죽을 텐데. 참, 용기가 있다면 진승 사제처럼 목을 그어보든지."

황벽이 몸을 돌려 설연 앞으로 갔다. 설연은 막여의 상처를 보고 있었다.

"황 가가, 어르신이 위험해요. 빨리 치료를 받아야 해요."

어느새 막여는 피를 너무 많이 흘려 의식을 잃고 있었다.

"돌아가자."

황벽이 엽강 등을 보고 입을 열었다.

일행은 즉시 말에 올라 길을 떠나기 시작하였다. 막여는 오삼의 말에 올라 오삼이 부축하고 떠나고 있었다. 일행의 뒤에서 황벽과 엽강이 패천맹도들을 막고 있었다.

중앙종의 패배를 본 패천맹도들은 전의를 상실했는지 떠나는 일행을 그저 바라만 보고 있었다.

"오늘은 이만 물러간다. 하지만……."

황벽이 우두머리인 듯 보이는 등애와 양의를 보며 입을 열었다.

"다음부터 패천맹은 내 이름을 기억해야 할 것이다. 다음부터는 결코 오늘처럼 쉽게 물러나지 않을 것이다. 꼭 진승 사제의 빚을 몇 배로 갚아주마."

말을 마친 황벽이 다시 한 번 패천맹도들을 향해 싸늘한 눈빛을 던지고는 말 머리를 돌려 일행의 뒤로 따라붙었다. 엽강이 그의 옆으로 작살을 들고 따랐다.

"강하군."

"그래, 정말 강해."

"패천맹은 이제 정말 강적을 두게 된 것인가?"

"그런 것 같으이. 이것 참, 패천사룡이 두려워하는 인물이 있다니……."

"휴, 어쨌거나 나중 일은 나중 일이고 이제 그만 가세. 언제 정의맹 인물들이 들이닥칠지 모르니."

"그러세. 그나저나 저 인간은?"

양의가 바닥에 쓰러져 거의 숨이 넘어가고 있는 중앙종을 바라보며 등애에게 물었다.

"데려는 가야겠지. 하루를 못 넘기겠지만."

등애가 말을 마친 후 패천맹도들의 앞으로 나섰다.

"돌아간다. 감숙까지 전속력으로 후퇴한다. 부상자를 챙기고 흑막주를 챙겨라. 가자."

그리고는 자신이 먼저 말을 달려 온 길을 되돌아가기 시작하였다.

그 뒤로 양의가 따르고 사백여 명의 패천맹도가 먼지를 일으키며 말
머리를 돌렸다.

*   *   *

황벽 일행은 비수평원에서 가장 가까운 마을인 성내촌까지 한달음
에 말을 달렸다. 성내촌의 하나밖에 없는 의원 관표는 갑자기 들이닥
쳐 팔이 잘린 노인을 내려놓는 무인들에 질려 하루 종일 노인을 치료
하는 데 시간을 보내야 했다.

다행히 막여의 숨이 다시 고르게 돌아오고 있었다.

성내촌은 지리적으로 보자면 하남성에 속해 있었다. 하지만 바로
마을 밖은 호북에 들었으므로 호북과 하남의 경계에 위치한 마을이었
다.

마을은 대부분 하남과 호북을 오가는 사람들을 대상으로 장사를 하
여 생계를 꾸리고 있었는데 그리 많은 사람들이 들르는 곳은 아니라
토착 주민이 이백여 호밖에 되지 않는 작은 마을이었다.

황벽 일행은 관 의원의 집에서 가까운 곳의 객잔에 자리를 잡았다.

막여의 상세가 회복될 때까지는 이곳에서 지낼 생각이었던 것이다.
설연은 전서구를 통해 그간의 일을 맹에 알리고 황벽 등과 함께 성내
촌에 머물러 있었다.

일행이 성내촌에 도착한 다음날. 하루의 휴식으로 기운을 차린 일행
중 엽강과 팽정, 그리고 호정단의 단원들이 어제의 전장으로 다시 떠났
다. 떠날 때 그들은 커다란 마차를 한 대 끌고 갔다.

호정단원들이 진승의 사체를 찾은 것은 정오 무렵이었다.

자신의 손으로 목을 벤 진승의 시체는 다리 아래로 흐르는 물을 따라 다리에서 오십여 장 떨어진 곳의 강변에 흘러내려 와 있었다. 그들은 진승 이외에도 죽은 호정단원들을 찾아 마차에 실었다.

언남성과 손진의 사체도 발견되었다. 일행이 사십여 구의 시체를 마차에 싣고 돌아왔을 때는 이미 해가 산을 넘어가고 있었다.

일행은 동료들의 시체를 비수평원이 내려다보이는 곳에 묻기로 하였다. 사체를 이곳에서 석산으로 옮기는 것도 생각해 보았지만, 이곳에 그들을 묻는 것이 더 나을 것이라 판단했다.

자신들의 삶이 마감된 곳에서 그들은 쉴 것이다.

다음날 일찍 황벽 일행과 살아남은 호정단원들이 동네 사람들에게 삽이며 괭이를 빌려 들고 산으로 올랐다.

성내촌의 앞산에 오르자 멀리 아득하게 비수평원이 눈에 들어왔다. 이틀 전 그곳에서 일행은 죽음의 사선을 건너왔다. 그리고 오늘 살아남은 자들이 죽은 자들을 묻을 것이다.

양지바른 곳을 찾은 호정단원들이 땅을 파는 동안 황벽과 설연은 비수평원이 내려다보이는 한쪽 편에 비켜 서 있었다.

"옛날 생각이 나는군."

황벽의 말에 설연이 황벽을 쳐다보았다.

"……?"

"무인도에서 말이야. 절벽에 올라 설매와 바다를 바라보곤 했었잖아."

그제야 설연도 황벽의 말을 알아듣고는 고개를 끄덕이며 입가에 미소를 머금었다.

"제 인생에서 가장 좋았던 때였던 것 같아요. 그때가."

설연의 눈에 아련하게 무인도에서 바라보던 바다가 떠올랐다.

"한데 어떻게 제가 이곳에 있는 줄 아셨어요, 황 가가?"

"천사평으로 떠난 것이야 설국 소저를 통해 들었고 비수평원으로 들어선 것은 하오문을 통해 알게 되었지."

"하오문이요?"

설연이 황벽을 돌아보았다.

"응. 내가 이래 뵈도 하오문 태상호법이거든. 아마 이번에 하오문의 정보력이 아니었다면 늦었을지도 모르지."

황벽의 말은 사실이었다.

만약에 하오문의 세밀한 정보가 아니었다면 황벽은 결코 제 시간에 설연 일행을 구하지 못했을 것이다.

"이제 어떻게 할 거지요, 황 가가?"

설연이 황벽을 돌아보며 입을 열었다.

"글쎄… 설매는?"

"저는 어차피 호정단에 매어 있는 몸이니 석산 정의맹으로 돌아가야지요."

"이번처럼 앞으로도 계속 이런 고비들을 넘겨야 하는 거야?"

"아마도. 하지만 앞으로는 좀 더 많은 준비가 되어진 후 움직일 거예요. 이번에 천사평행에 앞서 맹에서 약조를 받은 게 있지요. 살아오면 호정단의 움직임은 우리의 선택에 의해 결정된다고."

"그렇군."

두 사람은 다시 말없이 먼 곳을 바라보고 서 있었다.

"준비가 다 되었습니다, 단주."

호정단원 한 명이 설연을 불렀다.

이미 사체의 수만큼의 구덩이가 파여지고 그 옆으로 사체들이 흰 천에 싸인 채 놓여 있었다. 사람들은 하나하나의 사체를 정성 들여 묻었다.

그리고 각자의 이름을 새긴 작은 돌 비석을 봉분 앞에 세워놓았다. 황벽과 오삼은 진승의 묘 앞에 술을 올리고는 한참을 봉분 앞에 서 있었다.

"잘가라, 진승."

오삼이 울음이 밴 목소리로 말했다.

"어찌할 거요, 사형?"

"……?"

"아, 그냥 이대로 가만히 있을 거요? 그 패천맹인지 뭔지 깡그리 밀어버립시다!"

오삼이 주먹을 불끈 쥐며 하늘을 향해 주먹을 흔들었다.

"빚은 받아내야겠지. 무림이라……."

황벽은 처음 자신이 막여에게서 무공을 배울 때가 생각났다. 그때 막여는 자신에게 가급적 무림의 은원에 개입하지 말라고 했었다.

하지만 또 무공을 배우는 순간부터 무림의 일에서 자유롭지 못하다는 말도 했다. 황벽은 이제 무림에서 자유로워질 수 없게 된 자신을 발견하였다.

상련의 행사에서 진승의 죽음까지 황벽은 자신이 무림이라는 수렁에 한 발씩 빠져드는 것을 느꼈다.

그리고 무명노인의 말이 생각났다.

'하늘이 그만큼의 힘을 세상에 보일 때는 그만큼의 대가를 요구한다고 했던가?

황벽은 고개를 숙여 자신의 손을 내려다보았다.

무인도에 있을 때까지 사람의 피를 몰랐던 그의 손은 이미 사람의 피에 익숙해져 있었다.

'다시 예전의 그 손으로 돌아갈 수 있을까?

황벽은 고개를 흔들었다. 쉬운 일이 아니다. 그는 이제 받아내야 할 빚이 생긴 것이다. 목숨의 빚이. 그리고 원한을 잊는다 하여도 이제 지켜야 할 사람이 있는 것이다.

사람들은 저녁 해가 비수평원을 벌겋게 물들일 때까지 산에 머물렀다. 그리고 하루의 마지막 빛을 따라 산을 내려오고 있었다.

"설매."

"네, 황 가가."

"내가 같이 가자면 갈 거야?"

설연이 문득 걸음을 멈추고 황벽의 눈을 바라보았다. 황벽의 눈은 어두운 밤처럼 깊었고 그의 눈동자는 별처럼 반짝였다. 그의 눈에는 소년 같은 기대감이 서려 있었다.

"네, 이제는 황 가가 곁을 떠나지 않을 거예요. 하지만……."

"하지만?"

"해야 할 일이 있어요. 당장은."

"……?"

"무인이니, 칼을 잡았으니 원한은 풀어야겠지요. 부모님의."

황벽은 고개를 끄덕였다. 이번에 잔마 진양이 황벽에게 죽음으로써 패천맹의 과거 사대호법 중 살아 있는 사람은 이제 두 명뿐이었다. 지마와 혈마.

그들은 아직 원로원에서 움직이지 않고 있었다. 하지만 이차무림대전이 시작된 이상 언젠가는 무림에 나설 것이고, 그들이 나선다면 그곳에 설연이 있을 것이다.

황벽이 설연의 말에 고개를 끄덕였다.

"그래, 나도 할 일이 있기는 하지."

"……?"

무슨 일이냐는 듯이 설연이 황벽을 돌아보았다.

"진 사제의 빚을 받아내야지. 아주 비싸게 말이야."

설연이 황벽의 말에 고개를 끄덕였다.

"그리고 또……."

"또 뭐요?"

"이제 지켜야 할 사람이 있어. 사랑하는 사람이."

순간 설연의 얼굴이 붉게 물들었다. 그것은 이제 산을 다 넘어간 노을 때문이 아니었다.

"황 가가……."

"설매, 호정단에 자리 하나 있나?"

황벽이 갑자기 소리를 높여 설연에게 물었다.

"그럼요. 얼마든지 있어요. 가뜩이나 요즘은 단원이 안 모여 힘들거든요."

설연도 밝게 웃으며 황벽을 바라보았다.

'이제 다시는 설매를 혼자 있게 하지 않으마.'

황벽은 마음속으로 설연에게 약속하였다.

'이제 다시는 황 가가를 떠나지 않을 게요.'

설연도 마음속으로 황벽에게 약속을 하였다. 성내촌에 도착했을 때는 이미 어둠이 마을을 감싸고 있었다.

설장벽이 성내촌에 화산의 문인들을 데리고 도착한 것은 황벽 일행이 성내촌에 든 지 삼 일 후였다. 맹은 설장벽의 행동을 말리지는 않았지만 지원하지도 않았다.

설장벽은 결국 화산의 문인들만으로 설연을 맞으러 나온 것이었다.

"어서 오세요, 백부님."

이미 번을 서는 호정단원으로부터 화산파 일행의 도착 소식을 들은 설연이 설장벽을 맞이하고 있었다.

"그래, 정말 다행이다. 이 큰아비가 너무 늦게 왔구나."

"아니에요, 백부님. 오히려 제가 걱정을 끼쳐 드려서 죄송해요."

설장벽은 조카의 무사함에 얼굴에서 웃음이 피어나고 있었다.

"그래, 몸은 다친 곳이 없느냐?"

"네. 걱정하지 마세요, 백부님. 그리고……."

설연이 말꼬리를 죽이며 한쪽으로 고개를 돌렸다. 거기에는 황벽이 서 있었다.

"제가 말씀드렸던……."

"황벽입니다. 화산 장문인께 인사드립니다."

황벽이 설연의 소개가 끝나기 전 앞으로 성큼 나서며 설장벽에게 포권을 취해 보였다. 설장벽은 자신의 조카가 오제 중 한 명인 고봉정을 마다하고 선택한 사람을 바라보았다.

깊은 눈 속에 맑은 눈동자, 단단해 보이는 체격. 설장벽은 황벽에게서 순수함을 보았다.

그리고 설연이 왜 황벽에게 호감을 가졌는지 알 수 있었다. 황벽에게서는 사람의 냄새가 나고 있었던 것이다.

무림의 사람은, 특히 무림대전을 치러낸 사람들은 십 년의 전쟁 동안 얼굴에서 웃음을 잃어버렸다.

십 년이 지난 후 그들에게 남아 있는 것은 원한과 증오, 그리고 무공에의 집착뿐이었다. 그런 사람들에게서 인간미를 찾는다는 것은 어려운 일이었다.

설연은 그러한 사람들 속에서 어린 날을 보냈다. 당연히 황벽과 함께한 삼 년간의 무인도 생활은 그녀에게 사람의 향기에 푹 빠져들 수 있는 시간이었을 것이다.

"반갑네. 이 아이의 백부인 설장벽이네."

설장벽은 자신을 화산 장문인이라 칭하지 않았다. 그는 자신을 설연의 백부로서 황벽에게 소개했다.

의미는 간단했다.

황벽과 설연 사이를 인정한다는 것이다. 이미 설국이 황벽을 찾아 상련으로 간 것을 설장벽은 알고 있었다. 황벽이 상련을 나와 비수평원으로 달려와 설연을 만나는 순간 그들의 사이는 더 이상 남이 아닌 것이었다.

"백부님, 안으로 드시지요."

설연이 설장벽을 객잔 안으로 안내했다. 설연과 설장벽이 먼저 안으로 들어가자 황벽이 그 뒤를 따랐다.

그들은 일행이 전체를 세내어 묵고 있는 객잔의 이층으로 향했다. 그리고 차를 마실 수 있게 준비되어 있는 작은 거실에 모여 앉았다.

"그래, 이번에 생존자는 얼마나 되느냐?"

설장벽이 설연을 향해 입을 열었다.

"호정단의 일반 무사 일곱 명과 막 어르신, 그리고 팽 대협이 살아

남았습니다.”

“휴, 거의 전멸에 가까운 손실이구나. 애초에 너무 무리한 계획이었어.”

“그래도 이만큼이나 살아남은 것도 다행이지요. 황 가가가 아니었으면 아마도…….”

전멸했을 것이란 이야기였다.

설장벽은 문득 이 평범한 사내의 무공이 정말 그리 고강할까 하는 의문이 들었다. 보기에 황벽은 비록 건장한 체격을 가지고는 있었지만 강한 무공을 지니고 있다고 보기에는 너무 평범했던 것이다.

“적은?”

“잔마 진양과 혈사대주 혈종, 그리고 흑막의 주인인 중양종이 죽었습니다.”

“뭐? 잔마 진양과 중양종이?”

“네, 백부님.”

“도대체 누가?”

설장벽의 물음에 설연의 시선이 황벽을 향했다.

“자네가?”

“운이 좋았습니다.”

황벽이 고개를 끄덕이며 말했다.

하지만 설장벽은 고개를 가로저었다. 잔마 진양이나 중양종은 운이 좋다고 죽일 수 있는 인물들이 아니었다.

설장벽은 황벽에 대한 소문을 믿을 수밖에 없었다.

“그래, 이제 어찌할 생각이냐?”

“일단 이곳에서 막 어르신이 회복할 때까지 머물 생각이에요. 그리고 맹에 복귀하겠습니다."

"그래, 그래라. 이제 전쟁은 전면전으로 들어갈 것이니 쉴 수 있을 때 쉬어야지."

설장벽이 고개를 끄덕였다.

이번 이차무림대전의 초반 승기는 정의맹이 잡아가고 있었다. 정의맹은 호남의 패천맹 세력을 괴멸시킴으로써 감숙의 패천맹을 향해 삼면에서 칼을 들이밀 수 있게 되었던 것이다.

"고 사형은?"

"아마 오 일 안에 맹에 복귀하게 될 것이다. 호남은 남궁세가가 맡는다고 하더구나."

설연이 고개를 끄덕였다. 비록 남궁인이 죽었지만 이번 일로 남궁세가는 한층 더 세를 불려 나갈 수 있을 것이다.

"일단 서전은 끝났고 다음은 패천맹의 움직임을 보며 대응해 나갈 생각인 것 같더구나. 이번 달 보름에 다시 맹의 전체 회의를 열어 전선을 정리할 것이다."

설연이 고개를 끄덕였다.

"그나저나 황 공자."

설장벽이 황벽을 바라보며 입을 열었다.

"말씀하시지요."

"자네는 이제 어떻게 할 생각인가?"

"호정단에 자리를 마련해 달라고 설매에게 부탁했습니다."

"호정단에?"

"네."

설장벽은 고개를 끄덕였다. 그도 설연이 부모의 원한을 갚기 전에는 호정단을 떠나지 않을 것을 알고 있었다. 황벽이라면 설연을 잘 지켜낼 수 있을 것이다.

"그럼 나머지 사람들도……."

설장벽이 멀리 떨어져 있는 엽강 등을 바라보았다. 설장벽은 이미 엽강에 대한 소문을 들어 알고 있었다.

"네, 일단은 함께 움직이는 걸로……."

"허, 이거 든든하구먼. 이제 조카딸 걱정은 안 해도 되겠어. 이리 건장한 사내들이 옆에 있으니."

설장벽의 말에 모두들 얼굴에 미소를 띠었다.

"이것 참, 급조한 호정단이 이제 정의맹 최강의 집단이 되겠는걸?"

다시 설장벽이 말하자 중인들이 고개를 끄덕였다. 황벽과 엽강, 그리고 팽정, 오삼, 이형, 막여가 포함된 호정단은 아마도 정의맹 최강의 단체가 될 터였다.

"그럼 이만 쉬도록 해라. 나는 아무래도 지금 다시 길을 떠나야 할 것 같다. 이번에 우리 문파의 사람들을 모두 데리고 나왔으니 얼른 돌아가 정의맹 돌아가는 사정을 알아보아야 할 것 같구나."

"이렇게나 빨리 가시다니요. 하룻밤은 쉬었다 가시지요."

"아니다. 맹을 너무 오래 떠나 있었어. 자, 그럼."

설장벽이 자리에서 일어나자 모든 사람들이 따라 일어났다. 설장벽은 올 때 데리고 온 화산파의 오십여 무인과 함께 다시 온 길을 되짚어 돌아갔다.

그리고 황벽 일행은 십여 일을 더 성내촌에 머물다 막여가 거동할 만큼 회복되자 천천히 정의맹 석산 총단으로 길을 잡아갔다.

길을 가는 도중 설연과 황벽은 항상 붙어 있었으며, 그래서 엽강의 따가운 눈초리를 받아야 했다.

그리고 설연은 다시 무인도에서와 같이 많은 시간 얼굴에서 웃음이 떠나지 않았다.

『황벽 제3권 끝』

청 어 람 신 무 협 판 타 지 소 설

최고의 신무협 작가 『설봉』의 최신작!

다시 한번 당신을 잠 못 들게 만들
불후의 대작!

사자후
獅 子 吼

사자후(獅子吼) / 설봉 지음

깊게 깊게 빠져드는 몰입의 세계!
온몸을 전율케 하는 짜릿 듯한 강렬함을 느낀다!

그에게서는 묘한 악취가 풍겼다. 그가 창을 겨눴을 때……
화염이 이글거리는 눈동자를 보았을 때……
비로소 악취의 정체를 짐작해 냈다.
피와 땀이 켜켜이 쌓여 자연스럽게 뿜어져 나오는 살인마의 냄새.
그는 허명(虛名)을 좇아 바무를 즐기는 낭인(浪人)이 아니라 야성(野性)이 살아서 꿈틀거리는 진짜 살인마였다.
투지가 끓어올라 활화산처럼 꿈틀거렸다.
그의 눈길을 정면으로 맞받으며 묘공보(妙空步)를 밟기 시작했다.
우리의 첫 만남은 그렇게 시작되었다.

- 환봉개(幻棒丐)의 회고록(回顧錄) 中에서 -

청 어 람 신 무 협 판 타 지 소 설

『초일』, 『건곤권』으로 유명해진 작가 백준의 신작!!

송백(松百) / 백준 지음

그녀의 검끝… 그 검끝에 닿은 그의 목젖… 목젖에 맺힌 붉은 피 한 방울.
그리고 그 피 한 방울이 흘러… 닿아버린 반쪽의 승룡패……

"당신… 누구?"

"너를 위해 살아왔다."

"…저의 과거는… 아무것도 없어요."

『초일』의 끈끈함, 『건곤권』의 시원화끈함!

이번 작품 『송백(松百)』에
작가 백준의 모든 것을 걸었다!

FANTASTIC
ORIENTAL
HEROES